TATJANA

DIE TOTE VON BEVERLY HILLS

CURT GOETZ

TATJANA
EINE LEGENDE

DIE TOTE VON BEVERLY HILLS
SATIRE AUF EINEN BESTSELLER

DAS ERZÄHLERISCHE WERK
IN EINEM BAND

DVA

Neuausgabe in einem Band
1977. Deutsche Verlags-Anstalt GmbH, Stuttgart

Gesamtherstellung Mohndruck Reinhard Mohn OHG, Gütersloh
Printed in Germany
ISBN 3-421-01819-7

TATJANA

EINE LEGENDE

1

Die Sonne brütete über dem Hauptgebäude der C.M.P.C. mit unverminderter Wut.
Natürlich nicht nur über dem Hauptgebäude, sondern über dem ganzen Filmgelände sowie über ganz Culver City, Beverly Hills, Hollywood und Los Angeles.
Und doch schien es, als hätte sie ihre besondere Aufmerksamkeit dem Hauptgebäude der C.M.P.C. zugewandt, das herausfordernd ohne jeden Baumschutz in massiger Wucht dalag und in dessen luftgekühlten Räumen einhundertundacht Schriftsteller Karten spielten, schliefen oder sogar schrieben. Es schien, als wolle sie, beleidigt, den Kampf aufnehmen gegen die mit unheimlicher Gleichmäßigkeit arbeitenden gigantischen Kühlanlagen der COLOSSAL MOTION PICTURE CORPORATION LIMITED.
Ein lächerliches Unterfangen!
Es war vier Uhr. Ich schloß mein an diesem Tage um zwei Zeilen bereichertes Manuskript in meinen Schreibtisch, auf dem fünfundzwanzig gefährlich gespitzte Bleistifte, sinnig wie Blumen in einer Vase arrangiert, ein Radiergummi und ein Leimtopf verblieben.
Ich verließ meine Zelle und ging den Gang entlang, an den vielen Türen vorbei, deren eine jede den Namen eines bekannten Schriftstellers trug. Schriftsteller literarischen Ranges, denen die C.M.P.C. eine immense Gage bezahlte, um nie eine Zeile von ihnen zu verwenden. So wie der schwedische Streichholzkönig die Erfindung des Ewigen Streichholzes aufkaufte, um sie unschädlich zu machen.
»Good night, Mr. Goetz«, sagte der Clerk in der Vorhalle und machte sich kauend eine diskrete Notiz über Stunde und Minute, als ich die Fabrik verließ.
Die Hitze packt dich beim Verlassen des gekühlten Gebäudes wie etwas Körperliches, und du erinnerst dich plötzlich, daß du dich in der Wüste befindest, wenn es dir bis dahin

noch nicht aufgefallen ist. »Good night, Mr. Goetz«, sagte der kauende Parkwächter, als ich meinen Wagen bestieg, denn kein Volk der Welt besitzt ein solches Namengedächtnis wie das amerikanische.
Da die Sonne bereits im Sinken war, konnte ich es wagen, offen zu fahren. Ich drückte auf den Knopf, der, meinem Abkommen mit der Packard Company gemäß, das Verdeck meines Wagens während der Fahrt lautlos zum Verschwinden bringen sollte, und da ich für dieses Übereinkommen richtige Dollars bezahlt hatte, hatte auch die Packard Company keinen Grund, den Vertrag nicht zu erfüllen, und so, als ich diesen Knopf drückte, verschwand das Verdeck, und der Wüstenwind, durch das Tempo der Fahrt temperiert, umkoste mich wie eine Geliebte. Bis zum Sepulvada Boulevard hatte ich die Sonne im Gesicht, dort bog ich nach Norden um, um mein linkes Profil schmoren zu lassen; am Sunset Boulevard fuhr ich östlich, die Sonne im Rücken, um beim Beverly Glen Cañon wieder nordwärts den Hügeln zuzustreben. Da, wo der Beverly Glen in den Mullholland Drive mündet, sah ich, wieder westlich fahrend, gegen den Abendhimmel eine Vogelscheuche, die ich vorher nie gesehen hatte.
Sie stand da, überlebensgroß gegen den Himmel. Die Kleider wehten in der leichten Brise, die sich vom Ozean aufgemacht hatte und über die Hügel strolchte. Sie war sehr plump gemacht, diese Vogelscheuche, und ich dachte, kein Vogel wird darauf reinfallen. Da hob sie den Arm und machte das Zeichen des Hitchhikens. Es stellte sich heraus, daß es keine Vogelscheuche war, sondern eine wichtige Figur in der folgenden Erzählung.

2

Amerika ist das Land, das die Autos ohne Trittbretter erfunden hat, um es deinen Mitmenschen schwerer zu machen, sich während der Fahrt auf dieselben zu schwingen,

dir eine Kanone unter die Nase zu halten und irgend etwas von dir zu verlangen, wozu du vielleicht im Augenblick gar nicht aufgelegt bist.
Diese unfreundliche Maßnahme der Autofabrikanten hat nun die Leute, die von so etwas leben – und jeder Mensch will leben – zu anderen Methoden gezwungen, die unter anderem auch den heiligen Brauch des Hitchhikens in Verruf gebracht haben. Du weißt natürlich, was Hitchhiken ist. Jemand steht an der Chaussee und zeigt mit dem Daumen in die Richtung, in der du fährst, was bedeutet, du mögest ihn doch mitnehmen. Du kannst ihn nun mitnehmen oder du kannst es lassen. Läßt du es, kann dir nichts passieren, nimmst du ihn mit, kann dir allerhand passieren. Wie zum Beispiel mir, als ich eines Tages nach San Diego fuhr ...
Als ich eines Tages nach San Diego fuhr und einen Hitchhiker auflas, spürte ich plötzlich, nachdem wir einige höfliche Worte über das Wetter gewechselt und mein Begleiter mir ein paar Komplimente über den schönen Wagen gemacht hatte, etwas Hartes in meinen rechten Rippen. Ein Blick überzeugte mich, daß mein Begleiter seine linke Hand in seiner linken Jackettasche hatte und nicht nur seine Hand, sondern auch noch etwas Hartes, das er mit dieser Hand durch die Tasche hindurch gegen meine Rippen preßte.
»Reg dich nicht auf, Bruder«, sagte er, »das ist eine 0.38-Kaliber-Pistole. Sie geht nur los, wenn ich abdrücke. Wenn du das zu vermeiden wünschest, fahre bitte die nächste Kreuzung links und dann die erste wieder rechts bis dahin, wo ich dir sage, daß du mich absetzen sollst. Ich glaube in der Tat, es ist heute einer der heißesten Tage, an die ich mich in dieser Jahreszeit erinnern kann.«
Auf meine Frage, ob er mir die Kanone nicht einmal zeigen wolle, sagte er, er habe nicht die Absicht, mich unnötig zu erschrecken. Und er fügte hinzu, daß, wenn ich irgendeine falsche Bewegung machen sollte, er mir ein Loch durch mein System schießen würde. Und es sei kein Grund zu irgendwelcher Aufregung vorhanden. – Ich tat alles, was er gewünscht hatte, und setzte ihn an der bezeichneten Stelle ab.
»Thanks a lot«, sagte er, »and no bad feelings.« – Und er

verschwand im Unterholz. Er hatte mich nicht um einen einzigen Dollar geprellt. Er hatte es auch nicht nötig, denn er gehörte, wie ich am nächsten Tage aus der Zeitung feststellen konnte, einer Gruppe von Gentlemen an, die gerade einen Besuch bei einer Bank unternommen hatte, um einhundertachtunddreißigtausend Dollar zu kassieren, bei welcher Transaktion zwei Bankangestellte und drei Polizisten ums Leben gekommen waren.
Daran mußte ich denken, als ich an jenem Spätnachmittag den Mann das Zeichen des Hitchhikens machen sah. Warum ich trotzdem auf die Bremse trat, weiß ich nicht. Jedenfalls tat ich es und ließ den Mann, den ich für eine Vogelscheuche gehalten hatte, einsteigen.

3

»Bless you«, sagte er und ließ sich neben mich auf den Vordersitz fallen.
Er schien außerordentlich ermüdet. Er war barhäuptig. Sein schütteres Haar war von einem schmutzigen Weiß. Das Gesicht mit der feinen Nase und dem schmalen Mund war fahl, die Augen, halb erloschen, waren von undefinierbarer Farbe und rot umrändert. Er mochte etwa sechzig Jahre alt sein. Der Anzug, von schäbiger Eleganz, war ihm zu weit, er schlotterte um seine hagere Gestalt, und doch schien er einst für ihn gemacht worden zu sein.
»Bless you«, sagte er, »Leute, die mich mitzunehmen wagen, werden immer seltener.«
Er griff in die Tasche. Statt des erwarteten Revolvers holte er Papier und Tabak hervor und drehte sich mit den aristokratischsten Fingern, die ich je an einem Mann gesehen habe, eine Zigarette. Der breite Highway wandte sich jetzt in sanften Kurven dem San Fernando Valley zu und erforderte wenig Aufmerksamkeit.
»Auch eine?« fragte er.
»Bitte.«

Während er die erste unangezündet zwischen den Lippen balancierte, drehte er die zweite, ließ mich das Papier lecken, vollendete sie und steckte sie mir zwischen die Lippen.
»Wo ist der gottverfluchte Anzünder?« fragte er, mit wässerigen Augen das Armaturenbrett absuchend.
»Dritter Knopf.«
Er betätigte ihn, gab sich und mir Feuer und lehnte sich wieder zurück. Die Tätigkeit der letzten zwei Minuten schien den Rest seiner Energie verbraucht zu haben. Er inhalierte in tiefen Zügen, den Rauch möglichst lange bei sich behaltend und nur in geizigen Raten wieder entlassend. Er starrte gedankenvoll auf die Chaussee, die unter dem Packard verschwand. Manchmal hielt er den Kopf zur Seite, als lauschte er auf eine Stimme. Wenn er die Zigarette zum Munde führte, so tat er das mit abgespreiztem kleinem Finger in einer merkwürdig umständlichen, geistesabwesenden Weise. Einmal, während er den Rauch entließ, summte er eine Melodie . . .
»Sie sind Cellist?« fragte ich.
Wenn ich ihn gefragt hätte, ob er ein Mörder sei, hätte er mich nicht erschrockener anstarren können.
»Nein. – Woher . . .«
Ich summte die Melodie. Es war das Thema des ersten Satzes des Volkmannschen Cello-Konzertes in a-moll.
»Sie summten das.«
»Oh . . . nein«, sagte er und errötete wie ein Schuljunge, »ich darf mich keinen Cellisten nennen . . . ich habe in meiner Jugend ein wenig gestümpert . . .«
»Sie müssen sehr gut gestümpert haben, wenn Sie dieses Konzert spielen konnten.«
»Ich konnte es nicht spielen. Bei der ersten Passage kam ich in die Brüche, aber ich liebe es . . . ich hörte es einmal sehr gut spielen . . .«
»Von Földesy?« fragte ich.
Aber er war wieder in seinen geistesabwesenden Zustand verfallen. Er führte die Zigarette in jener umständlichen Weise zum Munde und starrte auf die Chaussee. Er summte nicht mehr.

Als wir Ventura Boulevard trafen, fragte ich ihn, wohin er zu gehen wünsche. »Lassen Sie mich hier aussteigen. Ich bekomme von hier einen Bus nach Forest Lawn.«
»Wollen Sie sich dort begraben lassen?«
»Ja«, sagte er so einfach, daß ich mich meines Witzes schämte.
»Aber jetzt noch nicht?«
Es dauerte eine Weile, bis er meine Frage zu verstehen schien.
»Nein. – Jetzt noch nicht . . .« Und er verfiel wieder in seinen Stupor.
»Ich muß sowieso nach Glendale«, log ich, »ich kann Sie am Forest Lawn absetzen.«
»Oh . . .«, sagte er.
Als wir am Burbank Boulevard nach Osten bogen, sagte er plötzlich: »Nein. – Nicht von Földesy.«
Als ich ihn dreißig Minuten später am Forest Lawn absetzte, war er so erregt, auf seinen Friedhof zu kommen, daß er vergaß, sich für die Fahrt zu bedanken. Erst einige Schritte später fiel es ihm ein. Er wandte sich um, und mit einer entschuldigenden, ungeschickten Geste winkte er mir zu, einer Geste, die ihn mir plötzlich liebenswert machte.
Ich wußte, daß es keinen Zweck gehabt hätte, ihm meine Begleitung anzutragen. Er wollte natürlich allein sein. Ich genierte mich auch, ihm zu folgen, obwohl mein Interesse erregt war. Aber da ich den berühmten Friedhof schon lange kennenzulernen wünschte, kreiste ich um einen Block, um meinem Freund Zeit zu geben, zu verschwinden, und fuhr dann durch das pompöse Portal des Friedhofes in diesen hinein. Denn selbstverständlich kannst du in einen amerikanischen Friedhof mit dem Auto fahren.

4

Der Herr in dem kleinen Auskunftskiosk gab mir bereitwilligst Auskunft, wie ich es anzustellen hätte, das berühmte »Last Supper Window« zu sehen. Er drückte mir seine Verzweiflung aus, daß er nicht mit mir gehen könne, um mir alle Sehenswürdigkeiten von Forest Lawn persönlich zu zeigen. Aber er wisse, es würde mir gefallen, und er zweifle keinen Augenblick, daß ich mich hier begraben lassen würde.
Als ich seinerzeit in Mailand im Kloster Maria delle Grazie vor Leonardo da Vincis »Abendmahl« stand, war ich erschüttert, daß das »unsterbliche« Werk zum Sterben verurteilt zu sein schien. Die Jahrhunderte haben den Mörtel der Wand, auf die es gemalt ist, abgeblättert, Feuchtigkeit hat die Farben zersetzt. Die verschiedenen Versuche verschiedener Herrscher, dem Verfall Einhalt zu tun oder zu restaurieren, haben nur den Erfolg gehabt, daß das wenige, was noch da ist, nicht mehr von Leonardo da Vinci ist.
Aber am 28. April 1931 ist es wiedererstanden, wie die kleine Schrift sagt, die man dir vor der Besichtigung in die Hand drückt, wiedererstanden in den leuchtenden, unzerstörbaren Farben auf Glas. Im Auftrag der Forest Lawn Memorial Park Company hat die italienische Künstlerin Professora Moretti, die letzte des Geschlechtes, in dem vom Vater zum Sohne das Geheimnis der Glasmalerkunst in ihrer ehemaligen Vollkommenheit vererbt wurde, in siebenjähriger Arbeit das Meisterwerk wiedererstehen lassen. Und zwar unter Zuhilfenahme der Originalentwürfe aus den europäischen Museen, die ein deutlicheres Bild geben, wie das Werk einst ausgesehen hat, als das, was heute an der zerfallenen Wand der kleinen Kirche in Mailand übriggeblieben ist. Während der sieben Jahre aufopfernder, rastloser Tätigkeit geschah es, daß Judas Ischariot im Glasofen zersprang. Einmal . . . zweimal . . . dreimal . . . viermal. Als er zum fünften Male sprang, verlor die Künstlerin fast den Mut, und sie soll gesagt haben: »Ich weiß nicht, ob der liebe Gott nicht will, daß ich das ›Abendmahl‹ vollende,

oder ob er nur die Tatsache unterstreichen will, daß einer seiner eigenen Jünger Christus verriet. Ich habe zu ihm gebetet, er möge mir ein Zeichen geben: Ich werde es noch einmal versuchen, und wenn Judas wieder brechen sollte, so will ich das Bild nicht vollenden.« – Sie versuchte es noch einmal, und Judas brach nicht. Und so steht heute das »Abendmahl« in den Farben, wie sie Leonardo entworfen, die Gestalten in doppelter Lebensgröße, als Fenster in der Kapelle von Forest Lawn Memorial Park. Und hinter dem Fenster steht die kalifornische Sonne und durchtränkt es mit Wärme und Leben. Und da sie jede Stunde anders steht, vermittelt sie jede Stunde eine andere Stimmung. Und es gibt Leute, die es täglich besuchen.

Meine Erwartung war groß. Und so war meine Überraschung.

Wenn du die verfallenen Reste des Originals im Gedächtnis hast, so springt dich das wiedererstandene Gemälde mit einer Frische und Perspektive an, die atemberaubend sind.

»Wahrlich, ich sage euch, einer unter euch wird mich verraten.«

Der Herr hat die Worte gesprochen. Bartholomäus springt auf, Andreas weicht unwillkürlich vor Judas Ischariot zurück, der das Salz verschüttet hat und Jesus fragend anstarrt, der aber seinen Blick vermeidet. Petrus flüstert Johannes, dem Lieblingsjünger, der, immer zur Rechten Jesu sitzend, bei dem Gedanken an Verrat fast ohnmächtig wird, ins Ohr: »Frag ihn, wen er meint.« – Auf der anderen Seite des Tisches ist Matthäus aufgesprungen, und während der immer sanfte Philippus dem Herrn den Verdacht auszureden sucht, deutet Matthäus auf Judas Ischariot und ruft: »Der ist es!« – Simon, der Älteste und Weiseste, betrachtet in stummem Staunen die aufgeregte Gruppe. – Der Herr hat den Kopf leicht zur Seite geneigt und blickt auf das Tischtuch. Er sieht niemanden an. Er antwortet auf keine Fragen mehr. Er ist plötzlich allein, und seine Einsamkeit ist groß . . .

Und ohne daß du es merkst, verschwimmt alles um ihn herum, und dein Blick bleibt einzig und allein auf ihm ru-

hen, der seine Augen niedergeschlagen hält, als schäme er sich der Schlechtigkeit der Menschen. Und du blickst auf seine schmale weiße Hand, die auf dem Tischtuch ruht und durch die man später Nägel trieb, um ihn ans Kreuz zu schlagen, weil er gepredigt hatte: Liebe deinen Nächsten.
Als ich eine halbe Stunde später die Kapelle verließ, kamen die ersten Extrablätter über die Atombombe heraus . . .
Es war ein herrlicher Abend. Ich schlenderte durch die Parkanlagen des Friedhofes, in dem Gefühl, daß es auf alle Fälle gut sei, sich mit der Örtlichkeit vertraut zu machen.
Die Gräber im Forest Lawn Memorial Park sind nicht aufgeworfen wie bei uns. Du siehst keine »Gräber«. Nur kleine, in den gepflegten Rasen des leicht hügeligen Geländes eingelassene Tafeln zeigen, daß hier, flach unter der Erde, jemand schläft. Und wenn du nicht genau hinsiehst, siehst du auch die Täfelchen nicht, und du kannst dir einbilden, du seiest in einem Park der Lebenden.
Ich besuchte meinen lieben Freund und Mitarbeiter Dickerchen, einen der witzigsten Menschen, den wir vor einigen Wochen hier beerdigt hatten. Er hatte noch keine Tafel. Die Narben im Grase waren noch nicht überwachsen. Er war am Hollywood-Herzen gestorben. Ein Hollywood-Herz ist ein gebrochenes Herz.
Ich verrichtete ein stilles Gebet bei ihm und dachte an seine letzten Worte. Als auf die Nachricht von seiner schweren Erkrankung sein Agent, der sich wenig um ihn bemüht hatte, anrief und fragte, ob er noch irgend etwas für ihn tun könne, sagte er zu seiner Frau, die ihm diese Botschaft ausrichtete: »Ja. Er kann mich am Arsch lecken.«
Es war sein letzter Wunsch.
Dann besuchte ich die mehrstöckige Urnenhalle, doch ihre pompöse Feierlichkeit wollte keine rechte Stimmung in mir aufkommen lassen. Gerade als ich sie verlassen wollte, sah ich am Ende eines langen Korridors in einer Nische eine Gestalt kauern. Sie hielt eine Urne umklammert und hatte ihre Wange gegen den kalten Stein gedrückt. Ihre Lippen bewegten sich. Sie sprach zu der Urne. Jetzt küßte sie sie und erhob sich. Ich konnte mich gerade noch in eine andere Ni-

sche drücken, um sie an mir vorbeizulassen. Es war mein Freund, der Hitchhiker. Meine Diskretion war überflüssig. Auch wenn ich mitten in seinem Weg gestanden hätte, hätte er durch mich hindurchgeschaut wie durch eine Glasscheibe. Denn seine Augen waren verklärt und sein Blick nicht von dieser Welt. Und er lächelte.
Nachdem seine Schritte verhallt waren, ging ich zu der Urne. Ich las:

TATJANA
1920–1933

Ein Kind. Sein Kind? Er sprach mit Akzent. Aber ich hatte ihn nicht für einen Russen gehalten. Konnte ein Sechzigjähriger so intensiv einer Tochter nachtrauern, die seit zwölf Jahren tot war?
Mein Interesse für diesen seltsamen Menschen wuchs aufs neue. Ohne noch das Mausoleum zu besuchen – du kannst dich in Forest Memorial Park nicht nur begraben oder verbrennen, du kannst dich auch einbalsamieren lassen – du kannst dich sogar, was du nicht gewußt hast, dort *verheiraten* lassen –, stieg ich in meinen Wagen und verließ den Park, in der Hoffnung, meinen Freund noch aufzugabeln. Und richtig: Vor dem Portal stand er und machte den vorüberfahrenden Autos das Zeichen des Hitchhikens. Ich nahm ihn auf.
»Ich will verdammt sein«, sagte er nach einer Weile, »wenn ich Sie nicht schon irgendwo gesehen habe.«
»Ich habe Sie vor einer Stunde hierhergebracht.«
»Oh . . . Und wo waren Sie inzwischen?«
»Ich habe mir das Last Supper Window angesehen.«
Er sah mich mißtrauisch an.
»Waren Sie auch in der Urnenhalle?«
»Nein«, log ich. – »Was machen Sie heute abend?«
»Nichts«, sagte er.
»Wollen Sie mit mir essen?«
»In einem dieser gottverlassenen Restaurants? Nein!«
»Zu Hause?«

»Ja. – Was gibt es?«
»Wiener Rindfleisch mit allen Schikanen und verschiedenen Saucen. Mögen Sie das?«
»Ich würde meine Seele dafür geben, wenn jemand so blödsinnig wäre, auf diesen Tausch einzugehen. – Bitte treten Sie auf diesen Akzelerator, damit wir heimkommen. Ich habe Hunger.«
Dann versank er wieder in Nachdenken. Für den Rest des Weges nahm er keine Notiz mehr von mir.

5

Meine Frau bewillkommnete unseren Gast mit dem unerschütterlichen Charme einer Hausfrau, die an Kummer gewöhnt ist. Nur ganz heimlich warf sie mir einen Blick zu, daß sie nachher allein mit mir zu sprechen wünsche.
»Ich will verdammt sein«, sagte unser Gast, während er meiner Frau die Hand küßte, was den Europäer verriet, »wenn das nicht das erste unverkitschte Bauernhaus im Umkreis von hundert Meilen um Hollywood ist, in das ich meinen Fuß setze. Man hat das unsagbar wohltuende Gefühl, daß Ihre Pferde, Hühner und Schweine, oder was Sie haben mögen, keine Filmstars sind oder Verwandte in der Filmbranche haben. – Ich heiße Johnson, gnädige Frau, und habe vergessen, mich Ihrem Gatten vorzustellen.«
Ich hätte mit ihm um alles in der Welt gewettet, daß er nicht Johnson hieß.
»Sie wissen natürlich, daß ich nicht immer Johnson hieß«, wandte er sich an mich, als hätte er meine Gedanken erraten, »aber es ist der Name, unter dem ich hier in Hollywood allgemein unbekannt bin.«
»Ich zerbreche mir den Kopf, was für einen Akzent Sie sprechen«, sagte ich und fügte höflich hinzu: »Wenn Sie überhaupt einen sprechen.«
»Ich bin Russe.«
»Also doch.«

»Wieso also doch?« fragte er mißtrauisch.
»Ich war mir nicht sicher«, log ich. »Ich hatte eine Weile die Vermutung, verwarf sie dann aber wieder. Sie sprechen ein wunderbares Englisch, wenn ich mir ein Urteil erlauben darf.«
»Ich bin seit zwölf Jahren hier.«
»Eben.«
Ich verließ das Thema, um ihn nicht argwöhnisch zu machen, daß ich gern Näheres über seine Vergangenheit gehört hätte.
Während des Essens wurde er gesprächig, sogar etwas aufgekratzt. Er aß mit Appetit, nahm sich aber mit dem Trinken in acht. Nach Tisch gingen wir in die Bibliothek, er nahm sich mit Kennerblick meine beste Zigarre und sank genießerisch in einen Sessel.
»Ein Franzose?« fragte er, auf ein Frauengemälde über dem Kamin deutend.
»Jeder hält es dafür. Nein, es ist von einem jungen Amerikaner deutscher Abstammung. Er mußte in den Krieg. Ich habe nichts mehr von ihm gehört.«
»Wahrscheinlich ist er tot.« Er sagte das mit einer unangenehmen Entschiedenheit. »Kein anständiger Mensch, der etwas auf sich hält, kann diese Zeit überleben.«
Er blickte sinnend auf das Bild.
»Frankreich . . .«, murmelte er, ». . . Paris . . . Riviera . . . St. Rafael . . . St. Tropez . . .« Er schloß genießerisch die Augen und war im nächsten Augenblick fest eingeschlafen.
Während meine Frau und ich uns noch überlegten, was wir mit ihm anfangen sollten, öffnete er die Augen wieder.
»Ich bitte um Entschuldigung«, stammelte er, »ich kann mich an dieses verdammte Klima nicht gewöhnen.«
»Mir ist es im Anfang genauso gegangen«, beruhigte ich ihn, »ich bin prompt in jeder Gesellschaft eingeschlafen.«
»Aber sicher nicht in so charmanter«, sagte er mit einer artigen Verbeugung zu meiner Frau. »Ich bitte nochmals um Entschuldigung. Aber nun bin ich munter und zu jeder Schandtat bereit.«

»Wie wäre es mit einer Partie Schach?«
»Woher wissen Sie, daß ich Schach spiele?«
»Sie sehen so aus.«
Während meine Frau froh war, sich zu ihren Farmerpflichten zurückziehen zu können, gingen wir in mein Arbeitszimmer, das außerhalb des Wohnhauses lag und das meine Frau mir aus einer alten Scheune zurechtgemacht hatte. Mein Gast geriet ganz außer sich über diesen Raum.
»Ja . . .«, sagte er mit einem Seufzer, »hier *kann* man schreiben.«
»Vorausgesetzt, daß einem etwas einfällt«, sagte ich.
»Das natürlich vorausgesetzt«, sagte er, die stumme Einladung, mir seine Geschichte zu erzählen, überhörend.
»Ich bin auf der Jagd nach einem Stoff.«
»Weidmannsheil!« sagte er und ließ sich am Schachtisch nieder.

Wir losten, er bekam Weiß und eröffnete mit einer Variante, die du in keinem Schachbuch findest. Ich hielt sie nicht für sehr günstig, bis ich mich etwa nach dem zehnten Zuge in einer Position befand, wo ich, welchen Stein ich auch bewegen würde, meine eigene Katastrophe herbeiführen mußte. Ich suchte verzweifelt nach einem Ausweg. Es gab keinen. Prüfend sah ich meinem Gegner ins Gesicht. Er hatte seine Augen gar nicht am Brett, sondern ließ sie im Zimmer umherschweifen. Sie schienen die dunklen Ecken des schummrig beleuchteten Raumes durchdringen zu wollen.
»Ich gebe auf«, sagte ich, obwohl noch kein Stein vom Brett war. Ich hoffte, mit dieser Geste wenigstens einen Achtungserfolg bei ihm zu erzielen. Er nickte, warf die Steine durcheinander und baute sich die schwarzen auf, um mir Revanche zu geben.
In der nächsten Partie gelang es mir, gleich nach der Eröffnung einen Bauern zu gewinnen. Er schien nicht recht aufmerksam. Seine Blicke schweiften immer wieder in die eine Ecke des Zimmers, wo mein Cello lehnte. Seine Augen waren noch wässeriger als sonst. Waren es Tränen? Es gelang

mir, einen zweiten und einen dritten Bauern zu gewinnen. Und dann war ich plötzlich matt.
»Ein italienisches Instrument?« fragte er, während er die Steine zusammenwarf, auf das Cello deutend.
»Ja.«
»Darf ich?«
Er näherte sich dem Instrument und nahm es fast zärtlich in die Hand. Er brachte es zum Licht. Seine Augen glitten verliebt über die edlen Formen. Er hob es empor, es an Hals und Stachel haltend, und blickte in die F-Löcher. Und fast hätte er es fallen lassen. Ich wußte, was er las:

Antonius Stradivarius Cremonensis
Faciebat Anno 1700. (A/S.)

»Nein!« rief er aus.
»Es gibt Fachleute, die die Echtheit bezweifeln«, dämmte ich seine Begeisterung ein. »Wollen Sie es anstreichen?«
»Nein«, sagte er fast ehrfürchtig. Und nach einer Weile setzte er fast unhörbar hinzu: »Nicht ich.«
»Wie klein und händig es ist ...«, sagte er, seine Augen nicht von dem Instrument lassend.
»Wie eine Geliebte«, sagte ich.
Er starrte mich an. Geisterbleich. Alles Blut war aus seinem Gesicht gewichen.

Ich tat, als bemerkte ich die Veränderung nicht, und setzte scherzend hinzu: »Natürlich darf man nicht daran denken, daß die kleine Geliebte zweihundertfünfundvierzig Jahre alt ist.«
»Nein«, schluckte er, »das darf man natürlich nicht ... und ... jetzt muß ich gehen.«
Kein Zureden half.
»Wenn Sie die Güte haben wollen, mich zur nächsten Station zu bringen, wo ich einen Zug nach Los Angeles bekommen kann ...«
»Darf ich Sie nicht bis nach Hause fahren ...?«
»Nein«, sagte er grob.
Er wollte offenbar nicht, daß ich wußte, wo und wie er lebte.

Nebel war gefallen und zwang zum Schrittfahren. Ich brauchte fünfundzwanzig Minuten zu der kleinen Station an Chandler Boulevard und Woodmann Avenue, die ich sonst in drei Minuten erreichte.

Mein Gast war wieder in völliges Schweigen verfallen.

»Ich denke, wir warten im Auto, bis der Zug kommt«, schlug ich vor.

Und ich knipste das Licht im Wagen an.

»Das ist sehr gütig von Ihnen«, blinzelte er.

Die Heulsirene des Zuges ertönte aus der Ferne.

»Sie müssen nicht böse sein«, sagte er plötzlich, »wenn ich manchmal ein bißchen ... abrupt bin ... Ich habe meine Nerven nicht immer in der Gewalt ...« Er hatte eine zerfledderte Brieftasche aus dem Rock gezogen und fingerte in ihr herum. Er brachte eine alte Photographie zum Vorschein. »Wissen Sie, wer das ist?«

Es war das Bild eines blühenden, sportlichen, äußerst kräftigen Mannes.

»Nein«, sagte ich.

Er deutete mit dem Daumen auf sich und weidete sich an meinem Erstaunen. »Ja, ja«, sagte er, »man sollte nicht glauben, was für Kleinigkeiten auch den kräftigsten Mann ruinieren können ... was für reizende Kleinigkeiten! ...«

Der Zug fuhr ein. Er bestieg ihn und winkte mir zu. Der Nebel verschluckte beide.

6

Erst drei Monate später sah ich ihn wieder. Die Regenzeit hatte eingesetzt. Du weißt, daß in Kalifornien alles etwas übertrieben ist. Wenn es trocken ist, dann ist es so trocken, daß die Bäume den Hunden nachlaufen, und wenn es regnet, fallen die Wolken als ein solides Ganzes auf die Erde und verwandeln Straßen in Sturzbäche und Mulden in Seen, in denen alles umkommt, was sich gerade dort befindet. Da die Wasser jedes Kanalisationsversuchs spotten, hat man es

gar nicht erst versucht. Wenn sie kommen, kommen sie, und wenn sie wieder gegangen sind, rechnet man den Schaden zusammen, wobei ein Huhn mit 0,95 Dollar im Kurs steht, während Menschen nicht notiert werden. Wahrscheinlich, weil sie keine Eier legen.
Der Regen hatte erst vor wenigen Minuten eingesetzt, aber ich kam schon zu spät, meine Zeitung zu retten. Sie trieb in ruhiger Majestät nach Norden ab, meinem Nachbarn zu. Aber ich hatte ja auch südliche Nachbarn, sagte ich mir, vielleicht . . . Und ehe ich den Gedanken zu Ende gedacht hatte, siehe, da kam die Zeitung meines südlichen Nachbarn dahergetrieben. Die Funnypapirs in ihren bunten Farben leuchteten verführerisch. Bis zu den Knien im Wasser, versuchte ich, ihnen den Weg zu verlegen, trat in ein Loch und verschwand unter den Fluten. Aber die Funnypapers hatte ich erwischt, ich preßte sie an mich, arbeitete mich aus dem Loch und strebte meinem Farmtor wieder zu, wo Winnetou, mein englischer Setter, stand, der mich nicht ohne Interesse beobachtet hatte. Selber triefend wie eine Brunnenfigur, suchte er mir unter kleinen Verbeugungen die Hand zu lekken, als ob ich noch nicht naß genug wäre. Während ich ihm Vorwürfe machte, daß er seinen Herrn hätte ersaufen lassen, ohne auch nur einen Muskel zu bewegen, wobei er heftig mit dem Schwanze wedelte, hörte ich jemanden um Hilfe rufen.
Etwa hundert Meter entfernt hing ein barhäuptiger Mann waagrecht an einer Telegraphenstange. Oder beinahe waagrecht. Mit seinen Armen hatte er den Mast umspannt, während seine Beine von den wütenden Wassern weggespült wurden. Einem normal kräftigen Manne hätte das nicht passieren können, aber er war abgemagert und schlank wie ein Skelett, und mein scharfsinniger Leser hat bereits erraten, daß es mein Freund Mr. Johnson, oder wie er sonst nicht hieß, war. Ich arbeitete mich zu ihm hinüber. Das Rettungswerk wurde dadurch erschwert, daß Winnetou, der mich begleitet hatte, versuchte, meinen Freund in die Füße zu beißen, so oft ich versuchte, diese auf den Boden zu stellen. Als ich ihn endlich glücklich zum Farmtor ge-

bracht hatte, vermißte ich Winnetou. Er war abgetrieben worden. Ich sah seinen weiß und schwarzen Kopf nordwärts davonsegeln. Ich lehnte meinen Freund an das Farmtor, riet ihm, sich festzuhalten, und machte mich an die Verfolgung Winnetous. Zum Glück war es ihm gerade gelungen, fest Fuß zu fassen und sich aus dem Graben herauszuarbeiten. Er kehrte in großen Bögen, jede Tiefe vermeidend, zu uns zurück.
Vor die Wahl gestellt, ob wir uns erschlagen lassen sollten, wenn wir in unserem Zustand versuchten, das Haupthaus zu betreten, oder hier draußen zu verkommen, wählten wir eine dritte Möglichkeit, nämlich mein Arbeitszimmer, das, wie bereits erwähnt, sich in einem kleinen, abseits gelegenen Haus befand, zu erreichen. Winnetou hatte inzwischen begriffen, daß Mr. Johnson kein persönlicher Feind von mir war, und hatte seine Angriffe auf ihn eingestellt. So schob ich meinen Freund, der sich kaum auf den Beinen halten konnte, vor mir her, mit Kurs auf mein Privathaus. Der Regen war so dicht geworden, daß man keine zwei Schritte weit sehen konnte. Der ganze Rasen war eine einzige Wasserwüste. Alle Grenzen waren verwischt.
»Wir müssen uns vorsehen, daß wir nicht ins Swimmingpool . . .«
Ich brauchte den Satz nicht zu vollenden, denn wir waren schon drin. Wäre Mr. Johnson Nichtschwimmer gewesen und hätte sich an mich geklammert, so wären wir beide ersoffen. Zum Glück war er ein ausgezeichneter Schwimmer, und das Bad schien ihn sogar zu beleben.
»Wollen wir nicht hierbleiben?« fragte er, während wir dem Rande zustrebten. »Es ist hier drinnen entschieden trockener als draußen.«

Angrenzend an mein Studio befindet sich ein Duschraum für Gäste, damit sie das Pool nicht verunreinigen. Hier nahmen wir jeder eine heiße Dusche, auch Winnetou zwang ich dazu. Dann wickelten wir uns in die dort liegenden Bademäntel, machten es uns vor dem flackernden Kamin mit zwei Pfeifen und einer Flasche Whisky bequem. Winnetou

fing an zu stinken, wie es nur ein nasser Jagdhund kann, kam aber gegen unsere Pfeifen nicht auf.
Und in dieser Atmosphäre erzählte mir mein Freund, der in seinem Bademantel aussah wie Mahatma Gandhi, eine der seltsamsten Geschichten, die ich je gehört habe.

7

»Ich werde bald sterben«, begann er, »und möchte es tun in dem Bewußtsein, daß jemand da ist, der überwacht, daß mein testamentarisch niedergelegter Letzter Wille buchstäblich erfüllt wird. Ich habe ein albernes, durch keinerlei Tatsachen berechtigtes Vertrauen zu Ihnen. Wollen Sie dieser Jemand sein?«
»Mit Vergnügen.«
»Danke. – Ich erzähle Ihnen dafür meine Geschichte, die Sie, wenn Sie wollen, nach meinem Tode veröffentlichen mögen, vorausgesetzt, daß Sie die Namen ändern. – Ist dieser Vorschlag akzeptiert?«
»Ja.«
»Ich habe Ihr Wort, daß Sie meinen Letzten Willen erfüllen werden?«
»Ja.«
Ich reichte ihm die Hand. Er hielt sie einen Augenblick fest.
»Wie schön diese europäische Sitte des Händegebens ist. Man gewöhnt sie sich ganz ab in diesem Lande. Der Amerikaner liebt es nicht, wenn man ihm die Hand gibt. Er hat schon zwei und weiß gar nicht, was er mit einer dritten anfangen soll! – Wovon sprachen wir gerade?«
»Sie wollten sterben ...«
»O ja! ... Und ich wollte Ihnen meine Geschichte erzählen ... Geben Sie mir noch einen Whisky und sparen Sie sich die Mühe, Wasser hineinzugießen ... danke ... Das ist der schönste Hund, den ich je gesehen habe ... Kann er noch mehr als stinken? ... Prosit!«

»Prosit!«
Er setzte das Glas mit abgespreiztem kleinem Finger an den Mund und leerte es auf einen Zug.

Im Ersten Weltkriege, begann er, kämpfte ich auf russischer Seite. Ich erwähne das nur der Ordnung wegen, denn es ist eigentlich Wurst, auf welcher Seite man in diesen idiotischen Weltkriegen kämpft, solange man sie überlebt. Ich kam in deutsche Kriegsgefangenschaft, und als 1917 in Rußland die Revolution ausbrach, beschloß ich, nicht dorthin zurückzukehren. Ich erwarb die deutsche Staatsbürgerschaft. Meine fließende Beherrschung der deutschen Sprache, vereint mit großen Beziehungen durch meine deutsche Frau, die Tochter eines Arztes, ermöglichten es mir, meine deutsche Ärzteprüfung zu machen. Meine Praxis ging nur leidlich, bis ich mich auf das Verschönern von Menschengesichtern verlegte. Sie werden kaum glauben, welche Befriedigung dieser Beruf auslöst. Ein Patient, den Sie als Arzt aus den Klauen des Todes gerettet haben, vergißt Sie spätestens nach drei Monaten. Ein Mensch, dem Sie sein Selbstvertrauen wiedergegeben haben, dankt es Ihnen sein Leben lang. Der Moment, wenn Sie der Patientin – meistens sind es Patientinnen – zum ersten Mal den Spiegel reichen und Sie die Wirkung in ihren Augen beobachten, ist, sofern Sie ein Mensch sind, größer als der, wenn Sie das nicht zu niedrige Honorar dafür einstreichen. Die Wandlung des Charakters ist erstaunlich, und immer zum Guten. Meinen größten Triumph erlebte ich, als eine junge Frau, die aus Minderwertigkeitskomplexen zusammengesetzt war und buchstäblich einem Mann nicht in die Augen zu blicken wagte, nach erfolgter Verschönerung anfing, mit mir zu kokettieren in einer Weise, die Kleopatra vor Neid erblassen gemacht hätte. Ich kann Ihnen nicht sagen, wie unendlich rührend das war. Und ich will verdammt sein, wenn ihre Bemühungen nicht erfolgreich waren ... Das nur nebenbei. Sie wissen, daß uns die Wissenschaft noch heute über die Achsel ansieht. Und mit Recht. Denn natürlich können wir mit unseren Versuchen, das Menschenantlitz zu veredeln, nicht gegen so zünftige Erfindungen wie die Atombombe aufkommen ... Was ich sagen wollte, ist, daß ich durch meinen Sinn für Schönheit viele Menschen glücklich gemacht habe, und daß ich keine rechte Logik darin erblicken kann, warum es gerade mein Sinn für Schönheit sein mußte, der meinen Ruin herbeiführen sollte. – Seien Sie nicht so geizig mit Ihrem Whisky!

Meine Praxis blühte auf wie eine Pfingstrose. Ich wurde eine Berühmtheit. Nach einem Jahr hatte ich meine eigene Klinik in Berlin, mit einem Stab von Assistententen und Schwestern. Bald beschwerten sich meine Frau und meine beiden Töchterchen, daß sie nichts mehr von mir hätten. So versprach ich ihnen, mich vier Monate im Jahr ausschließlich ihnen zu widmen. Ich kaufte ein kleines Haus in Kolberg, dem deutschen Ostseebad, und dort verlebten wir alljährlich den Sommer, procul negotiis, wie der Lateiner sagt. Das blieb nicht lange so. Bald sprach es sich herum, daß ich dort lebte, und die Gäste des fashionablen Bades kamen, um mich zu konsultieren und Verabredungen für den Winter zu treffen. So mußte ich eine tägliche Sprechstunde einrichten. Aber das war alles, was sich meine Familie abknapsen ließ, und alles, was ich willens war, mir abknapsen zu lassen.

So standen die Dinge, als ich eines Frühherbstmorgens, frisch gebadet, aber mutterseelenallein, an meinem Frühstückstisch saß und die »Pommersche Zeitung« öffnete. Von dem nahen Schreibtisch lachte mich das Bild meiner Frau und meiner Töchterchen an, die leiblich bereits nach Berlin vorausgeeilt waren, um »Pennemätzchen« – das bin ich – den Anblick von Koffern zu ersparen. Ich öffnete die Zeitung und las unter »Kunst und Wissenschaft« eine Notiz, wonach das russische Wunderkind, die dreizehnjährige Cellistin Tatjana Ivanovna Petrova, die vor acht Tagen bei ihrem Debüt in Berlin mit dem Philharmonischen Orchester eine lebensgefährliche, in den Annalen der Berliner Musikgeschichte unerhörte Sensation ausgelöst habe, hier in Kolberg am nächsten Sonnabend – das war übermorgen

– mit dem verstärkten Kurorchester, unter Leitung seines bewährten Dirigenten Dr. Schmidt, ihr Berliner Programm wiederholen werde. Zum Vortrag kämen unter anderem das a-moll-Konzert von Volkmann und die Ungarische Rhapsodie von Popper. Und man täte gut, sich rechtzeitig Karten in der Musikalienhandlung von Kleinholz zu besorgen.

Ich habe ein Mißtrauen gegen Wunderkinder. Und was mich in diesem Falle besonders reizte, war die Tatsache, daß ein dreizehnjähriges Mädchen eine Passage sollte spielen können, an der ich dreißig Jahre vergeblich geübt hatte. Wie, zum Henker, war es möglich, daß ein dreizehnjähriges Kind ein so unhandliches Instrument wie das Cello, das schon an die rein körperliche Kraft hohe Anforderungen stellt – du hast von Wunderkindern als Pianistinnen oder Geigerinnen gehört, aber nicht von Cellistinnen –, wie war es möglich, dachte ich, daß ein dreizehnjähriges Mädchen dieses ebenso wunderbare wie widerborstige Instrument über hundertzwanzig Philharmoniker hinweg zum Siege führt, um die noch widerspenstigeren Berliner in einen Taumel der Begeisterung zu versetzen? Pure Neugierde war es, zusammen mit der Tatsache, daß Tatjana eine Landsmännin von mir war, die mich bewog, den Hörer von der Gabel zu nehmen, um gnädig eine Karte bei Kleinholz zu bestellen.

Herr Kleinholz, ein persönlicher Freund von mir, war selbst am Apparat und lachte mir glatt in das Gesicht oder vielmehr in den Hörer. Ob ich auf dem Monde lebe? Die Zeitung mit der Notiz sei, wie ich freundlichst nachprüfen möge, von gestern, und zwei Stunden nach Erscheinen der Notiz sei kein Platz mehr zu haben. Er versuche, bei der Feuerpolizei durchzusetzen, daß er Stühle hineinstellen dürfe. Wenn ihm das gelänge, wolle er einen für mich reservieren. Das Mädel sei die Sensation des Jahrhunderts, und ich als ihr Landsmann solle mich schämen, noch nichts von ihr gehört zu haben. Und ich schämte mich. (Das war der erste Halt, den Tatjana über mich gewann.) Und ich gelobte mir, daß ich ich zur Strafe in den Frack stürzen würde, wenn

es Herrn Kleinholz noch gelingen sollte, einen Platz für mich zu ergattern.
Eine halbe Stunde später telephonierte mir Herr Kleinholz, daß der diensttuende Kurarzt erkrankt sei und daß ich seinen Platz in der ersten Reihe haben könne.

8

Der große Kurhaussaal war lebensgefährlich überfüllt. Herr Kleinholz hatte seine Stühle bei der Feuerpolizei zwar nicht durchgesetzt, aber Stehplätze hatte er weit über die übliche Anzahl verkaufen dürfen. Die Leute standen in den Gängen. Der Orchesterraum vor der Bühne quoll über von Menschen, die sich die Hälse ausreckten, um auf die Bühne schauen zu können, wo sich die Musiker befanden und jenes kleine heilige Podium, das die Solistin des Abends tragen sollte.
Der Anfang verzögerte sich um zwanzig Minuten. Man wisperte bereits, daß Tatjana von einem plötzlichen Unwohlsein befallen sei und wahrscheinlich nicht auftreten könne, als der Dirigent Dr. Schmidt erschien. Der Applaus, mit dem er empfangen wurde, war etwas gedämpft durch die Erwartung einer Hiobspost, aber das Gefürchtete trat nicht ein. Er klopfte an das Pult, hob den Stab, und Beethovens Musik brauste zu uns herab, über uns hinweg.
Herr Dr. Schmidt erntete wohlverdienten Beifall, als er den Stab wieder senkte. Als er nach den üblichen Hervorrufen ins Künstlerzimmer verschwand, wuchs die Spannung ins Fieberhafte. Das Programm versprach als nächstes das a-moll-Konzert von Volkmann mit Tatjana Ivanovna Petrova als Solistin. Das Gerücht, daß ihr etwas zugestoßen sei, wollte nicht verstummen. Die Spannung war unerträglich und ansteckend. Ich war aufgeregt wie ein Gymnasiast. Die Unruhe wurde noch erhöht, als sich die Türen auftaten und Graf Dietz von Hohenturm in Frack und Rollstuhl

hereingerollt wurde. Zwei Diener halfen ihm aus dem Rollstuhl und balancierten ihn zu dem Sitz neben mir.
»Tag«, sagte er, als ich ihn begrüßte, »komme ich zu spät?«
»Nicht für Tatjana«, flüsterte ich. »Haben Sie sie in Berlin gehört?«
»Ob ich sie gehört habe?!« keuchte er. »Ha!« Und er griff in seine Brusttasche. Er brachte ein zerknittertes Papier zum Vorschein, das er mir mit zitternden Händen unter die Nase hielt. »Das ist das Verzeichnis der Städte ihrer Konzerttour. Ich werde in jedem Konzert sein. Das Leben ist wieder lebenswert!«
Er fummelte an seinem Marineglas herum, das jedem Berliner Theaterbesucher bekannt ist und das er gebrauchte, auch wenn er in der ersten Reihe saß – und er saß immer in der ersten Reihe –, und stellte es auf das kleine Podium ein.
»Hoffentlich kann sie spielen«, sagte ich. »Ich hörte, sie ist krank.«
Wenn ich ihm erzählt hätte, die Bolschewiken hätten seine Güter konfisziert, wäre sein Kinn wohl auch nicht tiefer gesunken.
In diesem Augenblick erhob sich das Orchester auf der Bühne wie ein Mann. Applaus stieg auf. Die Geiger schlugen mit ihren Bögen gegen die Rücken ihrer Violinen.
»Da ist sie!« brüllte Hohenturm, und er faßte sich mit der Hand an die Kehle, als ob er ersticke.
Der Applaus von der Bühne sprang über zum Publikum, und Dietz klappte in seine gewaltigen Pfoten und ließ dabei aus seiner Hemdbrust ein Stöhnen ertönen wie ein sterbendes Pferd.
Tatjana – gepriesen sei ihre Mutter – war nicht als Wunderkind zurechtgemacht. Sie kam in einem einfachen dunkelblauen langen Samtkleidchen, das ihre schlanke Gestalt umfloß wie ein Gedicht und das ihre dreizehn Jahre eher vergessen machte als unterstrich. Sie bahnt sich mit schnellen Schritten ihren Weg durch das Orchester, ihr Cello hoch vor sich hertragend, gegen den Protest des sie begleitenden

Dirigenten Dr. Schmidt, der versuchte, ihr das Instrument abzunehmen, da er wohl der Ansicht war, daß sie zu schwach sei, es zu tragen. Tatjana war in der Tat blaß wie der Tod.
»Sie ist krank«, hauchte Hohenturm.
Tatjana stand jetzt auf dem Podium. Sie verneigte sich gegen das Orchester und gegen das Publikum. Dann setzte sie sich und prüfte die Stimmung ihres Instrumentes, eines dunklen verheißungsvollen italienischen Dinges. Sie neigte ihr Ohr über das Griffbrett, um durch den noch immer nicht abnehmenden Applaus etwas zu hören. Sie mußte noch einmal aufstehen und sich verneigen. Dann trat Stille ein.
Dr. Schmidt, am Dirigentenpult stehend, drehte sich zum Publikum und öffnete zwei Reihen prachtvoller falscher Zähne, um etwas zu sagen. Aber ein kleiner Ausruf Tatjanas ließ ihn zu ihr blicken. Sie schüttelte den Kopf, ihm dabei ein Paar Grübchen zeigend, über die man Bände schreiben könnte. Darauf unterließ Dr. Schmidt zu sagen, was er hatte sagen wollen, zuckte mit den Achseln und klopfte ans Pult.
Die Geiger setzten die Bögen auf die Saiten.
Noch ein Blick Dr. Schmidts zu Tatjana. Sie nickte. Und los brauste das Allegro.
Während der ziemlich langen Einleitung des Orchesters hatte ich Muße, Tatjana zu betrachten. Ihre Augen, die in stummem Staunen an dem Dirigenten hingen, als höre sie zum ersten Male dieses Konzert, waren von einem hellen Mausgrau, die Pupillen nur wenig dunkler als die Iris. Ich weiß nicht, welchen Effekt diese Art Augen auf Sie haben, auf mich wirken sie verheerend.
»Schauen Sie sich den Mund an«, flüsterte Hohenturm.
Ich hatte ihn bereits bemerkt. Er war groß und nackend. Natürlich, werden Sie sagen, Kinderlippen pflegen keinen Schnurrbart zu tragen. Und doch, wenn ich diesen Mund charakterisieren soll, muß ich wiederholen, er war aufgeworfen und von einer erschreckenden Nacktheit. Ihr dunkles Haar fiel in sanften, natürlichen Wellen auf ihre Schultern. Die Brauen waren schmal und liefen in ungleichen

Kurven. Die Herausforderung dieses Gesichts stand in merkwürdigem Gegensatz zu der Distinktion ihres Kleides. Es sah aus wie das Junge eines Abendkleides. Oder wie die liebenswürdige Persiflage eines solchen. Die langen Ärmel endeten an den Handgelenken in kleinen Puffs. Das U-förmige »Dekolleté« war von einer rührenden Überflüssigkeit. Aber es war da, nicht wahr? Unnötig zu sagen, daß sie keinerlei Schmuck trug. Nur eine russische Mutter kann ihre dreizehnjährige Tochter zugleich mit solchem Takt und solchem Raffinement kleiden.
Der arme Dietz seufzte, während ich versuchte, mich gegen die Macht, die von diesem halben Kind ausstrahlte, zu sträuben.
Wie wunderbar stand das dunkle Blau des Kleides zu dem Weiß ihrer Hände und dem satten Braun des Cellos! Die unendlich schmalen Finger der Linken lagen noch untätig in vierter Lage auf dem Griffbrett und verrieten noch nichts von der unheimlichen Kraft, die ihnen innewohnte.
Da, jetzt, drei Takte vor ihrem Einsatz, wiegte sie den ganzen Körper im Rhythmus des Orchesters, ihr Mund öffnete sich ein wenig und dann — — —!

Mit langen, entschiedenen Strichen schwang sie sich mit dem herrlichen Thema über das Orchester, als hätte sie Flügel. Weit daherschreitend folgten sich die Töne, noch gehalten, aber vorwärtsdrängend mit unheimlicher Dynamik. Und sie legte ein Tempo vor, das mich erbeben ließ bei dem Gedanken an die gleich kommende Passage, an der meine dreißigjährigen Bemühungen noch stets gescheitert waren. Da — jetzt kam die Stelle. Sie hob die linke Braue ein wenig und — humsti, bumsti, hast du nicht gesehen — wie Gespenster flogen die Finger über die Saiten. Sie schmiß die Passage ins Publikum, wie man einem Hund einen Knochen hinwirft.
Und schon war sie wieder in ruhigerem Fahrwasser, als wäre nichts geschehen.
Ich tupfte mir den Schweiß von der Stirn, und der Dirigent tat dasselbe. Er versuchte, das Tempo ein wenig zu drücken

mit Rücksicht auf die herannahende Oktaven-Doppelgriffstelle, die ich nicht einmal lesen, geschweige denn spielen konnte. Aber Tatjana drängte schon wieder. Sie wandte den Kopf ein wenig, wie um sich zu vergewissern, ob das Orchester noch vorhanden sei, und dann raste sie mit verhängten Zügeln auf den Oktavenabgrund zu. Und sie sprang in diesen Abgrund hinein, als sei er die blumigste Wiese und als sei diese Stelle die leichteste vom ganzen Konzert und als spiele sie sie eigentlich nur aus Gefälligkeit.

Von da an weiß ich nicht mehr viel. Ich war wie in einem Taumel. Ich erwachte erst wieder von einem Krachen, als ob das Haus zusammenstürze, und von einem Stoß, den mir Dietz in die Rippen versetzte, während er mir zubrüllte: »Applaudieren Sie doch!« Dann kam die Pause, die das Publikum durchapplaudierte. Niemand verließ seinen Platz. Mit Rücksicht auf den verspäteten Anfang entschloß sich Dr. Schmidt, die Pause zu verkürzen. Schon nach zwei Minuten erschien er und hob den Stab zum Beginn des zweiten Teiles. Die Orpheus-Ouvertüre stieg.

Und dann kam Tatjana wieder, empfangen von einem Orkan der Begeisterung. Sie spielte das Andante in a-Moll von Bach aus der Sonate für Violine solo in der Bearbeitung von Casals. Sie spielte es mit einer Einfachheit, Innigkeit und Tiefe, die dich wundern machte, was für eine erwachsene Seele in diesem Kinderkörper wohnte.

Dann spielte sie das Menuett aus der Sonate Nummer drei von Haydn. Mit einer Schelmerei, Bruder, die dir das Herz hörbar lachen und dich zu einem besseren Menschen machte. Und die dich auf allerhand gefaßt machen ließ für die letzte Programmnummer: Ungarische Rhapsodie von Popper.

Quatsch, sage ich, niemand konnte ahnen, was ihm bevorstand. Ich will nicht sprechen von dem Andante maestoso, das sie vor mir ausbreitete wie einen Teppich, ich will nicht sprechen von dem Andante, mit dem sie dich einlullte, und jedes Mißtrauen, als hätte sie noch irgend etwas mit dir vor, beseitigte, ich will sprechen von dem Presto, mit dem sie dich dann plötzlich und hinterrücks ansprang.

In diesem Presto jagt sie in einem Schlitten mit sechs schellenbestickten Pferden über die ungarische Pußta. Erst noch von fern. Und dann kommt sie näher und näher. Und dann ist sie so nahe, daß sie über dich hinwegsaust. Und das Orchester ist wie eine Meute Wölfe hinter ihr her. Und Tatjana sieht sich um nach den Wölfen, und ihr Bogen wird zur Peitsche, sie senkt sich tief über das Cello. Und sie rast dem Orchester davon. Dr. Schmidt hat es aufgegeben zu dirigieren. Mit verschränkten Armen sieht er dem Wettlauf zwischen Tatjana und dem Orchester zu – ein genialer Einfall, für den ich den alten Kerl hätte umarmen können –, und das Orchester, losgelöst von seinem Stab, setzt hinter Tatjana her, die immer um Haaresbreite voraus ist. Schmidt hebt erst wieder den Stab, um den letzten Akkord herunterzuschlagen, mit dem Tatjana sich hat einholen lassen.
Und dann dachte ich, das Haus bricht zusammen. Nie in meinem Leben habe ich eine so tobende, brüllende, trampelnde Menge gesehen.
Tatjana erschien nicht, sich zu bedanken.
Statt dessen erschien nach einer Weile Dr. Schmidt, betrat das Podium und bedeutete, daß er sprechen wolle.
Es wurde mäuschenstill.
»Meine Damen und Herren«, sagte er »Tatjana Ivanovna Petrova hat mich gebeten, Ihnen in ihrem Namen zu danken, da sie selbst dazu nicht mehr fähig ist. Ich kann Ihnen jetzt verraten – was sie mir vor dem Konzert zu tun verboten hatte –, daß sie bis eine halbe Stunde vor Beginn in einer Art Nervenfieber lag, das leider nicht nur Lampenfieber gewesen sein kann, da ihr dieses fremd ist. Sie ist jetzt völlig erschöpft und bittet Sie, es ihr zu verzeihen, wenn sie Ihre Bitten um Zugabe nicht erfüllen kann. – Ich brauche Ihnen nicht zu versichern, daß ich alles aufgeboten hatte, um Sie, meine Damen und Herren, um den Genuß des heutigen Abends zu bringen, weil mir die Gesundheit der Künstlerin wichtiger erschien. Es ist mir nicht gelungen. Sie bestand darauf, zu spielen, und wir mußten nachgeben, um ihren Zustand nicht zu verschlimmern. – Meine Damen und Herren, ich bin ein alter Mann und mache mir nicht mehr

viel aus dem Leben, aber ich danke meinem Schöpfer, daß er mich diesen Abend hat erleben lassen. – Und ich bitte den diensttuenden Arzt, ins Künstlerzimmer zu kommen.«
Ich schwang mich über die Brüstung des Orchesters, hilfreiche Hände umklammerten meine Beine und trugen mich durch die Breite des Orchesters bis zur Rampe, wo Dr. Schmidt stand, der mich in Empfang nahm. Ich machte eine Geste zum Publikum, daß es nach Hause gehen könne, und folgte Dr. Schmidt ins Künstlerzimmer.

9

Tatjana lag auf einer Chaiselongue, zugedeckt mit dem Sommerpelz ihrer Mutter. Die Mutter, unverkennbar an dem feinen Schnitt des Gesichts und der seltsamen Farbe der Augen, kniete vor ihr und massierte ihr die Schläfen. Zu Füßen Tatjanas hockte ein altes, verhutzeltes russisches Weiblein und versuchte, mit ihrem Atem Tatjanas eiskalte Füßchen zu erwärmen. Sie lamentierte. »Ich habe es dir gesagt, Alexandra, es war zuviel für die Nerven des kleinen Engels . . .«
»Schwatz keinen Unsinn, Maruschka«, antwortete die Mutter in einem wunderbar beruhigenden Alt. »Tatjana ist kein Engel und hat das Nervensystem einer Feuerspritze, und du weißt das! Es muß etwas Körperliches sein, das . . .«
»Wenn ich helfen kann . . .«, sagte ich auf russisch und stellte mich vor. »Dr. Boris Michailowitch Leventieff.«
»Ein Russe!« rief Alexandra.
»Ein Russe!« rief Maruschka.
Alexandra umarmte mich ohne weiteres, während Maruschka versuchte, mir die Hand zu küssen.
»Helfen Sie uns, Boris Michailowitch«, sagte Alexandra und deutete auf die immer noch ohnmächtige Tatjana.
Ich hob Tatjana, die leicht war wie eine Feder, in meine

Arme – die damals noch die Arme eines Athleten waren, wenn Sie nichts dagegen haben, verehrter Herr – und trug sie, gefolgt von Alexandra und Maruschka, die Treppen hinunter, durch die wartende Menge, der ich ein paar beruhigende Worte zurief, zu meinem Auto.

Ich fuhr mit meiner kleinen russischen Kolonie zum Strandhotel, wo sie wohnten. Ich wies Maruschka an, Tatjana zu Bett zu bringen, während ich von Alexandra einige Aufklärungen zu erlangen suchte. Nach ihren Ausführungen war Tatjana bis gestern mittag völlig normal gewesen und hatte keine Spur von Lampenfieber oder irgendeiner besonderen Erregtheit gezeigt. Sie hatten um 4.06 nachmittags Berlin verlassen wollen. Im Auto, auf dem Wege zum Stettiner Bahnhof, war es Tatjana eingefallen, daß sie ihre Noten vergessen hatte. Da es zum Umkehren zu spät war – es mußte noch großes Gepäck aufgegeben werden –, hatte Tatjana den Vorschlag gemacht, allein umkehren zu wollen, während Mutter und Maruschka – (die, wie ich bei dieser Gelegenheit erfuhr, Alexandras Amme und Tatjanas Kindermädchen gewesen war) – zum Bahnhof fahren und das Gepäck aufgeben sollten. Es war vereinbart worden, daß, falls es Tatjana nicht mehr schaffen sollte, zur Abfahrtszeit am Bahnhof zu sein, ihre Mutter vorausfahren und Maruschka im Wartesaal auf Tatjana warten solle. Sie würden dann mit dem nächsten Zug nachkommen. Es war wichtig, daß die Mutter vorausfuhr, um die in Kolberg für zehn Uhr abends angesetzte Verständigungsprobe mit Dr. Schmidt wahrzunehmen. Alexandra, eine hervorragende Pianistin, war imstande, Dr. Schmidt über jede Nuance und jedes Tempo in Tatjanas Auffassung aufzuklären, was die für den nächsten Morgen angesetzte Orchesterprobe erleichtern sollte.

»Tatjana«, beendete Alexandra ihren Bericht, »erschien nicht um vier Uhr, und so fuhr ich, wie verabredet, voraus und ließ Maruschka zurück. Und wie mir diese erzählte, hätte Tatjana fast auch den nächsten Zug versäumt. Sie kam im letzten Moment und befand sich in höchster Aufregung. Sie hatte die Noten nicht gefunden. Sie hatte die ganze

Wohnung durchsucht und zum Überfluß beim Weggehen in der Eile ihr Herbstmäntelchen mit einem Sommermäntelchen verwechselt. – Wahrscheinlich hat sie sich hierbei erkältet. – Im Zug ist sie dann vor Erschöpfung eingeschlafen und wurde von Angstträumen gequält, so daß Maruschka sie ein paarmal aufrütteln mußte. Als ich Tatjana am Bahnhof in Kolberg in Empfang nahm, kannte ich sie kaum wieder, so blaß und verstört war sie. Zum Glück konnte ich sie wegen der Noten beruhigen. Ich hatte sie inzwischen im großen Koffer gefunden. Und zwar in einer Lade, die Tatjana selbst gepackt hatte.«
»Und hat Ihre Erklärung über die Auffindung der Noten sie beruhigt?« fragte ich.
»Natürlich. – Trotzdem schrie sie in der Nacht noch ein paarmal auf. Heute morgen hatte sie Orchesterprobe. Nach der Probe bestand ich darauf, daß sie zu Bett ging. Da wiederholten sich ihre Angstzustände bis zu Fieberausbrüchen, so daß ich das Konzert absagen wollte. Als sie das hörte, stand sie auf und – das übrige haben Sie miterlebt. Sie hat wunderbar gespielt, nicht wahr? – Ich glaube, sie war besser als in Berlin.«
»Hatte sie Lampenfieber vor ihrem Debüt in Berlin?«
»Nicht die Spur. In der Stadtbahn, auf dem Weg zur Philharmonie, löste sie Kreuzworträtsel. Ich fuhr absichtlich Stadtbahn mit ihr, wie gewöhnlich, um ihr jedes Gefühl, daß etwas Besonderes vorlag, zu nehmen. So fuhr sie auf ihrem Abonnement zweiter Klasse zu ihrem Konzert, als ob sie zu ihrem Lehrer zur Stunde führe.«
In diesem Augenblick meldete Maruschka, daß sie Tatjana zu Bett gebracht habe.
Wir gingen ins Nebenzimmer.
Tatjanas lange Wimpern ließen nicht erkennen, ob sie die Augen ganz oder halb geschlossen hatte. Sie lag unbeweglich.
»Sie ist so schön wie ein Engel«, sagte ich zu Alexandra.
»Sie ist ein Fratz«, verbesserte diese mich. »Außerdem, Boris Michailowitch, sind Sie nicht hier, um festzustellen, wie schön sie ist.«

Ich setzte mich ans Bett, fühlte Tatjanas Puls und beugte mich über sie.
»Haben wir ein Thermometer?« fragte ich.
Alexandra ging ins Nebenzimmer, eines aus dem Koffer zu holen.
Tatjanas Puls war schwach, aber regelmäßig und nicht beängstigend. Ich zweifelte, daß sie ohne Besinnung war. Ich schaute ihr forschend ins Gesicht. Aber es war nicht festzustellen, ob sie mich unter den Wimpern anblickte oder nicht. Ich studierte die feinen Züge. Wieder wußte ihr Mund die Aufmerksamkeit auf sich zu ziehen. Er war erwachsener als seine Umgebung. Er war wie ein selbständiges Wesen und schien sich den Teufel daran zu kehren, daß er einem halben Kind angehörte. Er war einladend . . . auffordernd . . . befehlend.
»Wie fühlst du dich, Tatjana Ivanova Petrova!« fragte ich auf russisch.
Langsam hob sie die Wimpern. Ein Staunen – wohl ob des Russischen – erschien. Dann öffnete sie die Augen ganz.
»Gut«, sagte sie und ließ ihre Augen aufmerksam in meinem Gesicht spazierengehen. – Plötzlich erschienen die Grübchen.
»Du saßest in der ersten Reihe, nicht wahr?«
»Ja. Und ich habe eine gottbegnadete Künstlerin gehört, die die größte Cellistin aller Zeiten werden wird. Und ich will verdammt sein, wenn ich dich nicht bis morgen gesund gemacht habe . . .«
Sie schloß die Augen wieder. Ein kleiner Druck ihrer Finger – ich hielt noch immer ihren Puls – warnte mich, daß Alexandra mit dem Thermometer ins Zimmer trat.
»Schläft sie?« fragte Alexandra.
»Ja«, sagte ich, um Tatjana den Gefallen zu tun, mit ihr im Komplott zu sein, wofür ich mit einem neuerlichen Druck ihrer Finger belohnt wurde.
»Ich glaube, sie wird bald einen fürchterlichen Hunger bekommen«, sagte ich.
»Soll ich ihr ein Täubchen braten?«
»Besser zwei, Alexandra Petrova.«

»Gut.«
Wir waren wieder allein.
»Öffne dein Mäulchen«, sagte ich und tat ihr das Thermometer hinein. Sie lag unbeweglich. Ich hatte ihren Puls losgelassen, aber sie hatte ihre Finger um meine Hand gelegt. Es war still.
Während ich sie sinnend betrachtete, dachte ich über die Ungereimtheiten nach, die mir in Alexandras Erzählung aufgefallen waren.
Warum, wenn Tatjana ihr Programm auswendig spielte, hatte sie das Fehlen der Solonoten so aufgeregt?
Warum hatte sich diese Aufregung nicht gelegt, nachdem die Noten gefunden waren?
Wie konnte sie vergessen, daß sie die Noten selbst in den Koffer getan hatte?
Wie sollte ihr dieser Umstand nicht wieder einfallen, wenn die Noten nicht auf dem gewohnten Platz zu Hause lagen?
Was hatte es für einen Sinn, zwei Stunden lang nach ihnen zu suchen? Und nochmals: Warum hatte das Finden der Noten keine Entspannung gebracht?
Sah es nicht beinahe so aus, als habe Tatjana gewußt, daß die Noten im Koffer lagen? Als sei sie gar nicht der Noten wegen umgekehrt? Weswegen war sie umgekehrt? Um zwei Stunden allein sein zu wollen??
War sie überhaupt zu Hause gewesen?? O ja! Sie hatte ja das Mäntelchen vertauscht! Was hatte sie erlebt, das sie so tief erschreckt hatte?
Über diesen Gedanken hatte ich einen Augenblick ihr Gesicht aus den Augen gelassen, so daß mir eine Veränderung entgangen war. Während ich sinnend auf die Tapete starrte, fühlte ich plötzlich ihre Hand eiskalt werden und krampfig. Ein schneller Blick in ihr Gesicht erschreckte mich. Es war leichenblaß, das Näschen war gekräuselt, und sie winselte wie unter einem Alpdruck. Ich entfernte schleunigst das Thermometer, sonst hätte sie es zerbissen. Ich rief sie an und schüttelte sie. Sie kam zu sich und sah mich an. Hilflos, mit einem kleinen Lächeln, fiel ihr Köpfchen zur Seite.
Ich fühlte ein Mitleid wie eine Wunde in meinem Herzen.

Ich beugte mich über ihr Ohr.
»Hörst du mich, Tatjana Ivanovna?«
»Ja.«
»Als du heute abend im Presto über die Steppen saustest, da wünschte ich mir, du säßest in einem richtigen Schlitten, und die Pferde gingen durch, und ich könnte sie aufhalten, um dich zu retten. – Weißt du, was das heißt?«
Sie antwortete nicht. Aber das ganze Körperchen war ein einziges Fragezeichen.
»Das heißt, daß ich dich liebhabe. Daß du mir vertrauen kannst. Daß ich wünschte, du wärest in einer Klemme, aus der ich dich befreien könnte. Daß ich jedes Verbrechen für dich begehen würde.« Sie hatte sich halb aufgerichtet, auf einen Ellbogen gestützt. Ihr Hemdchen hatte sich gespaltet und ließ die Ansätze von Brüstchen erkennen. Sie schaute mir aufmerksam in die Augen.
Ich hielt ihren Blick aus.
»Was kann ich für dich tun?« fragte ich.
Noch immer blickte sie forschend. Dann sank sie, wie unschlüssig, in die Kissen zurück.
»Sag mir's ins Ohr, Tatjana.«
Ich legte mein Ohr an ihren Mund.
Leiser als der Atem einer Maus kam es endlich von ihren Lippen:
»Zu Hause . . . in meinem Zimmer . . . liegt etwas . . . das muß weg . . .«
Ihr Atem pfiff.
»Was liegt zu Hause in deinem Zimmer, das weg muß?«
Ihre Nägel krallten sich in meine Hände, sie warf den Kopf ins Genick, wie in einem Krampf, und mit unerhörter Anstrengung stieß sie hervor:
»Ein Toter.«
Sie zog die Beinchen unter der Decke an und streckte sie wieder. Dann lag sie unbeweglich.
Die Farbe ihres Gesichtchens war besser. Ein erlösender Schweiß brach aus den Poren ihrer Wangen, ihres Halses und ihrer Schultern.
Sie schlief. Sie schlief wie ein Kind.

10

Mein nächster Gedanke war: Wie bekomme ich die Hausschlüssel? Tatjana war die letzte in der Wohnung gewesen. Waren sie noch in ihrer Handtasche? Wo war die Handtasche? Dort auf der Kommode. Ich ging schnell hin und öffnete sie. Es waren keine Schlüssel drin. Ich hörte Alexandra kommen.
»Sie wird sich jetzt gesundschlafen«, sagte ich. »Ich glaube, daß sie über den Berg ist. Immerhin möchte ich mit Rücksicht auf ihre bevorstehende Konzertreise kein Risiko eingehen. Sie muß morgen früh ein Mittel nehmen, das ich ihr aus Berlin bringen werde ...«
»Sie wollen nach Berlin ...?«
»Ich bekomme es hier nicht und muß sowieso nach Berlin. Wenn Sie etwas mitzubringen haben ...«
»Etwas mitzubringen? Bei allen Heiligen, wenn Sie Tatjanas Pelzmäntelchen mitbringen könnten? ... Wenn es Sie wirklich nicht belastet? Es hängt im Flur gleich rechts ...«
»Geben Sie mir die Adresse und die Hausschlüssel und ein paar Zeilen, die mich beauftragen, das Mäntelchen zu holen, damit man mich nicht für einen Dieb hält ...«
»Tatjana wird Sie vermissen«, sagte Alexandra, während sie sich hinsetzte und meinem Wunsch willfahrte.
»Lassen Sie sie noch eine Stunde schlafen. Dann geben Sie ihr tüchtig zu essen. Und sagen Sie ihr, daß ich nach Berlin gefahren sei, um sie gesund zu machen. Das ist wichtig. Es wird sie beruhigen.«
»Gott segne Sie, Boris Michailowitch.«
Zehn Minuten später raste ich, den Tank bis zum Rand gefüllt, eine Knackwurst und zwei trockene Brötchen in der Fracktasche, über die Chaussee nach Berlin.
Während der zweihundertvierzig Kilometer langen Strecke hatte ich Muße, über allerhand nachzudenken. Hatte Tatjana im Fieber gesprochen? War wirklich ein Toter in ihrem Zimmer? Wer war es? Wie war er dorthin gekommen? War es ein Bekannter? Ein Fremder? Hatte sie ihn entdeckt, als sie die Wohnung betrat, um die Noten zu holen?

Wenn so, warum hatte sie nicht Lärm geschlagen? Warum hatte sie nichts ihrer Mutter oder Maruschka erzählt? Hatte sie ihn ermordet?
Was auch gewesen sein mochte, ich war entschlossen, sie aus der Patsche zu reißen. Sie werden es seltsam finden, aber ich begann zu singen am Steuer, so glücklich war ich, etwas für sie tun zu können. Und ich gestehe es zu meiner Schande, daß bei dem Gedanken, es könne nur eine Fieberphantasie sein, mein Herz schwer wurde wie Blei.
Und doch machte ich mich mit dieser Möglichkeit immer mehr vertraut. Es war die einfachste und logischste Erklärung. Und sicher die für Tatjana wünschenswerteste. Langsam suchte ich mich mit dem Gedanken auszusöhnen, daß Tatjana in keiner Patsche sei, aus der ich sie reißen konnte.

Um 1.30 nachts tauchten die Funktürme Nauens auf. Meine Spannung und Ungeduld wurden unerträglich. Ich schaffte die letzten vierzig Kilometer in zweiundzwanzig Minuten. Es war 1.52, als ich in die Heerstraße einbog. Und zehn Minuten später parkte ich vor Tatjanas Haus am Südwestkorso.
Ich blieb noch eine Weile am Steuer sitzen und beobachtete die Straße. Sie war ruhig und menschenleer . . .
Ich verglich noch einmal die Hausnummer mit der mir von Alexandra gegebenen Adresse. Sie stimmte. Die Tatsache, daß die Wohnung im Hochparterre lag, würde mein Eingreifen, wenn ein solches notwendig sein sollte, begünstigen.
Ich stieg aus und ließ die dem Haustor zugekehrte Wagentür angelehnt.
Auch das Haustor schloß ich nicht wieder, sondern lehnte es nur an.

Ich betätigte das automatische elektrische Treppenlicht, das nach zwei Minuten von selbst verlischt.
Da, gleich links, war die Wohnungstür, mit einer kleinen Visitenkarte: »Alexandra Petrova.«

Ich schloß so leise wie möglich die Tür auf und zog sie hinter mir wieder zu, gerade als das Flurlicht erlosch.
Ich suchte an der Wand des Entrees nach dem Schalter. Im gleichen Augenblick, als ich das Licht anknipste, hörte ich irgendwo in der Wohnung einen tiefen, tiefen Ton, der mich albernerweise bis ins Mark erschrecken ließ. Es dauerte eine Weile, bis meine Sinne registrierten, daß es eine Standuhr gewesen sein mußte, die die Viertelstunde schlug. Der Zufall, daß der Ton genau mit dem Anknipsen des Lichtes zusammenfiel, muß mich so erschreckt haben. Denn Sie dürfen nicht vergessen, daß ich damals ein Hüne war und mich weder vor Gott noch Teufel fürchtete. Jedenfalls bestimmt nicht vor dem letzteren.
Das erste, was ich im Licht sah, war gleich rechts die von Alexandra erwähnte Kleiderablage.
Tatjanas Herbstmäntelchen mit dem Pelzkragen, das mir Alexandra genau beschrieben hatte, war *nicht* darin. Aber andere Tatjana gehörige Überkleider. Ihr Anblick gab mir eine fast unheimliche Ruhe und Zuversicht.
Von da an arbeitete mein Hirn einwandfrei und ohne hysterische Faxen.
Ich öffnete die Tür des ersten Zimmers und machte Licht. Es war das Wohnzimmer.
Die Möbel waren mit Hüllen überzogen, wie man das damals zu machen pflegte, wenn man die Wohnung längere Zeit unbewohnt ließ. Ich stellte fest, daß die Rolladen vor den Fenstern heruntergelassen waren. Das war gut. So würden sie es wahrscheinlich auch in den anderen Zimmern sein, und kein Licht konnte nach außen dringen und meine Anwesenheit verraten.
Zwei Schiebetüren führten zum angrenzenden Eßzimmer. Auch hier die Hüllen über den Möbeln.
Vom Eßzimmer mußte ich erst wieder in den Flur, um zu den anderen Räumen zu gelangen.
Die nächste Tür, die ich öffnete, führte in Alexandras Schlafzimmer. Es war tadellos in Ordnung. Es war im französischen Geschmack gehalten. Das große Bett gemacht und die seidene Steppdecke noch mit einer schützenden

Spitze bezogen. Es führte keine Tür ins Nebenzimmer. Ich mußte wieder auf den Flur zurück.
Mein Herz klopfte, als ich die nächste Tür öffnete und an der Wand nach dem Schalter tastete.
Ich knipste das Licht an.
Die einzige Unordnung, die mir zunächst auffiel, waren Kleider und Wäsche eines Knaben, wüst über einen der umhüllten Sessel geworfen. Erst dann entdeckte ich die bauschige Erhöhung unter der Bettdecke.
Ich schlug sie zurück. Die weißen Linnen waren von Kissen und Pfühlen abgezogen. (Sie ruhten wohl, pedantisch von Maruschka verstaut, im Leinenschrank.) Was hier geblieben war, waren die rohen roten Federpfühle.
Und in diesen roten Kissen lag der weiße nackte Körper eines Knaben. Er mochte vierzehn oder fünfzehn Jahre alt sein. Sein Gesicht zeigte den Ausdruck höchsten irdischen Entzückens. Er war tot. –
Ich drückte ihm die noch halb offenen Augen zu, hob ihn aus dem Bett, trug ihn zur Chaiselongue. Ich säuberte ihn wie eine Amme und kleidete ihn an. Seine Sachen lagen in umgekehrter Reihenfolge, wie er sie ausgezogen hatte, über dem Sessel, und ich brauchte nur ein Stück nach dem andern zu nehmen, um es ihm anzuziehen: Unterwäsche, Hemd, Strümpfe, Hose, Weste und Jackett.
Unter dem Jackett lag noch etwas auf dem Sessel: Tatjanas Pelzmäntelchen!
Ich machte dann sehr sorgfältig das Bett.
Ich war so vorsichtig, noch einmal in Alexandras Schlafzimmer zu gehen, um mich genau zu informieren, auf welche Weise Maruschka die Betten zu machen pflegte. Ich stellte fest, daß auch hier das Leinen abgezogen war.

Nachdem ich Tatjanas Bett in peinlich gleicher Weise geordnet hatte, hob ich den Knaben in meine Arme. »Nun mach dich nicht so schwer, mein Junge«, sagte ich.
»Ich werde dich auf irgendeine Bank im Park setzen, wo du nach spätestens zwei Stunden gefunden werden wirst, und kein Verdacht wird auf deine Geliebte fallen. Das willst du

doch nicht, nicht wahr?« Ich deckte Tatjanas Pelzmäntelchen über ihn, trug ihn auf den Flur und setzte ihn da in einen Stuhl. Ich ging noch einmal durch alle Zimmer, überzeugte mich, daß keine Spuren zurückgeblieben waren, und knipste überall das Licht aus.
Dann machte ich erst allein den Weg von der Flurtür zu meinem Auto. Alles war still und menschenleer. Zu dem Weg brauchte ich etwa zehn Sekunden. In dieser Zeit würde schon niemand kommen.
Und es kam niemand. Ich verstaute meinen kleinen Freund im Auto und vergaß auch das Pelzmäntelchen nicht.
Ich ging noch einmal zurück, verschloß Wohnungstür und Haustor und fuhr davon.
Im nahen Park setzte ich meinen kleinen toten Freund auf eine Bank in einer Pose, als ob er schliefe. Ich ging zurück zu meinem Wagen, dessen Motor lief. Der Tag begann zu grauen, als ich die Heerstraße erreichte, um Berlin auf demselben Wege zu verlassen, auf dem ich gekommen war.

11

Die Chaussee war noch völlig frei vom Verkehr. Mit dem unbeschreiblichen Gefühl des Zufriedenseins nach einer guten Tat sauste ich in den Morgen.
Wieder hatte ich Zeit zum Nachdenken. Es bedurfte keines Sherlock Holmes, um zu rekonstruieren, was sich vorgestern nachmittag in einer verlassenen Wohnung abgespielt hatte. Tatjana hatte den Trick mit den »vergessenen« Noten gebraucht, um sich mit ihrem Geliebten zu treffen. Die beiden waren, ohne sich Zeit zu nehmen, die Überkleider in der Flurgarderobe zu lassen, ins Schlafzimmer geeilt, hatten sich die Sachen vom Leibe gerissen und waren in die abgezogenen roten Pfühle geschlüpft. Und hier war der Junge des schönsten Todes gestorben. Sein Herz hatte der Süße von Tatjanas Umarmung nicht standgehalten . . . Tatjana hatte den Kopf verloren . . . Sie hatte sich angekleidet und

war davongestürzt ... Ihr Pelzmäntelchen hatte sie nicht gleich finden können, so hatte sie irgendein Mäntelchen aus der Gaderobe gegriffen und war geflohen. Was mein Gewissen betraf, lieber Herr, so war es rein. Leider hatte ich nicht mehr für Tatjana tun können, als mich der Übertretung der Anzeigepflicht des Arztes schuldig zu machen. Ein Verbrechen war nicht geschehen. Keine Meldung hätte den Jungen wieder lebendig gemacht. Wohl aber hätte sie die Karriere einer der größten werdenden Cellistinnen aller Zeiten ruinieren können.
Und Tatjana? Ich will verdammt sein, wenn sie in meinen Augen verloren hatte. Was wollen Sie? Sie sitzen da im Parkett, gebannt von ihrem Zauber, kaum fähig, das Wunder zu fassen, wie dieses Kind seinen Jahren voraus ist. Sowohl in ihrer faszinierenden Technik als in der Größe und Tiefe ihrer Auffassung. Wir sind mitgerissen von ihrem Temperament, das uns von den Sitzen hebt. Und nur, wenn es zu ihrem Urmenschlichsten kommt, sollte sie das alles nicht haben? Sollte sie ihren Jahren nicht voraus sein! Glauben Sie, daß einer das Andante so spielen kann, der kein Sexualleben hat? Und was heißt: ihren Jahren voraus? Dreizehn Jahre ist ein romantisches Alter. Ein neugieriges Alter. Ein gefährliches Alter. Und es war die Liebe einer Dreizehnjährigen, die einen Julius Cäsar das ganze Römische Reich für eine gute Weile vergessen ließ. Weit in der Ferne wurde eine rote Laterne geschwenkt. Galt das mir? Das Licht kam schneller näher, als ich glaubte. Ich stoppte. Zu der Laterne gehörte ein Gendarm. Schon haben sie mich, dachte ich.
»Haben Sie keinen Kilometerzähler am Wagen?«
»Doch.«
»Sie sind uns von Nauen gemeldet worden, daß sie mit hundert Kilometern durch den Ort gerast sind. Es gibt keine Höchstgeschwindigkeit auf der Chaussee, aber wohl durch die Ortschaften. Zeigen Sie mir Ihren Führerschein.«
»Es tut mir leid«, sagte ich, »ich habe nicht gemerkt, daß ich so schnell fahre. Ich bin Arzt und muß zu einem Kranken.«

»Das ändert die Sache«, sagte der Gendarm nach einem Blick in meinen Führerschein. »Fahren Sie weiter. Aber denken Sie daran, daß es keinen Zweck hat, einen Menschen am Sterben zu hindern, wenn Sie dabei fünf andere totfahren. – Guten Morgen.«
Was es doch für reizende Gendarmen gibt! Ich erreichte Kolberg um sieben Uhr früh, stürzte mich in ein heißes Bad und rasierte mich. Dann stellte ich den Wecker für neun Uhr und schlief bis dahin. Nicht lang, wie es in den Meistersingern heißt, aber fest und gut.

12

Um halb zehn Uhr ließ ich mich, sauber umgekleidet, mit Tatjanas Pelzmäntelchen und einer Schachtel harmloser Pillen bewaffnet, bei Alexandra melden. »Sie wollen mir nicht weismachen, daß Sie in Berlin waren und schon zurück sind?« empfing sie mich.
»Doch«, sagte ich. »Wie geht es unserer Patientin?«
»Patientin? Als ich ihr sagte, Sie seien nach Berlin gefahren, um sie gesund zu machen, hat sie ihr Täubchen gegessen, sich hingelegt und die ganze Nacht geschlafen wie ein Sack. – Kommen Sie, wir wollen zu ihr gehen.«
Sie ging voraus.
Tatjana lag mit offenen Augen im Bett, das Gesicht uns zugewandt.
»Hier ist dein Pelzmäntelchen, Tatjana«, sagte ich und legte es ihr zu Füßen auf die Bettdecke. »Wahrscheinlich war die ganze Sache eine Erkältung, die du dir in dem dünnen Fähnchen zugezogen hast. Zur Sicherheit nimmst du diese Tablette und schläfst noch zwei Stunden.«
Als ich ihr die Tablette zwischen die Lippen schob, küßte sie meine Fingerspitzen.
»Wollen Sie uns die Freude machen, heute abend mit uns im Kurhaus zu soupieren! Vorausgesetzt natürlich, daß Sie Tatjana erlauben aufzustehen . . .«

Tatjana diktierte mir die Antwort mit ihren mausgrauen Augen.
»Oh, ich glaube schon«, sagte ich, »daß wir es wagen können.«
»Ich auch«, sagte Alexandra. »Wie ich sie kenne, wird sie in zwei Stunden das Bedürfnis haben, aufs Matterhorn zu klettern. Dieser Engel, müssen Sie wissen, hat die Konstitution eines Hundes von Baskerville.«
Tatjana kuschelte sich in die Kissen. Ihre Blicke folgten mir, als ich das Zimmer verließ.
Nach einem guten Frühstück bei Bruckner ging ich zu meinem Strandkorb und ließ mich von dem Murmeln der Ostsee in einen herrlichen Schlaf singen.
Ich träumte von Tatjana. Sie war eine Nonne. Augen und Näschen waren frei. Aber um den Mund trug sie einen Schleier, um niemanden zu verführen.

13

Alexandra trug ein einfaches schwarzes Abendkleid mit kleinem Ausschnitt. Tatjana, ebenfalls in Schwarz, war die Miniaturausgabe ihrer Mutter. Die beiden sahen sich ähnlich wie zwei Känguruhs, nur daß Alexandra ihr Junges nicht mehr mit sich herumtragen konnte, denn es war fast so groß wie sie.
Als ich am Arm der beiden Damen den Speisesaal des Kurhauses betrat, wandten sich aller Augen uns zu, ein Flüstern begann, ein Applaus brach los, der sich von Tisch zu Tisch fortpflanzte.
»Das gilt dir, Tatjana.«
Zwei ungleich große unwiderstehliche Grübchen erschienen in Tatjanas blassem Gesicht, und sie dankte mit leichtem Kopfnicken, nicht ohne sich dabei ostentativ in meinen Arm zu hängen.
Ich hatte uns einen Tisch reservieren und ein kleines Souper zusammenstellen lassen, das sofort aufgetragen wurde.

»Boris Michailowitch ist unfair zu Alexandra Petrova«, sagte diese. »Er soll *mein* Gast sein!« Das Essen war gut, der Beaujolais vorzüglich, das kleine Orchester diskret, meine beiden Frauen verführerisch.
Ich kann sehr aufgekratzt sein, lieber Herr, wenn ich glücklich bin, und ich hatte die Genugtuung, daß zwei Paare langer schwarzer Wimpern nie trocken wurden vor Lachtränen. Jawohl, mein Herr. Auch Tatjana lachte!
Plötzlich segelte Dr. Schmidt auf unseren Tisch zu. Tatjana stand auf und eilte ihrem Dirigenten entgegen. Der alte Herr küßte ihr die Hand, was eine kleinere Sensation im Saale hervorrief und mir einen größeren Stich in der Herzmuskelgegend verursachte. Sie wußte nicht, daß wir uns kannten, und so stellte sie mich vor, nicht ohne zu betonen, daß ich es sei, der sie so schnell gesund gemacht habe. – Und es klang ein bißchen verrucht, lieber Herr. – Und sie bat den Kapellmeister, bei uns Platz zu nehmen.
Und nun wurde es urgemütlich. Dr. Schmidt gab Erlebnisse von seinen Konzertreisen zum besten, und es wurde einer jener Abende, die dir das Dichterwort von der »freundlichen Gewohnheit des Atmens« in zustimmende Erinnerung bringen.
Zum Überfluß rollte noch Graf Hohenturm in den Saal. Ich machte ihn zum Glücklichsten aller Sterblichen, als ich ihn Tatjana vorstellte. Die Komplimente, die er Tatjana machte, kamen so von Herzen, daß der in allen Sätteln geübte Kavalier stammelte wie eine defekte Grammophonplatte. Als er ihr versicherte, daß er noch nie so tief, noch nie so tief, noch nie so tief ergriffen gewesen sei als von ihrem Mann, ihrem Mann, ihrem Andantino, da traten Tatjana die hellen Tränen in die Augen. Nicht vor Rührung, lieber Herr, sondern vor unterdrücktem Lachen, denn sie war ein Biest. Als sie mit den süßesten Grübchen ihn einlud, an unserem Tisch zu bleiben, wäre er sicher vor Entzücken aus seinem Rollstuhl gesprungen, wäre er nicht vom Gürtel abwärts gelähmt gewesen.
Er ließ sogleich Champagner anfahren und stürzte sich in eine französische Konversation mit Alexandra. Aber seine

Augen hingen an Tatjanas Mund, und ich hatte Angst, daß er seinen Krimstecher auf ihn richten würde.
Ich muß leider bemerken, lieber Herr, daß meine kleine Kleopatra sich genau bewußt war, welche Macht sie auf ihn ausübte. Sie machte ihn so verrückt, daß er sich abwechselnd mit Champagner und Obst bekleckerte.
»Woran denken Sie gerade?« fragte sie mich.
Ich konnte ihr nicht sagen, woran ich gerade gedacht hatte. Ich hatte gedacht, wenn ich nicht glücklich verheiratet und Vater zweier Töchter wäre, ich wahrscheinlich ihre Mutter heiraten würde, um sie als Tochter zu bekommen. Schon um sie verhauen zu können, wenn sie sich gegen arme ältere Herren wie ein Kätzchen im Schaufenster benahm. Ganz zu schweigen davon, wie begehrenswert diese Alexandra war, die vor dreizehn Jahren diese Tatjana geboren hatte.
»Woran dachten Sie?« drängte Tatjana.
»Dich zu verhauen.«
Es leuchtete wie Triumph in ihren Augen, als sie sich wieder zu dem Grafen neigte, der ihr etwas ins Ohr flüsterte.
Das kleine Orchester spielte ein Cello-Solo.
Tatjana lauschte andächtig und beobachtete die Finger am Griffbrett. Beim Applaus erhob sie sich.
Als sie sich wieder setzte, flüsterte sie mir mit vorgehaltener Hand ins Ohr: »Er wird nie etwas Schnelles spielen können, der Arme, weil er den Daumen falsch hält. Er ist ihm im Wege.«
Nach dem Souper spielte das Orchester zum Tanz auf. Ich tanzte einen langsamen Walzer mit Tatjana, die sich leicht wie ein Geist in meinen Armen wiegte. »Wenn jemand für jemanden etwas tut, das eigentlich nicht recht ist, so muß jemand diesen Jemand sehr liebhaben, nicht wahr?« fragte sie.
»Man sollte es annehmen«, sagte ich.
Jetzt fühlte ich meinen Geist doch etwas schwerer in meinen Armen.
Es war schon spät und die Stimmung ausgelassen, als der Graf uns einlud, den Rest des Abends bei ihm in seinem »bescheidenen« Hotelzimmer zu verbringen.

»Nur wenn ich mein Cello mitbringen darf«, sagte Tatjana.
Die Begeisterung war groß. Wir brachen auf und holten Tatjanas Cello.
Der Graf bewohnte eine Flucht von Zimmern. Und er war kein schlechter Wirt.
Er karriolte in seinem Rollstuhl von einem Zimmer zum anderen in einem grotesken Tempo wie eine Strindbergsche Figur.
»Verheerend . . . sie ist verheerend . . .«, flüsterte er mir zu, so oft er an mir vorbeiraste.
Tatjana stand am Flügel und ordnete ihre Noten. Als ich neben sie trat, deutete sie mit dem Finger auf eine Stelle in der »B. Z.«, die dort lag.

> »Heute in den frühen Morgenstunden fanden Angestellte der Bolleschen Meierei in den Anlagen des Südwestkorsos neben einer Bank die Leiche eines Knaben. Er mochte bereits zehn Stunden tot sein. Als Todesursache wurde Herzversagen festgestellt.«

Während sie mich lesen ließ, war sie zu Dr. Schmidt getreten. Beide hatten, über die Noten gebeugt, eine kurze Verständigung.
Dann nahm sie ihr Cello, und wir gruppierten uns mit unseren Stühlen im Halbkreis um den Flügel, an dem Dr. Schmidt Platz nahm.
Sie neigte ihr Ohr über die A-Saite und stimmte das Instrument so leise, daß es nicht wahrzunehmen war. Dann nickte sie Dr. Schmidt zu. Er wartete, bis es mäuschenstill im Raum war. Dann senkte er seine gewaltigen Klavierpfoten in die Tasten, und die einleitenden Akkorde der Air von Bach hoben sich mit schweren Flügeln aus den Saiten.
Tatjana setzte ein. Und mit dem ersten Ton, dem über zwei Takte gehaltenen Fis, machte sie das Zimmer zur Kirche. Das war das Verblüffende an dem Mädel: diese suggestive Kraft. Sie hatte dich gleich da, wo sie dich haben wollte. Gleich. Nicht erst nach soundsoviel Takten oder Minuten.

Sie spielte die Arie mit einer entwaffnenden Einfachheit, nur die Komposition wirken lassend. Sie brauchte auch kein Vibrato, um deine Seele in Schwingung zu bringen. Sie war äußerst sparsam damit. Und wenn sie es anwandte, so machte sie es mit ihrem Herzschlag und nicht mit ihrem Finger.
Dem alten Hohenturm lief eine Träne über die Backe. Er hielt ein leeres Sektglas und ein Taschentuch zwischen den Fingern auf seinem Schoß und lauschte. Einmal hob Tatjana ihre Wimpern und sah mich an. Ich nickte. Ich hatte verstanden, daß dies ein Requiem für ihren kleinen toten Freund war.
Als sie geendet hatte, wagte niemand zu applaudieren. Dann spielte sie das Ave Maria von Schubert. Mit einer Innigkeit, die mich seltsam erregte. Ich wußte, es war der Dank an die Heilige Jungfrau, daß sie ihr geholfen hatte.
Wieder war niemand fähig, zu applaudieren.
»Nun kommt aber etwas Lustigeres«, sagte sie, wie zur Entschuldigung.
Und es kam das Rondo von Dvořák.
War das dieselbe Cellistin? War das dasselbe Cello? War das derselbe Raum, in dem wir saßen? Konnte soviel Schalk in einem so seriösen Instrument stecken? Den Hauch von Schwermut, der über dem ruhigeren Teil des Allegretto grazioso liegt, unterstrich sie in einer nur mir verständlichen Weise. Dann kam ein russischer Bauerntanz. Nach Beendigung taten uns allen die Oberschenkel weh, als hätten wir den Krakowiak mitgetanzt.
Zum Schluß spielte sie – um die Finger zu erwärmen, wie sie sagte – die Tarantelle von Popper. Armer Dr. Schmidt! Jetzt war er es, der zur Heiligen Jungfrau beten mußte. In der Flageolettstelle mißglückte ihr ein Flageolett. Sie ersetzte es durch ein Grübchen und eine kleine Verbeugung, was reizender war, als wenn das Flageolett gekommen wäre.
»Und jetzt muß ich schlafen gehen.«
Die Damen verabschiedeten sich. Da sie im selben Hotel wohnten, lehnten sie eine Begleitung ab.

Wir Herren blieben noch bei einer Flasche Sekt.
Ich war wieder tief bewegt von Tatjanas großer Kunst. Und ich schämte mich der sündigen Gedanken, die mich in ihrer Gegenwart überkamen.
Auch der Graf war ganz still geworden. Und bald drängte Dr. Schmidt zum Aufbruch.
Als ich auf der Straße in meiner Manteltasche nach meinen Autoschlüsseln suchte, fühlte ich einen Zettel. Ich las unter einer Laterne: »Nicht mit Mutti kokettieren. – Tatjana.«

14

Dieser Zettel war nicht dazu angetan, aufkeimende gute Vorsätze zu stärken. Ich nahm ein Schlafmittel, um nicht von Tatjana zu träumen. Jawohl, mein Herr, so weit war es schon mit mir.

Am nächsten Morgen ging ich zeitig an den Strand und stürzte mich in die kühlende Ostsee. Dann legte ich mich vor meinen Strandkorb und ließ mich von der Sonne trocknen. Ich hatte die Augen geschlossen. Ich weiß nicht, wie lange ich gedöst hatte, als ich durch irgendein Gefühl veranlaßt wurde, die Augen zu öffnen. Als ich es tat, blickte ich in Tatjanas mausgraue Pupillen.
Sie lag im rechten Winkel zu mir auf dem Bauch im Sande, und ich weiß nicht, wie lange sie mir schon ins Gesicht guckte. Sie hatte sich auf die Ellbogen gestützt, den Kopf in den Händen. Wir sahen uns eine gute Weile an, ohne zu sprechen.
»Wo ist Mutti?« sagte ich.
»Im Meer. – Warum?«
»Weil ich mit ihr kokettieren möchte.«
Kleine Pause. Dann Tatjana: »Soll ich sie holen?«
»Nein.«
Ich senkte meine Augen in Tatjanas Gesicht. Sie duldete es. Ich verfolgte ihre Halslinie hinab zu den Schultern, die nur

durch die schmalen Halter des Badeanzuges unterbrochen wurden. Sie ließ es geschehen, ohne sich zu rühren. Sie hatte das Halskettchen, das eine Madonna trug, durch den Mund gezogen und beobachtete mich stumm. Ihre Stellung erlaubte mir, wieder einen Blick in jenes sanfte Hügelland zu werfen, wo sich einmal die Brüstchen erheben sollten.
»Glaubst du nicht«, sagte ich, »daß ich erblinden werde, wenn du die wogenden Massen deines Busens nicht besser versteckst?«
Sie lachte auf. Impulsiv. Mit einem tiefen, kleinen, glucksenden Lachen.
Dann war sie wieder still und sah mich an.
»So wenig, wie du denkst, ist es nun auch wieder nicht!«
Und wie um sich zu vergewissern, zog sie das Trikot ein wenig nach vorn und schielte hinunter. Und wirklich standen da zwei spitze Dingerchen, bereit, dir die Augen auszustechen.
Sie muß wohl etwas wie Überraschung in meinem Gesicht gelesen haben, denn es kam ein kleiner triumphaler Glanz in ihre Augen, als sie sagte:
»Das ist nur, um gewisse Leute zu lehren, daß sie keine vorgefaßten Meinungen haben sollen.«
Und sie lief ins Meer. Hoch schlugen die Wellen über ihr zusammen.

Bald kehrte sie zurück und legte sich wieder neben mich auf den Bauch.
»Warum willst du Mutti heiraten?« fragte sie.
»Um dich als Töchterchen zu bekommen.«
»Liebst du mich wie ein Töchterchen?«
Ich antwortete nicht. Sie wiederholte die Frage.
»Das geht dich einen Dreck an, verdammte Schlange«, sagte ich schließlich. »Außerdem darf ich dich gar nicht anders lieben.«
Sie ließ den Sand nachdenklich durch die Finger einer Hand gleiten.
»Ich frage ja nicht, was du darfst. Ich frage, was du möchtest.«

Aber ich verteidigte meine Ehre wie eine alte Jungfer.
»Wer sagt dir überhaupt, daß ich dich liebe?«
»Du hast es mir gesagt. Es war der erste Satz, den du zu mir gesprochen hast.«
»Damals habe ich sicher gemeint: wie ein Töchterchen.«
»Und heute?« beharrte sie.
Ich antwortete nicht.
Sie fing an, Hände voll heißen Sandes auf meine Brust zu häufen.
»Du verbrennst mich«, sagte ich.
»Ich weiß es«, sagte sie. »Liebst du mich wie eine Tochter oder anders?«
Sie war plötzlich ganz blaß geworden.
»Anders«, sagte ich.
Ich weiß nicht, warum ich so gebrüllt habe, daß der halbe Strand es gehört haben muß.
Auch Tatjana schien erschrocken zu sein. Eine jähe Röte schoß in ihr Gesicht. Sie sah sich um, ob es jemand gehört hatte. Sie hob sich auf ein Knie, wischte den Sand von dem andern, warf sich mit einer Kopfbewegung die Haare aus der Stirn und erhob sich.
»Alles muß man mühsam aus dir herausbekommen, Boris Michailowitch«, sagte sie.
Und wieder lief sie gegen das Meer, in dieses hinein, und tauchte unter den ersten Wellenberg. Dann schwamm sie hinaus.

Ich erhob mich, um sie im Auge zu behalten.
»Sie liebt Sie. Gott sei Ihnen gnädig.«
Es war Alexandra, die neben mir stand und sich das Gesicht vom Meerwasser trocknete.
»Sie ist mir dankbar, wollen Sie sagen.«
»Sie *liebt* Sie – und Sie wissen es.«
»Wie soll man sich dazu stellen?« fragte ich.
»Wie stellt man sich zu einem Erdbeben? Wenn Tatjana sich in den Kopf setzt, Sie zu heiraten, werden kein Gott und kein Teufel und nicht einmal Sie etwas dagegen machen können.«

»Wie gut, daß ich verheiratet bin und zwei Töchter habe.«
»Das sind Hindernisse«, sagte Alexandra, ein wenig orakelhaft.
»Aber keine unüberwindlichen, meinen Sie?«
»Sie wissen, daß sie nicht unüberwindlich sind. Es hängt von dem Grad ab, wie weit es Tatjana gelingt, Sie in sich verliebt zu machen.«
»Was soll man tun?«
»Fliehen.«
»Vor Tatjana?«
»Vor Tatjana und sich selbst, Boris Michailowitch. – Oder Sie können auch Ihre Braut ertrinken lassen, wenn Sie ihr nicht sofort nachschwimmen. Auch das wäre eine Lösung.«
Sie hielt die Hände an den Mund und rief: »Tatjana . . .«
Ich tat dasselbe.
Tatjana schien uns nicht zu hören.
»Sie ist bei Gott noch zu geschwächt, so weit hinauszuschwimmen«, sagte ich. Und ich machte mich an ihre Verfolgung.
Als ich sie erreichte, war sie gerade am Umkehren, aber schon sehr erschöpft. Ich glaube, sie war heilfroh, daß ich da war.
»Leg dich auf meinen Rücken, stütz dich mit den Händen auf meine Schultern – drück mir aber nicht die Kehle zu –, ruh dich aus und hilf nur mit den Beinen etwas nach.«
Sie tat genau nach Vorschrift.
»Sobald wir an Land sind, haue ich dir den Popo voll«, sagte ich.
Keine Antwort.
Ich empfand die Berührung ihrer Oberschenkel, die über meinen Nieren die vorgeschriebenen Schwimmbewegungen machten, wie eine unendlich zarte Liebkosung.
»Hast du mich verstanden?« fragte ich.
»Ja«, sagte sie.
Als wir an Land stiegen, schien Alexandra wirklich wütend zu sein. – »Du gehst heute nicht mehr ins Wasser, sondern ziehst dich sofort an.«

»Ja, Mutti.«
»Wie wäre es«, schlug ich vor, »wenn wir uns alle anzögen und einen Spaziergang machten?«
Der Vorschlag wurde angenommen.
Wir gingen die Dünen entlang – Tatjana, wie selbstverständlich, in mich eingehängt – bis zum nächsten kleinen Fischerdorf. Hieß es Eckernförde? So ähnlich wenigstens.
In dem einzigen Dorfwirtshaus aßen wir zu Mittag. Frischen gekochten Aal mit Petersilienkartoffeln und Gurkensalat. Dazu einen offenen roten Landwein. Dazu Tatjana an meiner Seite, die mir auftat und mich bemutterte. O ja, mein Herr, es gibt noch Lebensgenüsse! Die Götter seien dafür gepriesen!
Auf dem Nachhauseweg hing Tatjana noch schwerer an meinem Arm. Wir kamen zum Nachmittagskonzert des Kurorchesters zurecht. Dr. Schmidt dirigierte. Dazu Kaffee und Kuchen und Alexandra und Tatjana. Die Reihenfolge war natürlich umgekehrt. Es war wieder reizend, wie Tatjana einem Konzertstück zu lauschen verstand.
Alexandra überraschte uns mit der Eröffnung, daß sie Karten fürs Stadttheater habe. »Der Widerspenstigen Zähmung« wurde gegeben mit einem berühmten Gast.
»Vielleicht können Sie etwas dabei profitieren, Boris Michailowitch«, sagte sie mit maliziösem Lächeln. Tatjanas Grübchen erschienen. Sie sah ihre Mutter an mit einem langen Blick, sagte aber nichts.
Die Vorstellung war ausgezeichnet. Gepriesen sei die liederliche Lebensweise großer Künstler, die sie zwingt, im Sommer in kleinen Badeorten zu gastieren. Tatjana saß neben mir, ihre Hand in der meinen. Shakespeares Idee, wie man eine Widerspenstige zähmen könne, schien ihr etwas albern vorzukommen.
»Warum schlägt er sie nicht?« fragte sie.
Ihr kleiner Körper sandte dauernd Botschaften zu mir: ich bin hier . . . Ich bin hier . . . *Mich* liebst du . . . *Mich* liebst du, *nicht* Mutti . . .
Ich wußte das sowieso . . .

15

Ich kam nach Hause in einer ziemlich verwahrlosten geistigen Verfassung. Ich stellte mich vor den Spiegel und gab der verdächtigen Physiognomie, die mir entgegenstarrte, alle Schimpfnamen, die mir einfielen: Du bist ein seniler Trottel, der auf kleine Mädchen fliegt. Du bist ein Lump, der das Vertrauen einer Mutter mißbraucht. Du bist ein Schwein, das seine Frau betrügt. Du bist ein Nichtswürdiger, der nicht verdient, daß er selber Töchter hat. Wie würde es dir gefallen, wenn jemand *deinen* Töchtern nachstellte??
Stellte ich jemandem nach? Hatte ich bis jetzt irgend etwas getan, worüber ich mir Vorwürfe machen müßte? Nein, bis *jetzt* nicht! Ich atmete auf. Bis jetzt nicht! Wenn jemand nachstellte, so war es Tatjana. Und vielleicht bildete ich mir das auch nur ein. Vielleicht war es nur harmlose kindliche Dankbarkeit. Nun versuchen Sie nicht, albern zu werden, sagte mein Spiegelbild. Kindlich? Wenn Sie sich erinnern wollen, wofür sie Ihnen dankbar zu sein hätte, werden Sie sich erinnern, daß sie kein Kind mehr ist. Harmlos? Lassen wir alle Sentimentalitäten beiseite, lieber Herr, jede Geste, jeder Blick, jedes Lächeln ist für jeden, der nicht erotisch verkümmert ist, eine Herausforderung. So, das mußte einmal ausgesprochen werden! Es hat keinen Zweck, um den heißen Brei herumzugehen, Sie Trottel, sagte mein Spiegelbild. Sie haben recht, sagte ich, einer Gefahr kann man leichter begegnen, wenn man sie erkannt hat. Gratuliere, sagte mein Spiegelbild, und ich bin neugierig, wie Sie ihr begegnen werden!
Ja, ich werde! Es wäre ja lächerlich, mich von diesem Fratz einlullen zu lassen! Fratz? Beim großen Zeus, wenn sie am Cello saß, war sie keiner! Und wenn sie nicht am Cello saß – auch nicht. Ich fühlte, wie ich ihr wieder verfiel, gerade als ich ihr zu entrinnen suchte.
Ich setzte mich vor das Bild meiner Frau und meiner Töchter, um mir Kraft zu holen. Merkwürdig, wie sie mich im Stiche ließen! Sie schienen mir fremd. Wie aus einem früheren Leben.

Ich schlief wenig diese Nacht. Die wenigen Schlaffetzen waren mit unruhigen Träumen durchsetzt.
Und es war eigentlich immer derselbe Traum in verschiedenen Varianten: Tatjana kam, plauderte allerliebst mit meiner Frau und meinen beiden Töchtern, dann wandte sie sich zu mir und sagte: »Was hast du für eine reizende Frau, Boris Michailowitch, und was hast du für reizende Töchter.« Und dann nahm sie mich an der Hand und sagte: »Nun komm aber!« – Um drei Uhr nachts machte ich diesem Zustand ein Ende, indem ich aufstand, eine Dusche nahm und mich zu einer wissenschaftlichen Arbeit an den Schreibtisch setzte.
Das gab mir mein Gleichgewicht zurück. Als ich drei Stunden später mich wieder schlafen legte, war ich der Alte. Ich konnte mich nur wundern, welch seltsame Versuchungen für alte Knaben im Universum auf der Lauer lagen. – Nun, diese war abgeschlagen! Haha! Ich wußte damals noch nicht, daß es etwas Gefährlicheres gab, als sich in den aufkeimenden Leib dieser Halbwüchsigen zu verlieben. Das war, sich in ihre junge Sinnlichkeit zu verlieben. Und über diese Sinnlichkeit in ihre Kunst, und über ihre Kunst in ihre Seele, in die heiteren Gefilde ihres Gemütes. In ihren Humor. In diese schreckliche Mischung von Unschuld und Raffinement. Kurz: in Tatjana.
Wie gesagt, ich wußte das damals noch nicht. Und ich war zu einem Entschluß gekommen, der mir meine Ruhe zurückgab. Um jeder Versuchung aus dem Wege zu gehen, hatte ich beschlossen, früher, als ursprünglich geplant, zu meiner Familie nach Berlin zurückzukehren. Morgen abend schon. Oder vielmehr heute abend noch. Denn es war neun Uhr früh, als ich diesen Entschluß faßte.
Das einzige, was ich zu packen hatte, waren meine wissenschaftlichen Sachen und ein paar Kleinigkeiten. Ich setzte ein Telegramm auf an meine Frau. Um elf Uhr telephonierte ich mit Alexandra, daß mich ein dringender Fall nach Berlin riefe und daß ich um vier Uhr meine Aufwartung machen würde, um mich von ihr und Tatjana zu verabschieden.

Dann vollendete ich meine Packerei und ignorierte die Tatsache, daß mein Herz schwerer und schwerer wurde.
Es mag gegen zwölf Uhr gewesen sein, als es an der Flurtür läutete.
Es war ein sehr kurzes Läuten. Wie aus Versehen.
Einen Augenblick glaubte ich, mein Herz stünde still. – Ich öffnete.
Es war Tatjana.
Sie war sehr blaß. Ihre Augen hatten einen seltsamen Glanz. Das war kein Kind, das da stand. Das war ein junges Weib, das gekommen war, für sein Glück zu kämpfen.
Sie war plötzlich so erwachsen, wie sie es war, wenn sie am Cello saß.
»Du fährst fort, Boris Michailowitch?« fragte sie. »Tritt näher, Tatjana«, sagte ich so ruhig wie möglich.
Ich zog die Flurtür hinter ihr zu und nahm ihr das Mäntelchen ab. Ich kannte dieses Mäntelchen.
Beim Abnehmen sah ich, daß sie zitterte.
Wir gingen in mein Arbeitszimmer.
Ich setzte mich hinter meinen Schreibtisch, wie um Schutz zu suchen.
»Nimm Platz, Tatjana.«
Ich deutete auf einen Sessel.
Sie kam der Aufforderung nicht nach. Schräg zu meiner Rechten, zwischen mir und dem Schreibtisch stehend, lehnte sie sich an diesen, halb sitzend, ein Bein heraufgezogen, den Fuß des anderen am Boden lassend.
»Warum fährst du fort?«
Ich log ihr irgend etwas vor, warum ich nach Berlin müsse. Und beim Lügen fühlte ich, daß sie fühlte, daß ich log.
Sie ließ mich ausreden.
Dann sagte sie:
»Ich bin gekommen, mich zu bedanken. – Für das, was du für mich getan hast. – Wünsche dir etwas.«
»Was soll ich mir wünschen?«
»Was du am liebsten möchtest.«
»Du weißt, daß ich das nicht darf. Es wäre ein Verbrechen.«

»Du hast gesagt, du würdest jedes Verbrechen für mich begehen.«
»Für dich, ja. Nicht für mich.«
»Es ist für mich.«
Sie sagte das sehr einfach. Aber ihre Pupillen blickten starr, wie die einer Blinden.
»Oh«, sagte sie plötzlich, mit einem Ausdruck fast mütterlichen Mitleides. Und sie deutete auf meine Hand, die auf der Armlehne ruhte.
»Wie du zitterst . . .«, flüsterte sie.
Und neugierig studierte sie mein Gesicht. Und die Andeutung eines Lächelns entstand.
»Du liebst mich nämlich«, sagte sie.
Und sie streichelte mein Haar.
Wie schwer die kleine Hand auf meinem Scheitel ruhte.
Ein schmaler Streifen Fleisch – zwischen Kleidersaum und Strumpf – blendete mich.
Ihre Fingerspitzen berührten meinen Nacken.
Da fiel mein Haupt in ihren Schoß. Wie der Schädel eines Enthaupteten in den Korb.

16

Als ich – ich weiß nicht, wie viele Stunden später – aus einem purpurnen Wahnsinn erwachte, hatte sich die Welt verändert. Ich wußte, daß ich bis jetzt nicht gelebt hatte, und wußte, daß ich ohne Tatjana nicht weiterleben konnte noch wollte. Frisch unter dem Erlebnis schrieb ich an meine Frau, erzählte ihr alles, bat sie, mich zu vergessen. Ich bat sie, unser Haus und zwei Drittel meines Vermögens anzunehmen und in eine Scheidung zu willigen.
Ich hielt meine Verabredung mit Alexandra für vier Uhr nachmittags ein. Nur daß ich ihr nicht adieu sagte, sondern um Tatjanas Hand anhielt.
»Tatjana«, sagte Alexandra, »hat bereits bei mir um Ihre Hand angehalten.«

»Sie hat bereits ...?«
»Ja. Heute morgen, als Sie telephonierten, daß Sie abreisen müßten, fragte sie mich, ob ich etwas dagegen hätte, wenn sie Sie heiraten würde. Ich sagte ihr, daß es mir wenig nützen würde, etwas dagegen zu haben, gab aber der Hoffnung Ausdruck, daß Sie Manns genug sein würden, ihr den Popo vollzuhauen. –
Wenn mir jemand leid tut, so sind Sie es, Boris Michailowitch. Nicht wegen des Altersunterschiedes. Der wird sich erst in zehn Jahren bemerkbar machen. Und wer kann mehr als zehn Jahre Glück vertragen? Aber hüten Sie sich: Wenn ich von mir auf Tatjana schließen kann, so wird sie Ihnen treu sein, solange Sie sie lieben. Am ersten Tage, wo das aufhört, wird sie Sie betrügen. Sie will geben, glücklich machen und bemuttern. Und wenn sie das nicht mehr mit Ihnen tun kann, so wird sie sich einen anderen suchen, den sie beschenken kann, den sie glücklich machen kann und den sie bemuttern kann.«
»Ich hoffe, sie wird mich vorher umbringen.«
»Das liegt absolut im Bereiche der Möglichkeit«, sagte Alexandra schlicht.
»Das beruhigt mich.«
»Und während der zehn Jahre, die ihr glücklich seid«, beendete Alexandra, »wird sie Sie quälen. – Empfangen Sie meine herzlichen Glückwünsche.«

17

Da es Schwierigkeiten machen würde, in Deutschland eine Dreizehnjährige zu heiraten, hatten wir beschlossen, eine Konzertreise durch die Vereinigten Staaten zu unternehmen, die ich finanzieren würde, und bei dieser Gelegenheit in Amerika zu heiraten.
Ich buchte für die »Ile de France« für ein Datum, das uns Zeit ließ, ihren europäischen Verpflichtungen nachzukommen.

Ich kann nicht viel erzählen von den Städten, die wir berührten auf Tatjanas Triumphzug. Erinnerungsfetzen sind mir geblieben von überfüllten Konzertsälen, mit dem Grafen in der ersten Reihe, seinen Krimstecher auf Tatjanas Mund gerichtet, von rasenden, klatschenden Menschen, von Blumen, Blumen, Blumen. Blumen bei der Ankunft, Blumen im Konzert, Blumen bei der Abfahrt. Von den trauten Soupers nach den Konzerten mit Tatjana und Alexandra, aller Augen auf unseren Tisch gerichtet. Von dem offiziellen Gutenachtsagen – welche Wonne, Tatjana im Beisein ihrer Mutter auf den Mund küssen zu dürfen! – und später von dem leisen Tapsen nackter Füßchen auf meinem Teppich.
Ihre Nerven lagen bloß nach einem Konzert, und es schien, als müsse sie, nachdem sie Tausende mitgerissen hatte mit ihrem Temperament, am eigenen Feuer verbrennen, wenn es nicht gelöscht wurde. Und die Erlösung war bei ihr von einer Süßigkeit und Schärfe, die sie ohnmächtig werden ließen.
Ihre naive Aufrichtigkeit erschreckte mich oft. Einmal sagte sie, es müsse bei ihr anders sein als bei allen anderen Menschen. Denn wenn es bei allen Menschen so wäre wie bei ihr, so würden alle Menschen nichts tun als lieben.
Einmal machte ich ihr Vorwürfe, daß sie den armen Grafen bewußt quäle. Es sei absolut überflüssig, bedeutete ich ihr, ihrem Cello zu erlauben, ihren Kleidersaum bis über das Knie zu streifen, so daß dem armen Dietz die Augen herauszufallen drohten.
Nachdem sie die Eifersucht, die aus meinen Worten sprach, geschlürft hatte wie ein Kätzchen die Milch, sagte sie, der arme Mann sei gelähmt, er könne nur von ihr träumen, und es sei nichts Unrechtes, ihm dazu zu verhelfen. Es sei nur christlich. Und die Leute, die mehr von ihr hätten, sollten sich schämen, Dietz dieses kleine Vergnügen zu mißgönnen.
Die Gewissensbisse, die ich mir gelegentlich machen zu müssen glaubte, daß unsere Leidenschaft ihr schaden oder ihr Spiel beeinträchtigen könne, waren albern, lieber Herr.

Sie spielte jeden Tag besser und wurde mit jedem Tag schöner.
Trotzdem versuchte ich manchmal, ihren Lockungen zu widerstehen. Aber Tatjana hatte Mittel, diesen Widerstand zu brechen. Sie setzte diesen Bemühungen ein besonderes Lächeln entgegen. Sie hatte eine Art, mich anzusehen, eine, die Mundwinkel zu verziehen, die mich entwaffnete. Und wenn das nicht genügte, scheute sie keineswegs vor stärkeren Mitteln zurück. Kurz und gut, die Argumente, die sie vorzubringen wußte, siegten regelmäßig mit verblüffender Zuverlässigkeit.
Und die Erinnerung an unser morgendliches Wiedersehen am Frühstückstisch – sie immer bedeutend frischer aussehend als ich – gebe ich für nichts her, lieber Herr, für nichts . . .
Unsere Tournee führte uns durch Deutschland, Holland, die Schweiz, Frankreich. Sie war so gelegt, daß wir uns an der Riviera entlang spielten von Marseille über St. Raphael, Cannes, Nizza, Monte Carlo, über die italienische Grenze nach Mailand und Genua.
Ich habe von all diesen Orten nicht viel gesehen, lieber Herr. Ich weiß nur, daß schöner als das Azurblau des Himmels das Mausgrau von Tatjanas Augen war. Berauschender als das Murmeln der Brandung das Flüstern ihrer Lippen. Bleicher als der Mond das Leuchten ihres Fleisches.
An einem herrlichen Spätherbstmittag schifften wir uns in Genua ein.

18

Was mich um den Verstand brachte, war die Entdeckung, daß meine kleine Kleopatra mich liebte. Jawohl, mein Herr. Mit einer von Tag zu Tag sich steigernden Innigkeit und Glut. Die Gewißheit, daß ihre Gefühle nicht nur Dankbarkeit waren, sondern daß sie mich brauchte und begehrte,

führte mich auf eine Höhe des Glückes, die nicht von Dauer sein kann.
Es ist uns Sterblichen einfach nicht beschieden.
Es kommt nun das, was man mit dem »Finger Gottes« bezeichnet, wenn man gottlos genug ist, das zu tun.
Wir hatten uns in New York ein Auto gekauft und fuhren durch Staaten, Berge und Wüsten mit dem Ziel Las Vegas, wo wir uns trauen lassen wollten.
Eine Tagesreise vor Las Vegas übernachteten wir in der Wüste in einem Camp. Ich lag schlaflos an der Seite meiner Geliebten, die morgen meine Frau werden sollte.
In die unendliche Süßigkeit meines Glückes hatte sich ein quälender Gedanke geschlichen. Es hatten sich in letzter Zeit Anzeichen gehäuft, daß Tatjana schwanger war. Wenn das der Fall war, war das Kind von mir?
Ich hatte die ganze Zeit gefühlt, wie liebend dankbar mir Tatjana für die Tatsache war, daß ich nie mit einem Wort oder einer Andeutung ihre Affäre mit ihrem kleinen Freund erwähnt hatte. Und ich war entschlossen, mir eher die Zunge abzubeißen, als mich dieses Vorzuges in ihren Augen zu begeben. Und doch werden Sie mir nachfühlen, mein Herr, wie ich litt. Es ist verdammt schwer, ein Wesen, das Sie lieben, nicht bis in die entferntesten Winkel auszuforschen. Aber mich schützte der Gedanke, mich in ihrer Liebe herabzusetzen, davor, jemals die Frage auszusprechen. Übrigens, konnte sie es selbst wissen? Als ich so weit in meinen Gedanken gekommen war, knipste Tatjana, von der ich gedacht hatte, daß sie schliefe, das Licht an. Sie sah mir in die Augen, die Hand am Schalter lassend, und sagte: »Wenn ich ein Kind kriege, ist es von dir.« – Und knipste das Licht wieder aus.
Ich überschüttete sie mit Küssen, ich schwor ihr – was ja doch die Wahrheit war –, daß ich ihr Kind lieben würde, auch wenn es vom letzten Landstreicher wäre.
Sie küßte meine Augen. Sie nahm meinen Kopf in ihre Arme, und meine Tränen fielen auf ihre kleinen Brüste.
Und einschlafend mußte ich lächeln bei der Erinnerung, wie diese kleinen Dinger neulich von ihrer Besitzerin massiert

worden waren. Vor dem Spiegel. Damit sie größer würden . . .

Als ich später erwachte, lag Tatjana nicht an meiner Seite.

Ich machte Licht.

Sie stand im Hemdchen am offenen Fenster und blickte in die Sternennacht. Sie konnte sich den Tod holen. Ich trug sie ins Bett und schimpfte mit ihr.

»Ich habe den lieben Gott gebeten, mich zu sich zu nehmen, wenn das Kind nicht von dir ist«, sagte sie. Da nahm ich sie in meine Arme, so fest, als ich konnte, ohne sie zu erdrükken, und sprach zu ihr:

»Der liebe Gott ist allgütig und allwissend. In seiner Allgüte wird er deine törichte Bitte überhören. Denn, allwissend wie er ist, weiß er, daß ich dein Kind lieben werde wie etwas Heiliges. Denn es wird auf alle Fälle von dir sein, das kannst du nicht bestreiten. Und er weiß auch, daß du es lieben wirst. Denn selbst wenn es nicht von mir wäre, dann wären die Umstände seiner Entstehung schuld daran, daß wir uns kennengelernt haben. – Glaubst du nicht, daß das ein Grund ist, es zu lieben??«

Da legte Tatjana ihre Ärmchen, die noch ganz kalt von der Nachtluft waren, um meinen Hals. Mit der Spitze eines Brüstchens berührte sie mein Herz.

Das war das Zeichen, daß sie umarmt werden wollte.

19

Ersparen Sie mir, während des Folgenden in Einzelheiten zu gehen.

Am nächsten Morgen fieberte Tatjana, so daß wir unsere Reise nicht fortsetzen konnten. Gegen Mittag mußte ich Lungenentzündung feststellen. Am Abend sandten wir nach einem zweiten Arzt. Und am nächsten Morgen nach dem Priester.

Er legte unsere Hände ineinander und traute uns. Ich

steckte ihr den Ring an den Finger und hielt ihr Händchen in meiner Pfote, bis ich fühlte, daß das Händchen kalt wurde.
Da wurde ich ohnmächtig.

Mein Erzähler konnte nicht weitersprechen.
Winnetou hatte seinen Kopf tröstend auf die Knie unseres Besuchers geschoben und schielte zu mir hinüber, ob mir denn gar nichts einfiele, ihn zu trösten. Nein, mir fiel nichts ein.
»Ich habe Tatjanas Asche«, fuhr unser Erzähler fort, »im Memorial Park beigesetzt mit der Bestimmung, daß nach meinem Tode meine Asche mit der ihren vermischt wird. Die Kosten meiner Verbrennung sind bezahlt. In meinem Letzten Willen und in meinem Abkommen mit der Memorial Park Corporation ist alles festgelegt. Alles, was ich Sie bitte, lieber Herr, ist, daß Sie überwachen, daß mein letzter Wunsch wörtlich ausgeführt werde . . . Ja, das ist alles, lieber Herr . . .«

Als Boris Michailowitch Leventieff jetzt den Kopf des Hundes streichelte, beugte er sich tief über ihn. Wohl, damit ich seine Augen nicht sehen sollte.

20

Zwei Wochen später erhielt ich einen Brief.
»Lieber Freund,
mein Arzt hat mir versprochen, daß ich Anfang nächster Woche sterben werde. Endlich! Wenn ich mir nicht schon längst das Leben genommen habe, so geschah es, weil ich nicht wußte und nicht weiß, ob die Seelen der Selbstmörder ebendahin kommen, wo die meiner Geliebten sich befindet. Zwölf Jahre Enthaltsamkeit sind eine lange Zeit, lieber Herr, aber nun sind es nicht einmal mehr zwölf Tage . . . Halten Sie sich also bitte bereit, Mitte der Woche meine

sündigen Überreste den reinigenden Flammen zu übergeben. Ich hätte gerne noch einmal das Andante von Bach gehört. Wollen Sie es mir bei dieser Gelegenheit vorspielen? Sie brauchen sich nicht zu genieren, außer Tatjana und mir wird Sie niemand hören. Sie werden der einzige sein, der bei dieser kleinen Feier zugegen ist, auf der die Beerdigungsgesellschaft besteht, da ich dafür bezahlt habe. Nächsten Tages wollen Sie dann so freundlich sein, unsere Aschen zu mischen und die Urne wieder auf ihren alten Platz zu stellen.

Leben Sie wohl, lieber Freund. Und Gott lohne Ihnen Ihr Verständnis für meine Narrheit.

Ihr überglücklicher
Boris M.«

21

Am Mittwoch nächster Woche starb Boris Michailowitch Leventieff.

Am Sonnabend fand in der Kapelle des Friedhofes die seltsame kleine Feier statt. Die Bänke waren leer. Aber der Sarg war schön geschmückt.

Ich spielte das Andante.

Ich patzte an der Stelle, wo ich immer patze. Und wenn Tatjana es gehört hat, wird die wohl gelacht haben mit ihrem kleinen, tiefen, glucksenden Lachen. Dann drückte ich auf den mir vorher bezeichneten Knopf. Der Sarg setzte sich in Bewegung, die Tore zum Ofen öffneten sich wie zwei Arme.

Am nächsten Tag erschien ich, um die Aschen zu mischen. Ein Krematoriumsbeamter half mir.

Ich erwartete, als wir die Aschen mengten, daß irgend etwas geschehen würde. Ich weiß nicht, was. Daß das Gefäß in unserer Hand explodieren würde. Oder daß die Luft anfangen würde zu tönen. Oder sonst etwas. Nichts dergleichen.

Um die Wahrheit zu sagen, es klang genauso, wie es klingt, wenn zwei Aschen sich mischen.
Und doch war da ein Ton in der Luft. Er kam von der nahen Kapelle, wo eine Orgel einsetzte.
Aber er war zu leise, um festzustellen, ob man zu einer Beerdigung spielte oder zu einer Hochzeit.
Es war Sonntagmorgen.

DIE TOTE VON BEVERLY HILLS

SATIRE AUF EINEN BESTSELLER

Mich frug mein Freund, wie viele Lebensjahre
bereits auf meinen Schultern ruhten?
Ich sprach: »Im besten Falle zwei Minuten.«
Er wies bestürzt auf meine weißen Haare.

Da sagte ich: »Wir müssen klar erkennen,
wie sich verteilt des Lebens Wert und Maß.
Ich küßte einmal so, daß ich es nie vergaß . . .
Den Rest des Erdenseins kann ich nicht leben nennen . . .«

IBN HASM

1

Dort oben in den Hügeln um Hollywood, wo ein gewundener, halb überwucherter Fußpfad, mehr von Schlangen als von Menschen begangen, zwischen Briarcrest Lane und Mulholland Drive eine wenig bekannte Verbindung herstellt, ging ich mit Winnetou, meinem englischen Setter, und starrte in die untergehende Sonne Kaliforniens, die soeben sich anschickte, in Anbetracht der Bullenhitze ins Meer zu tauchen. In diese Sonne, die dein europäisches Blut verdünnt, deine Energien einschläfert und deine Sinne aufpeitscht.
Die Mädchen Kalifoniens sind schön, der Wüstenwind ist heiß und deine Langeweile umfassend wie der Horizont. Du möchtest arbeiten, aber die Hitze erschlafft dich. So möchtest du ausruhen, aber deine Sinne sind zu wach. Zu denken traust du dich, entwurzelt und seelisch allein, schon lange nicht mehr. So bleibt dir nur übrig, dich zu Tode zu lieben oder zu Tode zu langweilen. Oder beides.
Wolkenloser Himmel Kaliforniens! Seltsam sind die Pflanzen, Tiere und Menschen, die unter deinem blendenden Blau wuchern, kriechen, sich vermehren und betrügen! Skurril die Gedanken, Triebe und Träume . . .
Ein Ruck an der Leine überhob mein müdes Hirn weiteren Betrachtungen.
Winnetou war stehengeblieben.
Als gut dressierter Herr blieb ich ebenfalls stehen.
Die rechte Vorderpfote gehoben, zwei senkrechte Sorgenfalten auf der Stirn, stand er unbeweglich, die Augen geradeaus gerichtet.
Seine schwarze Nasenspitze kreiste.
Was witterte er?
Es roch wie immer, nach Meer, Zitronen und Petroleum. Hauptsächlich nach Petroleum.
Ich folgte seinem Blick, konnte aber nichts entdecken.

In der Annahme, daß er sich lediglich interessant machen wollte, suchte ich ihn fortzuziehen. Ich hätte eher einen Baum mit der Wurzel aus der Erde heben können. Ich beugte mich nieder, um in seiner Blickhöhe zu sein. Ja, dort, etwa dreißig Schritte entfernt, bewegten sich Grashalmspitzen in anderer als der Windrichtung.

»Das ist ein Liebespärchen«, belehrte ich Winnetou. »Laß uns gehen.«

Aber Winnetou, der sonst den Zärtlichkeitsbeziehungen von Mensch zu Mensch eine fast verletzende Gleichgültigkeit entgegensetzte, fing an zu zittern, sein Fell stellte sich auf, er senkte den Kopf wie ein Tiger.

Ich machte ihn los. »Such.«

Obwohl es nur gehaucht war, machte er eine duckende Bewegung mit den Schultern, als wollte er sagen: »Nicht so laut!«

Er bewegte sich rückwärts. Drei, vier Meter. Dann schlug er einen Bogen, bis er den Wind genau gegen sich hatte.

Und begann, fast auf dem Bauche kriechend, den Anschlich. Ich konnte ihn nicht mehr sehen, nicht mehr verfolgen. Kein sich bewegender Halm verriet ihn.

Ich nahm die Büchse von der Schulter.

(Ich war damals bei der Zivilgarde und hatte aufzupassen, daß die Japaner die Wälder um Los Angeles nicht in Brand steckten. Die Japaner, offenbar über diese Maßnahme unterrichtet, haben es daraufhin gar nicht erst versucht.)

Nichts rührte sich.

Eine Minute. Zwei Minuten. Drei Minuten.

Was machte Winnetou? Stand er etwa vor und wartete auf mein Zeichen loszubrechen? Konnte er sich nicht denken, der Idiot, daß ich ihn nicht sehen, nicht beurteilen konnte, wann er bereit sei, und daß mein Ruf ihn verraten würde?

Ich entsicherte die Büchse. Es machte einen kleinen Knacks.

Da hörten die Grillen auf zu zirpen.

Die plötzliche Stille wirkte wie ein Donnerschlag.

Und dann krachte es wirklich.

Ein scheußliches Fauchen, Flügelschlagen, ein wütendes Aufheulen von Winnetou, Knacken von Ästen . . . und ein

riesiger Geier erhob sich aus dem Dickicht, während das Kampfgetöse zwischen Winnetou und irgendeinem anderen Wesen, vermutlich einem zweiten Geier, weiterging. Der aufgescheuchte Riese zog einen kurzen Kreis und kehrte zurück, um seinem Gefährten zu Hilfe zu kommen. Fast senkrecht stürzte er sich auf den Kampfplatz. Noch im Sturz erreichte ihn meine Kugel. Er überschlug sich und fiel wie ein Stein zu Boden.
Im nächsten Augenblick stand ich neben Winnetou.
Er blutete unter dem linken Auge. Sein Gegener lag mit zerbissener Kehle unter ihm. Der zweite, von mir erlegte Geier ein paar Schritte entfernt.
Und noch ein paar Meter weiter lag die nackte Leiche eines Mädchens.
Ich überlegte, ob ich Winnetou zur Bewachung dalassen sollte, bis ich die Polizei geholt hätte. Aber ich fürchtete Kojoten, die hier in Rudeln auftraten, gegen die er machtlos gewesen wäre. So beschloß ich, ihn mitzunehmen. Vorher brannte ich ihm die Wunde mit der Zigarette aus, worüber er nicht sehr erbaut war. Aber besser, als an Leichengift krepieren, nicht wahr?
(Ich hatte übrigens vor acht Tagen dieselbe Prozedur an mir vornehmen müssen, als ich von einer schwarzen Witwe gebissen worden war, keine Dame der Gesellschaft in diesem Falle, sondern eine giftige Spinne, »Black Widow«, deren Biß tödlich ist, wenn du nicht sofort etwas dagegen tust.)
Winnetou benahm sich tapfer. Dann eilten wir zur Chaussee zu unserem dort wartenden Auto und sausten los.
Wenn du in Amerika plötzlich die Polizei brauchst, hast du nichts weiter zu tun, als in unerlaubtem Tempo zu fahren.
Nach zwei Minuten war der Cop auf seinem Motorrad an meiner linken Seite und machte eine elegante Handbewegung nach rechts. Ich folgte seinem Wink und hielt am rechten Chausseerand. Mit betonter Gemächlichkeit, um mir zu zeigen, wieviel Zeit man in Amerika hat, stieg er von seiner Lokomotive und zückte das Ticketbuch.
»Ehe Sie mich jetzt fragen«, sagte ich, »ob ich einen Geschwindigkeitsmesser an meinem Wagen habe und ob ich

die Bevölkerung Amerikas auszurotten gedenke, möchte ich Ihnen verraten, daß zwei Minuten von hier ein totes Mädchen liegt. Offenbar vergewaltigt und ermordet.«
»Ist das so?« fragte er, nicht sonderlich beeindruckt.
Ich erzählte ihm mein Erlebnis.
»Es hat keinen Zweck«, sagte er, während er an seiner Sendestation hantierte, »daß wir hingehen und die Spuren zertrampeln, bevor der Sheriff da ist.«
Und nun war ich Zeuge von etwas, das mich in meinem Beschluß bestärkte, der amerikanischen Polizei nie Veranlassung zu geben, sich mit mir zu beschäftigen.
Er murmelte etwas in seinen Apparat in einer Art Code, den ich nicht verstand. Dann teilte er mir mit, daß in zehn Minuten der Sheriff, der District Attorney, ein Fotograf, der Arzt und Ben Blunt zur Stelle sein würden. Und wie ich über einen »drink« dächte, den wir inzwischen nehmen könnten?
Dabei deutete er auf einen einsamen Drugstore am Wege.
»Wer ist Ben Blunt?« fragte ich, als wir an der Theke saßen, umgeben von Salaten, Füllfederhaltern, Bibeln und hygienischen Gummiartikeln.
»Der Detektiv. Wenn Sie je ein Verbrechen begehen, tun Sie es nicht in seinem Distrikt. Der Mörder wird hängen.«
Er prostete mir mit seinem Glas Malzmilch zu und überlegte sich, ob ich vielleicht der Mörder sei.

2

Als wir zehn Minuten später am verabredeten Rendezvousplatz waren – es war die Stelle, wo der Fußpfad den Mulholland Drive trifft –, war der Sheriff schon da. Ich kannte ihn. Ich hatte ihn kürzlich in einem Cowboyfilm gesehen. Als »Sheriff«. Die Filmgesellschaften machen so etwas gern. Wird ein Sheriff gebraucht, nehmen sie einen richtigen Sheriff. (Because he can't be wrong.) Er saß auf einem Pferd, das etwas zu klein für ihn war. Er ließ die Beine ne-

ben den Bügeln hängen, kaute Gummi und schien außerordentlich gelangweilt.
»Die anderen sons of bitches sind noch nicht da«, begrüßte er uns.
»Das ist Mr. Goetz, der die Leiche gefunden hat«, stellte mich der Cop vor.
»How are you?« sagte der Sheriff.
In diesem Augenblick flog ein Wagen um die Kurve und hielt mit knirschenden Bremsen auf der Höhe. Ihm entstiegen der District Attorney, der Arzt und der Fotograf. Der erste sah aus wie ein Schauspieler, der Arzt hatte einen verdächtig blauroten Schimmer um die Nase, nur der Fotograf sah aus wie ein Fotograf.
»Wo ist Ben?« fragte uns der Sheriff.
»Wollte allein kommen.«
Während wir auf den Detektiv warteten, erzählte ich den Herren mein Erlebnis.
»Mit dieser Büchse schossen Sie den Geier?« fragte der Sheriff, indem er mir die Büchse von der Schulter nahm.
»Es ist eine Kugelbüchse.«
»Ich hatte leider keine Schrotbüchse bei der Hand.«
»Es ist nicht leicht, einen Vogel mit der Kugel zu treffen.«
»Nein«, sagte ich.
»Beide Läufe sind geladen.«
»Ich pflege zugleich nachzuladen.«
»Hm! . . . einen Vogel . . . im Sturz . . . mit einer Kugel!«
»Sehen Sie den Häher da drüben in der Baumkrone?« fragte ich.
»Ich wette, daß Sie ihn nicht treffen«, kaute der Sheriff.
»Wieviel?«
»Fünf Dollar.«
»Wer noch?«
Alle wetteten fünf Dollar.
Ich schoß den Häher herunter und glaube nicht, daß Old Shatterhand sich besser hätte benehmen können.
Ich kassierte fünfundzwanzig Dollar, jeder wollte meinen Vornamen wissen, und von jetzt ab hieß ich Curt. (Sprich Köhrt.)

»Wo hast du schießen gelernt, du Sohn einer Kanone?« wollte mein neuer Freund, der Sheriff, wissen.
»In der Schweiz. Dort schießen wir alle wie Wilhelm Tell.«
Jeder wollte wissen, wer Wilhelm Tell sei und bei welcher Firma er arbeite.
Ein Pistolenschuß krachte.
Er kam aus dem Unterholz aus der Richtung des Tatorts.
»Das ist Ben«, sagte der Sheriff. »Er ist uns zuvorgekommen. Er ruft uns.«
Winnetou zeigte uns den Weg zur Leiche, den ich allein nicht wiedergefunden hätte. Am Tatort stand ein kleiner Mann, die Hände in den Taschen, den Rücken uns zugewandt.
»Hallo, Ben!«
Er drehte sich um und grinste von einem Ohr bis zum anderen. Ich habe selten ein Gesicht von so liebenswürdiger Häßlichkeit gesehen. Die Haut war von Fältchen durchfurcht wie ein Rangierbahnhof von Geleisen.
»Hallo, Ben!«
Statt einer Antwort ging er in die Kniebeuge und lockte Winnetou zu sich. Er begann sich mit ihm im Flüsterton zu unterhalten. Ich konnte nur Bruchstücke der Konversation erhaschen, so leise war sie geführt. Es schien sich um eine Lobrede zu handeln, wie heldenhaft sich Winnetou den beiden Geiern gegenüber benommen habe. Dabei streichelte er ihn und untersuchte die Wunde unter dem Auge, was Winnetou benutzte, ihm in die Nasenlöcher zu lecken.
»Das ist Mr. Goetz – Curt, der die Leiche gefunden hat und der schießt wie Bill Tell.«
»Hallo, Curt.«
Er behielt seine Hände in den Taschen, als seien sie dort plombiert.
»Es ist mir eine Sensation, Sie kennenzulernen, Mr. Blunt. Sagen Sie doch bitte Ihrem Freunde, dem Sheriff, daß ich nicht der Mörder bin.«
Bens Grinsen wurde noch breiter.
»Sie müssen nicht darauf achten, was der Sheriff sagt. Er

hatte bei seiner Geburt einige Schwierigkeiten, deren Folgen ihm heute noch anhängen . . .«
Der Sheriff spuckte Ben haarscharf vor die Füße.
»Aber wenn Sie wieder einmal eine Leiche finden«, fuhr Ben fort, »dann lassen Sie keinen Stummel am Tatort zurück, auch wenn er nur dazu diente, Ihrem Hund die Wunde auszubrennen.«
Er versank plötzlich in Nachdenken und schien uns alle miteinander zu vergessen. Der Fotograf beendete seine Tätigkeit und überließ dem Gerichtsarzt das Feld.
»Wann, glaubst du, ist das Kind ermordet worden?« wandte sich der Sheriff an Ben.
»Heute vormittag. Aber nicht hier. Außerdem ist es kein Kind, sondern eine verheiratete Frau von etwa 26 Jahren. Die Nacktheit ihres Schoßes ist künstlich.«
Jetzt bemerkten wir alle den Ring an ihrem Finger, und daß die Brüstchen, so klein sie waren, nicht zu einem Kind paßten.
»Sie wird eine Tänzerin gewesen sein oder ein Malmodell, sicherlich keine Bürgersfrau«, fuhr Ben wie im Selbstgespräch fort.
»Woraus schließt du, daß sie nicht hier ermordet wurde?« wollte der Sheriff wissen.
»Keine Spuren eines Kampfes, keine Kleider.«
»Vielleicht hat sie der Täter mitgenommen?«
»Wozu? Sie könnten ihn nur verraten.«
»Um ihre Identifizierung zu erschweren.«
»Versuche, eine Tote im hohen Grase auszukleiden, ohne daß ich die Spuren davon sehe! – Nein, sie ist tot und nackt hierhergebracht worden.«
»Was war die Todesursache?«
»Frage den Doktor.«
»Ich will verdammt sein, wenn ich es weiß«, ließ sich dieser vernehmen. »Ich würde sagen, sie ist erwürgt worden, wenn ich nur die leisesten Male an ihrem Halse entdecken könnte. – Nach der Obduktion werden wir mehr wissen. – Kann ich sie jetzt mitnehmen?«
»Laß sie noch einen Augenblick liegen«, sagte Ben, seine

Augen auf Winnetou gerichtet, der storchbeinig den Leichnam umkreiste. Regungslos beobachtete ihn Ben. Jetzt machte Winnetou am Gesicht der Toten halt und beschnupperte die Stirn. Wahrscheinlich war es das Blut von den Schnabelhieben, das er roch.
»Es ist nicht das Blut«, sagte Ben, als hätte er meine Gedanken erraten. »Es ist etwas im Haar, das ihn irritiert.«
Er beugte sich zu der Leiche, vorsichtig, ohne Winnetou zu verscheuchen, ihn weiter beobachtend. Dann strich er tastend über das Haar der Toten, das die Farbe der Eichkatze hatte. Er brachte eine Lupe zum Vorschein und examinierte eine Haarsträhne. Jetzt schnitt er diese Haarsträhne ab, befühlte sie, roch daran, leckte daran, dann legte er sie sorgfältig in sein Notizbuch.
»Du kannst sie haben«, sagte er und erhob sich.
Der Doktor hob die Tote auf die Bahre.
Nackt und stumm starrte sie in den kalifornischen Himmel.
»Ein wunderschöner Abend, nicht wahr?« sagte Ben, während er gedankenvoll dem Transport nachschaute. Die Sonne, die heute nachmittag, als das Verbrechen geschah, dabei gewesen sein mußte, war untergegangen.

3

»How about a drink?« schlug der Sheriff vor, während er sich auf seine Rosinante schwang, die auf den Namen »Nelly« hörte und deren linkes Ohr geknickt war wie bei einem verpatzten Wolfshund.
»Ausgezeichnet«, meinte Ben, »wir treffen uns bei ›Sam‹.«
Der Sheriff galoppierte davon, während wir in unsere Autos kletterten. Ben fuhr voran in Richtung Ozean und zeigte den Weg. Er stoppte vor einem nach hiesigen Begriffen idyllischen Wirtshaus. Es hatte, des vielen Ozones überdrüssig, dem Stillen Ozean sein Hinterteil zugekehrt, während es seine Fenster dem Staube der Landstraße und den

Auspuffgasen des Parkplatzes weit öffnete. Nelly, der Mustang des Sheriffs, auch männliche Pferde heißen hierzulande Nelly, graste bereits vor der Tür.
»Er ist eine Abkürzung geritten«, klärte mich Ben auf. Der Sheriff saß, den Hut im Genick, an der schmalen Seite des Tisches, mit dem Rücken zum offenen Fenster. »Setz dich, Curt«, sagte er mit bemerkenswerter Freundlichkeit und deutete auf die Bank an der Längsseite.
Ben nahm dem Sheriff gegenüber Platz, so daß ich ganz hübsch eingerahmt war von zwei prominenten Vertretern der Kriminalpolizei von Los Angeles. Nie in meinem Leben hatte ich größere Lust, spazierenzugehen. Der Sheriff bestellte ein Getränk, das sich vorzüglich zur Ausrottung von Unkraut geeignet hätte.
»Erzähle, Curt«, sagte er und blies mir eine Wolke Knaster ins Gesicht, »wieso, zur Hölle, du so gut schießt.« In diesem Augenblick steckte Nelly ihren Kopf mit dem geknickten Ohr zum Fenster herein und hauchte ihrem Herrn von hinten ins Genick.
Der reichte ihr, ohne sich umzusehen, ein Stück Brot über die Schulter, das Nelly mit den Lippen nahm. Während des Kauens – sie kaute wie ein Kuh – studierte sie flüchtig die Innenarchitektur der Kneipe, worauf sie ihren Kopf zurückzog, ohne ihren Herrn noch einmal zu belästigen. Ich steckte nun ebenfalls meine Pfeife in Brand, spuckte, um meinen amerikanischen Freunden zu imponieren, auf den Fußboden und begann zu erzählen. Wie in unserem Ländchen jeder sein Dienstgewehr zu Hause habe, mit dem er sich einschösse, und wie im Notfalle die Schweiz binnen einer Viertelstunde mobilisiert sei.
»Um genau zu sein, in 14 Minuten 23 Sekunden«, fügte ich hinzu. (Wenn du Amerikanern imponieren willst, mußt du in Zahlen lügen.)
»Ich will verdammt sein!« brach denn auch der Sheriff in Bewunderung aus. Und er haute mir auf die Schulter mit einer Zärtlichkeit, die einen Ochsen hätte töten können. (Vielleicht hat er mir doch nicht geglaubt?) Und bestellte eine weitere Lage. Es wurde nun sehr gemütlich.

»Warum«, interessierte sich plötzlich der Sheriff, »bist du mit achtzig Meilen gefahren, als du dich von der Leiche entferntest und der Cop dich anhielt?«
»Damit der Cop mich anhielt«, antwortete ich.
»I see«, lächelte der Sheriff.
Er wurde nicht schöner, der Sheriff, wenn er lächelte. Eine Kugel, die ihm einst durch beide Backen gesaust war, hatte irgendeinen Muskel verletzt, so daß beim Lächeln der Mund sich schief nach rechts unten verzog, was, wie ich mir sogleich ausmalte, bei einem Kreuzverhör auf den Delinquenten enervierend wirken mußte.
Ich muß bei dieser Vorstellung selber den Mund verzogen haben, denn Ben sagte den merkwürdigen Satz: »Wenn er zu Pferde sitzt, merkst du es nicht so, weil Nellys geknicktes linkes Ohr das optische Gleichgewicht wiederherstellt.«
In diesem Augenblick erschraken wir durch einen Krach. Ein Cowboy hatte einem Spielautomaten, bei dem er seit dreißig Minuten vergeblich sein Glück versucht hatte, einen Tritt versetzt, von dem dieser sich, soweit ich von technischen Dingen etwas verstehe, nie erholen konnte. Dann trat er – um besser zielen zu können – einen Schritt zurück und versetzte ihm noch einen. Hierauf ging er zur Theke und sah dem erstaunten Wirt stumm ins Gesicht, ob dieser gegen sein Verhalten vielleicht etwas einzuwenden habe? Und da dieser nichts einzuwenden zu haben schien, richtete er seinen Blick auf uns, ob etwa einem von uns irgend etwas an ihm nicht gefiele? Und da er auch in unseren Gesichtern nichts lesen konnte, was diesem Argwohn Nahrung gegeben hätte, schob er den Hut ins Genick, spuckte aus und verließ das Lokal.
»Er ist ungehalten«, konstatierte Ben.
»Wovon sprachen wir?« wollte der Sheriff wissen.
»Was halten Sie von dem Verbrechen?« sagte ich.
»Ich habe keine Ahnung«, sagte Ben.
»Vorsicht!« raunte der Sheriff. »Ich wette mit dir um dein süßes Leben, daß er schon mitten drin in der Lösung ist. Er hat einmal einen Mord aufgeklärt, ohne von seinem Lehn-

stuhl aufgestanden zu sein. Er ist ein Genie, dieser Sohn einer Kanone!«
»Du mußt nicht«, grinste Ben, »deine Unfähigkeit, etwas zu sehen, dadurch zu entschuldigen suchen, daß du Leute mit normaler Beobachtungsgabe für Genies erklärst.«
»Sagtest du: meine Unfähigkeit, etwas zu sehen?«
»Ja«, sagte Ben.
Der Sheriff dachte einen Augenblick über eine Beleidigung nach. Als ihm keine einfiel, bemerkte er: »Willst du, Bruder eines Misthaufens, beweisen, daß ich nichts sehe?« Er wurde unterbrochen. In der Tür stand ein bleicher junger Mann. Ein bleicher junger Mann ist eine Seltenheit in Kalifornien. Er sah ziemlich verstört aus und näherte sich unschlüssig der Theke. Als sein Blick auf uns fiel, zögerte er, blieb stehen, bückte sich, um sich den Staub von den Knien zu klopfen, machte unauffällig kehrt und verließ die Wirtsstube.
Wir sahen uns an.
Im nächsten Augenblick hatte sich der Sheriff, mit einer Hand auf dem Fenstersims gestützt, hinausgeschwungen, um dem sonderbaren Menschen zu folgen.
Ben grinste.
»Er ist unverbesserlich«, feixte er, »dieser Junge hat mit dem Verbrechen so wenig zu tun wie . . .«
Er stockte.
»Wie wer?« fragte ich.
»Wie ich.«
Der Sheriff kam zurück. Nicht durch das Fenster, sondern durch die Tür.
»Er ist verschwunden, als ob die Erde ihn verschluckt hätte.«
Ben zündete sich ein Pfeife an und fragte den Wirt, der gerade eine neue Lage brachte:
»Wie geht es Eurem Patienten heute?« Dabei deutete er mit dem Kopf nach der Decke.
»Wenn Ihr den blassen Jungen meint, so ist er kein Patient. Nur ein Gast.«
»Warum ist er so blaß?«

»Er ist Schriftsteller.«
»Ach so«, sagten wir im Chor.
»Er soll eine Story für die Garbo finden. Der Producer will, daß sie eine Lady spielt, und die Garbo will ein Mädchen vom Lande spielen, und er soll ein Lösung finden. Gestern glaubte er, eine gefunden zu haben, und erzählte sie seinem Producer durch das Telefon. Ich weiß nicht, was der ihm geanwortet hat, aber seitdem will der junge Mann keine Menschen mehr sehen und keine Telefone.«
»Woraus schlossest du«, fragte der Sheriff mit einem Ausdruck, als wollte er Ben ermorden, »daß er hier im Hause wohnt?«
»Wenn er die Gaststube verläßt und du ihn draußen nicht entdecken kannst und dieses ein Gasthaus ist mit Zimmern im ersten Stock, so war die Schlußfolgerung nicht schwer.«
Der Sheriff schwieg.
»Der vorliegende Mordfall«, sagte Ben und streichelte Winnetous Kopf, »ist entweder sehr leicht oder sehr schwer zu lösen. Ich werde gut meine drei Tage dazu brauchen – wenn nicht . . .« Er zögerte.
»Wenn nicht – was?« fragte der Sheriff.
»Wenn nicht – vier«, sagte Ben.
Und er blickte nachdenklich und ernst auf seine kleinen, aber ausdrucksvollen Hände.

4

Die Abendzeitungen stürzten sich mit der nötigen Wucht auf das Ereignis. Die obszöne Lage der Leiche wurde gehörig gewürdigt und der Vermutung Ausdruck gegeben, der Täter sei offenbar ein sadistisches Individuum, das sich nicht mit der furchtbaren Tat allein begnügte, sondern Gefallen daran gefunden habe, sein Opfer noch im Tode zu entwürdigen, indem er dem Auffinder der Leiche keinen Zweifel darüber zu lassen wünschte, welcher Art das Schicksal war, das die Tote ereilt hatte.

Um so ernüchternder wirkte am nächsten Morgen die Nachricht in den Blättern, daß die Obduktion keine Beweise einer Vergewaltigung ergeben habe. Hingegen habe man Wasser in den Lungen gefunden. Was wiederum seltsam sei, da es feststehe, daß der Körper nicht im Wasser gelegen habe.
Man war ratlos. Auch die Abendblätter konnten noch nicht die Identifizierung der Toten melden. Man war sich nur darüber klar, daß nach der Gepflegtheit des Körpers die Ermordete den ersten Kreisen der Gesellschaft angehört haben mußte.
Hollywood fieberte. Hollywood hatte seine Sensation. Die Millionen Lichter von Los Angeles zitterten in der dünnen Luft.

5

Nachts um 11 Uhr wurde ich telefonisch eingeladen, unverzüglich Ben Blunt beim District Attorney zu treffen. Er erwartete mich im Vorzimmer.
»Hallo, Curt. Ich versprach dir, dich zu holen, wenn es interessant wird. Es werden gleich ein paar Vernehmungen stattfinden, die eventuell sehr aufregend werden können. – Übrigens: die Identifizierung der Leiche ist erfolgt.«
»Wer ist es?«
»Sagte ich nicht, es müsse ein Modell sein, eine Tänzerin oder dergleichen? Und keinesfalls eine sittsame Bürgersfrau? Nun, sie war weder Tänzerin noch ein Modell, sondern die Frau eines Altertumsforschers aus Prag. Auch war die Absonderlichkeit ihres Körperchens nicht künstlich, keine ästhetische Marotte, sondern echt, die Folge einer infantilen Zurückgebliebenheit ihres kleinmädchenhaften Leibes. (Für einen Altertumsforscher sicher eine angenehme Kompensation.) Ihr Name war Lu Sostlova . . .«
Ich muß sehr blaß geworden sein.
»Was ist dir?«

»Ich traf Mr. und Mrs. Sostlov vor acht Tagen bei einem Tee in Beverly Hills.«
Ben schob sich einen neuen Kaugummi zwischen seine gelben Zähne. »Und du hast sie nicht wiedererkannt?«
»Nein.«
»Natürlich sieht eine Frau im Nachmittagskleid, mit einer Mokkatasse in der Hand, anders aus als das, was du da im Gras hast liegen sehen . . .« Er reinigte sich die Nägel. »Was machte sie auf dich für einen Eindruck . . . damals beim Tee, meine ich?«
»Einen sehr starken. Ich habe ein paar Nächte ihretwegen nicht geschlafen.«
Oh, ich erinnere mich gut! Ich hatte an jenem Nachmittag meine Augen nicht von ihrem Gesicht losreißen können, das oval und äußerst blaß war. Und schrecklich verwirrend. Der Mund war zu feucht und aufgeworfen, um in das Madonnengesicht zu passen. Die Augen, meist verborgen unter langen Wimpern, waren grau. Als ich einmal ihren Blick erhaschte, senkte sie die Lider, um mich nie wieder anzusehen. Vergebens hatte ich mir den Kopf zerbrochen, was dieses ätherische Wesen mit dem bedeutend zu alten Altertumsforscher anfing.
»Warst du in sie verliebt?« fragte Ben.
»Ich glaube.«
»Hast du sie wiedergesehen? . . . Ich meine, abgesehen von gestern im Gras?«
»Nein.«
Ich verschwieg, daß dies übermorgen hätte geschehen sollen. Als ich mich an jenem Nachmittage von ihr verabschiedete und ihre Hand küßte, fühlte ich einen leichten Druck ihrer Finger gegen meine Lippen. Dann sah ich, wie sie ihrem Mann etwas zuflüsterte. Der begleitete mich hinaus und fragte mich, ob ich ihnen einmal zum Abendbrot das Vergnügen machen würde? Wir verabredeten uns für kommenden Mittwoch. Das wäre übermorgen gewesen, wie gesagt.
»Du hast Tränen in den Augen«, bemerkte Ben.
»Quatsch«, sagte ich.

»Deine Telefonnummer ist übrigens die letzte Eintragung in ihrem Telefonbuch.«
Ich erschrak bis in die Knochen.
»Sie hat auch ein Tagebuch geführt«, sagte Ben.
»So . . .«
»Ja. – Es ist nicht gerade für die reifere Jugend bestimmt. Sicherlich kennt ihr Mann es nicht . . . Er ist ein gut Teil zu alt für sie, nicht?«
»Vielleicht.« – Eine Pause entstand.
»Komme ich auch darin vor?«
Ich sagte es leichthin. »In dem Tagebuch, meine ich.«
»Ja«, sagte Ben.
Ich fühlte, wie mir der Schweiß ausbrach. Ich mußte an den Cop denken, wie er mich prüfend ansah, während er die Malzmilch über seinen Adamsapfel gleiten ließ.
»Auch sonst steht noch eine Menge drin. Einiges daraus hat mich bewogen, noch heute ein paar Verhöre vorzunehmen. Es tut mir leid, daß ich dir das Tagebuch nicht zum Lesen geben kann, da die Lektüre dich als Schriftsteller zweifellos interessieren würde. Aber erstens bin ich dazu nicht befugt, zweitens würde es dich sehr eifersüchtig machen, weil es dich noch mehr verliebt machen würde, als du es schon bist. Denn ihre Widerstandsunfähigkeit ihren Trieben gegenüber ist nicht nur psychologisch interessant, sondern auch menschlich rührend und liebenswert. Ich glaube im Sinne der Toten zu handeln, wenn ich das Buch, das ich in einem Geheimfach ihres Schreibtisches fand, dem Altertumsforscher unterschlage. Ich werde es nur beruflich benutzen, soweit es mir helfen kann, den Täter zu finden.« Er legte nachdenklich seine Hand um seine Kehle. Und sah dabei auf meine.
Die Sekretärin trat ein. Sie war unendlich lang, kaute Gummi und erinnerte mit ihren viereckigen Brillengläsern an eine Laterne.
»Herr Dr. Steiniger«, kaute sie.
»Ich lasse bitten.«
Sie verschwand.
»Herr Dr. Steiniger«, sagte Ben, indem er zur Decke

schaute, »ist einer ihrer Liebhaber. Beobachte seine Reaktion. Denke dabei daran, daß außer ihrem Mann und ihrem Dienstmädchen noch niemand weiß, daß die Ermordete Lu Sostlova war.«
»Und außer ihrem Mörder natürlich.«
»Wahrscheinlich.«
»Sagtest du, Steiniger sei einer ihrer Liebhaber?«
»Ja.«
»Hatte sie mehrere?«
»Ja.«
»Wo ist ihr Mann?«
»In Chicago. Respektive jetzt wohl schon im Flugzeug auf dem Wege nach hier. Er las in der Zeitung die Beschreibung der Leiche, auch deren Absonderlichkeit, rief zu Hause an, erfuhr vom Mädchen, daß die gnädige Frau von Einkäufen nicht zurückgekehrt sei, und befahl ihr, sofort die Polizei zu benachrichtigen. Wir holten das Mädchen. Sie identifizierte die Tote . . .«
Wir wurden unterbrochen.
»Herr Dr. Steiniger«, meldete die Laterne.

6

Herr Dr. Steiniger war ein Mann in den Fünfzigern, breitschultrig, trainiert, mit durchgeistigten Zügen. Seine weißen Haare machten ihn nicht alt, sondern hoben sich gut ab von dem gebräunten Teint. Zwei halbmondförmige Narben an seinem Kinn – wie von einem Biß – machten ihn nicht uninteressanter. Er war tadellos gekleidet.
»Herr Dr. Steiniger, Sie sind Bildhauer?« begann Ben, nachdem er sich vorgestellt und ihm Platz angeboten hatte.
»Jawohl.«
»Sie kennen Frau Lu Sostlova?«
Der Gefragte stutzte. Er nahm die Zigarette, die er in einer langen Spitze trug, aus dem Munde.
»Ganz gewiß kenne ich sie.«

»Sie verkehrten in ihrer Familie?«
»Ich tue es noch.«
Ben streifte mich mit einem sehr flüchtigen Blick.
»Haben Sie die heutigen Zeitungen gelesen?«
»Ich lese schon lange keine Zeitungen mehr.«
»Ich beglückwünsche Sie dazu.«
Ben tat ein paar heftige Züge aus seiner Pfeife. Steiniger blickte ratlos von Ben zu mir.
»Wann haben Sie Frau Lu zum letzten Male gesehen? . . . Ich mache Sie darauf aufmerksam, saß Sie keine Fragen zu beantworten brauchen, durch deren Beantwortung Sie sich schaden könnten. Wenn Sie sie aber beantworten, bitte ich Sie, sie der Wahrheit gemäß zu beantworten und mir meine Aufgabe zu erleichtern.«
»Ihre Aufgabe?«
»Es handelt sich um die Aufklärung eines Mordes.«
»Wer ist ermordet worden?«
»Frau Lu Sostlova.«
Steiniger blickte Ben an. Alles Blut war aus seinem Gesicht gewichen. Er öffnete die Lippen, um etwas zu sagen. Die Zigarettenspitze glitt ihm aus dem Munde.
»Es tut mir leid, wenn ich Sie erschreckt habe.«
»Bitte, bitte«, sagte Dr. Steiniger. Dann griff er an sein Herz und sank vom Stuhl.
»Das erspart mir viel unnützes In-die-Irre-Gehen«, sagte Ben trocken, während wir uns um den Ohnmächtigen bemühten.
Langsam kam Dr. Steiniger zu sich.
»Danke . . .«, flüsterte er, »ich bin vollkommen all right.«
Wir setzten ihn in den Stuhl zurück.
»Vollkommen all right . . .«, wiederholte er.
Ben ging auf seinen Platz am Schreibtisch zurück und zündete die ausgegangene Pfeife wieder an.
»Sie müssen meine Roheit entschuldigen, lieber Doktor, aber sie war nicht unbeabsichtigt. Ich kann mit dem Verfolgen falscher Fährten keine Zeit verlieren. Da sind verschiedene Tatsachen aus Ihrer und Frau Lus Vergangenheit — fragen Sie nicht, woher ich es weiß —, die auf Sie als den

Mörder deuten. – Sind Sie ganz sicher, daß Sie sie nicht umgebracht haben?«
Diese echt amerikanische Fragestellung gefiel mir.
»Ganz sicher.«
»Sie können zweifellos Ihr Alibi für gestern abend erbringen?«
Warum sagte er »gestern abend«? Der Mord war doch am Vormittag geschehen.
»Lassen Sie mich nachdenken«, sagte der Bildhauer, der langsam seine Fassung wiedergewann. »Ja . . . ich war zur Premiere des Tiddy-Sister-Films.«
»Allein?«
»Mit Bill Penkins.«
»Dem Producer?«
»Ja.«
»Wissen Sie seine Nummer?«
»Bell Air 25–3–55.«
Ben wählte die Nummer.
»Hallo Bill«, rief er in die Muschel, »wie hat dir gestern der Tiddy-Sister-Film gefallen? Mit wem warst du da? Wer sagt dir, daß ich ihn nicht kenne? Natürlich kenne ich Dr. Steiniger.« Und er hängte an.
»Das wäre alles«, sagte Ben und erhob sich. »Es tut mir leid, daß sie Sie quälen mußte.«
Er geleitete seinen Gast zur Tür. Während er ihm die Hand reichte, sagte er beiläufig:
»Und wo waren Sie gestern vormittag?«
Mein Herz stand still, aber der Gefragte zuckte mit keiner Wimper.
»Ebenfalls bei Bill. Wir schreiben zusammen.«
»Wüßten Sie jemanden aus dem Bekanntenkreis der Toten – also auch Ihres Bekanntenkreises –, der ein Motiv für die Tat gehabt haben könnte?«
Der Gefragte überlegte. »Nein . . . bei Gott nicht . . .«
»Sind Sie sicher?«
»Ganz sicher.«
»Niemanden, dem Sie die Tat zutrauen würden . . . aus Eifersucht vielleicht?«

Es entstand eine Pause.
»Niemanden.«
Es klingelte.
Wieder wollte sich der Doktor zum Gehen wenden, aber Ben hielt ihn noch einmal zurück. Es war, als wollte er Zeit gewinnen.
»Sie haben mir noch nicht meine Frage beantwortet, wann Sie . . .«
Die Sekretärin unterbrach anmeldend: »Herr . . .«
Ehe sie den Namen nennen konnte, sagte Ben:
»Lassen Sie ihn herein.« Und während die Sekretärin verschwand, wandte er sich wieder an Steiniger:
». . . wann Sie die Ermordete zum letzten Male gesehen haben?«
Es schien mir, als senkte der Gefragte die Augen.
»Vor drei Tagen . . . am Donnerstag.«
»Danke.«
Die Tür öffnete sich, und die Sekretärin ließ einen jungen Mann eintreten.
»Herr de Lorm«, meldete sie.
Bei seinem Anblick sagten Ben und ich gleichzeitig: »Oh!«
Es war jener bleiche junge Mann, den wir einen Augenblick in der Kneipe am Meer gesehen hatten.
Jetzt konnte man ihn besser betrachten.
Er war außerordentlich sympathisch, schien aus gutem Haus und mochte etwa zwanzig Jahre alt sein.
Als die Männer sich in der Tür trafen, erblaßten sie und machten eine stumme formvolle Verbeugung voreinander.
Bens Brillengläser beobachteten das, als wollten sie es fotografieren.
»Die Herren kennen sich?«
»Ja«, sagte Steiniger kurz. Und verließ das Büro.
Ben räusperte sich. Dann sagte er zu dem Neuangekommenen:
»Würden Sie noch einen Augenblick im Vorzimmer Platz nehmen, Herr de Lorm? Ich rufe Sie gleich.«
Der junge Mann ließ uns allein.
Ben stopfte sich eine neue Pfeife.

»Nun?«
»Was nun?« fragte ich.
»Was für einen Eindruck? Ist Steiniger der Täter?«
»Er hat doch ein Alibi.«
»Vergiß das Alibi. Was ist dein persönlicher Eindruck aus seinem Benehmen?«
»Daß er nicht der Täter ist.«
»Meiner auch. Aber wenn du das Tagebuch lesen könntest – was du nicht kannst –, so würdest du deinen Hut aufessen, daß er es war. Er und nur er.«
Er wählte eine Nummer.
»Bill? Wie lange war Steiniger gestern bei dir? Von neun Uhr früh? Wo habt ihr Mittag gegessen? Und dann bliebt ihr zusammen bis zur Premiere? Verdammt! Ich wollte sagen: Gute Nacht.«
Ben legte den Hörer auf die Gabel.
»Ich wußte es«, sagte er, »es war nur eine Routinefrage.«
»Wann ist das Verbrechen geschehen nach Ansicht des Arztes?«
»Um elf Uhr vormittags. Nach Aussage des Mädchens hat ihre Herrin um zehn Uhr das Haus verlassen. Das könnte also stimmen.«
»Sie hat dem Mädchen nicht gesagt, wohin sie ging?«
»Nein, du kluges Kind. Aber selbst wenn sie gesagt hätte, sie gehe Einkäufe machen, so wissen wir, daß sie nicht Einkäufe machen ging. Es ist vielmehr anzunehmen, daß sie direkt von ihrem Haus in das Haus des Mörders fuhr. Natürlich nicht, um zu sterben, sondern zu leben, sehr intensiv zu leben.«
»Zu einem Geliebten?«
»Es sieht so aus. Und sag mir nicht, daß 11 Uhr vormittags keine geeignete Zeit hierfür sei.«
»Wann hat nach deiner Ansicht der Transport der Leiche zum Fundort stattgefunden?«
»Gegen vier Uhr nachmittags. Etwa eine Stunde bevor du sie fandest. Bestimmt nicht viel früher, da sie die Geier auch gerade erst gefunden hatten, was du aus den wenigen Schnabelhieben schließen kannst. Die kritische Zeit ist also

mit zehn Uhr vormittags bis fünf Uhr nachmittags umrissen. Während dieser ganzen Zeit war Steiniger mit Bill zusammen.«
Er paffte an seiner Pfeife. Nachdenklich sah er mich an. Dann drückte er auf den Knopf am Schreibtisch.
»Ich lasse Herrn de Lorm bitten«, sagte er zu der eintretenden Laterne.

7

»Darf ich wissen, Herr de Lorm, wo Sie sich gestern aufgehalten haben?«
»Ich war am Lot bei Warner Brothers.«
»Von bis?«
»Von acht Uhr früh bis sechs Uhr nachmittags.«
»Sie haben das Lot nicht verlassen in der Zwischenzeit?«
»Nein.«
»Wissen Sie, was mit Frau Lu Sostlova geschehen ist?«
»Was ist mit ihr geschehen?«
Ben Blunt teilte ihm das Geschehene mit. Wir erlebten einen noch erschütternderen Zusammenbruch als bei Steiniger. Der Knabe wälzte sich am Boden, schrie und stieß um sich. Es dauerte wohl zwanzig Minuten, bis er fähig war, Fragen zu beantworten. Und auch das erst, nachdem ihn Ben ziemlich grob angefahren hatte.
»Nehmen Sie sich zusammen! Wenn Sie die Frau geliebt haben, so beweisen Sie es, indem Sie uns helfen, ihren Mörder zu finden. Jede Sekunde ist kostbar. Ich weiß von Ihren Beziehungen zu ihr. Wann haben Sie Frau Lu zum letzten Male gesehen?«
»Vor etwa vierzehn Tagen.«
»So lange ist es her? Sie pflegten sich gewöhnlich zweimal wöchentlich zu treffen?«
Der Knabe senkte den Kopf.
»Sie wollte mich strafen.«

»Sie hat Sie öfter auf diese Weise gestraft, indem sie sich Ihnen eine Weile versagte, nicht wahr?«
Der Knabe nickte. Sein Gesicht war in Tränen gebadet.
»Hatten Sie das Gefühl, daß sie diesmal endgültig mit Ihnen brechen wollte?«
»Oh . . . nein . . .«
»Warum nahmen Sie es sich dann so zu Herzen?«
»Ich kann ohne sie nicht sein . . .«
»Wissen Sie jemanden, dem Sie die Tat zutrauen würden?«
»Nein.«
»Auch Dr. Steiniger nicht?«
Der Knabe sah ihn an.
»Hat er sich nicht schon einmal sehr rachsüchtig gezeigt?«
Der Knabe errötete. Nach einiger Zeit sagte er leise:
»Er hat sie geliebt.«
»Sie trauen es ihm also nicht zu?«
»Nein . . . das nicht.«
»Und auch sonst wissen Sie niemanden, der ein Motiv gehabt haben könnte?«
Herr de Lorm überlegte einige Zeit. Dann schüttelte er langsam den Kopf. »Nein.«
»Denken Sie noch etwas darüber nach, Herr de Lorm. Ich rate Ihnen, Ihr Gedächtnis nicht zu schonen. Ich rufe Sie morgen wieder an. Ich danke Ihnen für heute.«
Als sich die Tür hinter seiner knabenhaften Gestalt schloß, ahnten wir nicht, daß wir ihn nicht wiedersehen sollten.

8

Das Telefon schnarrte.
»Hallo?«
Auf Bens Stirn erschienen zwei Spannungsfalten wie bei Winnetou, wenn er eine Spur wittert. Er machte, die Muschel am Ohr, Notizen auf seinen Block.
»North Sycamore? Zwei Blocks nördlich Santa Monica.

Das erste Mal beobachtet gestern morgen 10.30 Uhr. – Okeh, bring ihn her.«
Er hängte an.
»Gib mir dort die Karte von Los Angeles, Curt.«
Er nahm einen Zirkel, suchte einen Punkt auf der Karte, stieß dort den einen Schenkel hinein und schlug mit dem anderen einen Kreis.
»Innerhalb dieses Kreises steht das Haus, in dem der Mord begangen wurde.«
Fragend blickte ich Ben an.
»Man hat ihr parkendes Auto gefunden. Es steht im Sycamore Drive, zwei Blocks nördlich von Santa Monica Boulevard. Hier.«
Er zeigte auf den Mittelpunkt des eingezeichneten Kreises.
»Nun kannst du deine Seele verwetten, daß eine Frau, die zu ihrem Geliebten fährt, nicht vor dem Hause ihres Geliebten parkt. Aber auch nicht zu weit weg, weil sie ja faul ist und ihre Füßchen schonen will und sie es eilig hat, zu ihm zu kommen. Drei Minuten dürfte das höchste sein, was sie zu Fuß zu gehen und Mutter Vorsicht zu opfern gewillt ist. Diese drei Minuten nach jeder Richtung sind mit diesem Kreis umrissen. In diesem Kreis befindet sich das Mordhaus.«
»Wäre es nicht möglich, daß der Mörder, der ja ihre Kleider und ihr Täschchen mit dem Autoschlüssel hatte, nach der Tat ihren Wagen absichtlich in einer anderen Nachbarschaft als der seinen parkte, um euch irrezuführen?«
»Das wäre möglich, aber er hat es nicht getan. Ein Tischler, der gegenüber dem parkenden Auto sein Geschäft hat, sah es seit 10.30 Uhr gestern morgen dort stehen. Viel früher konnte Frau Lu ihren Wagen nicht verlassen haben, denn sie braucht von ihrem Haus in Beverly Hills, wo sie etwa 10.10 Uhr weggefahren ist, bis zum Platz, wo sie ihr Auto parkte, mindestens fünfzehn Minuten. Auch wenn sie es noch so eilig hatte.«
»Woher weißt du, daß sie es eilig hatte?«
»Weil ich ihre Memoiren kenne. Sie hatte es immer eilig, zu ihren Geliebten zu kommen.«

»Ich finde es übrigens wenig entgegenkommend von ihr, daß sie ihr Tagebuch nicht bis zum letzten Tag führte und nicht aufschrieb, zu wem sie fuhr. Dann hättest du es *noch* bequemer gehabt.«

Ben grinste. »Leider hat sie das nicht getan. Die Eintragung über dich ist eine ihrer letzten.«

»Ich habe es nicht gern, wenn du so grinst. Ich bin in die Tote verliebt.«

»Ich auch ein bißchen. Das trifft sich gut. Um so wütender werden wir den Mörder suchen. Und finden.«

»Du wirst ihn finden. Ich werde verdammt wenig dazu tun können.«

»Wer weiß.«

Er war tief über die Karte gebeugt.

»Es ist sogar anzunehmen«, fuhr er wie im Selbstgespräch fort, »daß ihr Geliebter nicht im Sycamore Drive selbst, sondern in einer der kleinen Nebenstraßen wohnt, die dieser Kreis einschließt. In diesen Nebensträßchen sind viele Bungalows, wo sich ein Mord ungestört ausführen läßt.«

»Auch meine Stadtwohnung ist dort in der Nähe.«

»Ich weiß«, sagte Ben einfach.

Er griff in seine Gesäßtasche. Ich dachte, er wollte einen Revolver hervorziehen, es war aber nur seine Brieftasche. Er nahm das Papier mit der Haarsträhne heraus und entfaltete es. Er betrachtete das Haar unter der Lupe. Dann legte er es zwischen Daumen und Zeigefinger, die er öffnete und schloß, öffnete und schloß.

»Es klebt«, sagte er.

»Von Blut«, sagte ich.

»Nicht von Blut.«

Er vertiefte sich weiter in seine Untersuchungen und schien mich zu vergessen. Plötzlich sagte er: »Du kannst ruhig sprechen, das stört mich nicht. Im Gegenteil.«

»Was soll ich sprechen?« sagte ich. »Ich komme mir bereits vor, als hätte ich den Mord begangen, und habe das Gefühl, als benähme ich mich dementsprechend.«

»Das ist sehr natürlich«, bemerkte Ben. »Ein Unschuldiger, gegen den irgendwelche Indizien sprechen, benimmt sich

meist schuldiger als ein Schuldiger. Ein Schuldiger hat seinen Verteidigungsplan fix und fertig, der Unschuldige wird von den widerhaarigen Umständen überrumpelt und fängt an zu stottern.«
»Ich stottere nicht. Das spricht gegen mich.«
»Seltsam ...«, murmelte Ben geistesabwesend. »Wofür hältst du diesen weißen Staub?«
Er reichte mir das Haar und das Vergrößerungsglas.
Ich betrachtete es und versuchte meinen Scharfsinn anzustrengen.
»Ich habe keine Ahnung«, sagte ich als Abschluß meiner Untersuchungen.
»Es klebt«, kam er mir zu Hilfe.
»Pomade?« fragte ich.
»Nein.«
Ich zuckte die Achseln.
»Es ist Rosin.«
»Was ist Rosin?«
»Ich glaube, ihr nennt es Kolophonium. Man hat es in verschiedenen Feinheitsgraden. Für Geigen, Bratschen, Celli usw.«
Er tat einen tiefen Zug aus seiner Pfeife. Dann sagte er nebensächlich: »Du spielst ja wohl Cello, nicht wahr?«
Das nächste, was ich wußte, war, daß mir jemand Kognak zwischen die Zähne goß. Als ich die Augen aufschlug, sah ich in Bens grinsendes Gesicht, der mir aufmunternd zunickte und mir den Rest des Kognaks – ein halbes Wasserglas voll – hinter die Binde kippte.
»Ich habe im First-Aid-Kurs gelernt«, sagte ich, als ich wieder japsen konnte, »daß man einem Ohnmächtigen keinen Alkohol geben soll.«
»Das ist ein Aberglaube, wie du siehst«, bemerkte Ben. Während er mir wieder in den Stuhl half, sagte er:
»Ich würde dir ja gern den Gefallen tun und dich für den Mörder halten, Curt, wenn du nicht gestern bis um 12 Uhr geschlafen, dann von Joe Rey zum Lunch abgeholt worden wärest. In der ›Cock and Bull Bar‹ hat er dir seine neue Story erzählt, bis ihr ziemlich besoffen ward. Weniger von

der Story, als von je sechs Manhattans mit je zwei Oliven drin. Um 3 Uhr hat er dich nach Hause gefahren. Dort hast du geduscht. Dann bist du mit Winnetou und deiner Büchse gegen die Japaner zu Felde gezogen. – Stimmt es?«
»Ich glaube. Ich bin dir jedenfalls für das Alibi sehr dankbar. Ich hätte es nie so zusammengekriegt.«
Er stülpte seinen Hut auf.
»Ich muß dich auf eine halbe Stunde verlassen. Mach es dir in meinem Lehnstuhl bequem. Dort, im Regal, findest du Pfeifen und Tabak.«
Er rannte aus dem Zimmer.
Ich fand nicht nur Pfeifen und Tabak im Regal, sondern auch die Memoiren von Lu Sostlova, der jungen Frau des alten Forschers.

Der Memoiren Vorwort

Ich schreibe diese Zeilen nieder, begannen die Memoiren, nicht in der Meinung, daß jemand sie lesen werde oder sie von irgendwelchem Interesse seien, sondern auf Anraten meines Psychoanalytikers.
Ich schreibe sie nieder, um diese Erinnerungen loszuwerden, sie aus meinem Blutkreislauf zu eliminieren, um mich, kurz gesagt, vor dem Irrenhaus zu bewahren. Denn – hat mein Psychoanalytiker gesagt – der liebe Gott müsse bei meiner Erschaffung, als er die übliche Prise Erotik auf meinen Leib streute, sich in der Dosis vergriffen haben. Anders sei meine Verschiedenheit von anderen Menschen kaum zu erklären. Andere Menschen lebten, planten, verdienten Geld, hätten Interesse für Malerei, Musik, Literatur, und nebenbei – gewiß – hätten sie auch einen bescheidenen Sinn für Erotik in angenehmen Grenzen. Aber ich? Ja, meint mein Psychoanalytiker, auch ich hätte bürgerliche, normale Interessen, auch ich schwärme für Malerei, Musik und Literatur, aber – meint mein Psychoanalytiker – immer nur für etwa zwei Stunden, nachdem einer meiner Liebhaber mich aus seinen brutalen Armen entlassen habe,

und ich zu lieben einfach nicht mehr fähig sei. Nach Ablauf dieser Zeit – meint mein Psychoanalytiker – fingen meine Sinne an, neue Taten zu planen, sie im voraus mit interessanten Einzelheiten auszustatten.
Das Erschreckende daran sei – meint mein Psychoanalytiker –, daß meine Behauptung, ich litte unter dieser Veranlagung und beneide meine Mitmenschen um ihre temperierten Temperamente, verlogen sei. Ich fühle mich außerordentlich wohl dabei, meint er. Aber sosehr das zugegebenermaßen meine persönliche Angelegenheit sei, nachdem ich ihn nun einmal um Rat gefragt habe, müsse er mich warnen. Ich wolle doch nicht ins Irrenhaus kommen? Ob ich nicht versuchen wolle, mich von Vorstellungen zu befreien, die durch Erlebnisse in früher Jugend bedingt seien, indem ich diese Erlebnisse zu Papier brächte, mich auf diese Weise gewissermaßen zur Ader ließe? Nun, ins Irrenhaus möchte ich wirklich nicht. Schon aus Angst, ich könnte dort früher oder später meinem Psychoanalytiker begegnen.
So will ich versuchen, der Wahrheit gemäß hier aufzuzeichnen, wie alles kam. Und nachdem ich die Analyse meines Charakters, aufgestellt von einem berühmten Spezialisten, meinen Memoiren vorangesetzt habe, um jedermann ins Bild zu setzen und zu warnen, muß ich die Verantwortung, sie zu lesen, dem Leser überlassen. Ich persönlich glaube nicht, daß jemand Schaden an seiner Seele nehmen könne, aber der Dichter sagt, man dürfe nicht vor keuschen Ohren nennen, was keusche Herzen nicht entbehren können.
Die Männer werden mir verzeihen, weil sie es gern verzeihen, wenn Frauen ihnen verfallen sind. Und die Frauen mögen nicht vergessen, daß der liebe Gott uns alle verschieden gemacht hat und daß niemand weiß, was im Nachbarn vorgeht. Die Verteilung von Begierden und Widerständen ist nicht in jedem gleich. Das süße Geheimnis unseres Temperamentes, das wir im Augenblick unserer Zeugung empfingen, ist unterschiedlich wie der Zeugungsakt selbst. Und obgleich Feuer Feuer und Wasser Wasser ist, so besteht doch ein Unterschied zwischen einer Ölfunzel und einem

Waldbrand, einem Dorfteich und einem Sturzbach. Und deshalb mögen die Frauen, die nicht gegen einen Waldbrand oder Sturzbach anzukämpfen haben, vorsichtig sein in ihrem Urteil.

Verstehen werden mich die wenigstens. Nur die, die weder essen noch schlafen können, wenn der Funke der Liebe sie getroffen hat, die beim Anblick des Geliebten die Sprache verlieren und in seinen Armen die Besinnung, nur solche kommen in die Nähe meiner Sphäre, nur solche kennen die Dämonen, mit denen ich mich rumzuschlagen habe.

Und noch eines möchte ich für mich in Anspruch nehmen: Nie habe ich über Geschlechtliches frivol denken können. Die beiden senkrechten Falten an meiner Nasenwurzel, die mein erster Geliebter feststellte und die ihn ob des heiligen Ernstes meiner Inbrunst immer wieder rührten und entzückten, wird auch mein letzter Geliebter feststellen. Und warum der letzte nicht der gleiche sein konnte wie der erste, ist die Tragik meines Lebens und der Inhalt dieser Blätter.

Und nun fange ich an:

Der Memoiren erstes Kapitel

König Heinrich hatte die edlen Ritter von Brabant begrüßt, der finstere Telramund seine Klage gegen Elsa erhoben. Diese, blond und liebreich, hatte den König gebeten, den Ruf nach ihrem Streiter, den sie im Traum gesehen, ergehen zu lassen, einmal, und, da er wohl ferne weile und ihn nicht höre, ein zweites Mal ...

Da naht es sich auf dem Wasser ...

Weißlich und silbrig in der Ferne ...

Weiß und silbern beim Näherkommen ...

Ein Schwan! Welch seltsam Wunder!

Ein Schwan, einen Kahn ziehend ...

Und in diesem Kahn, wie eine Figur aus Erz ... ein Ritter!

O mein Herr und Gott! Kein Rampenlümmel, dem man eine blonde Perücke aufgestülpt hatte ... kein vollgefressener Tenor mit weggeschnürtem Bauch ...

Sondern er *selbst*, vom Gral zu uns hierher gesandt: *Lohengrin*! Der Sohn des *Parsifal*!
Unter den Strahlen einer gelben Sonne, die sich an den Schuppen des silbernen Panzers – oder ist es seine Haut? – in Millionen funkelnden Facetten bricht, tritt er, jung und überirdisch, an Land.
In diesem Falle als Gast auf die Bühne unseres Stadttheaters, um nicht nur das Schicksal Elsa von Brabants, sondern auch das eines kleinen Mädchens im Parkett zu entscheiden.
Es steht im Profil.
Der Abschied vom Schwan ist eine Privatangelegenheit zwischen den beiden.
Die Worte sind nicht für die Brabanter zu hören bestimmt. Sie sind mehr geflüstert als gesungen. In einem sphärenhaften Pianissimo von unendlicher Süße verklingen sie.
Das Tier gleitet lautlos hinweg . . .
Jetzt wendet sich der Gralsritter uns zu . . .
Und wir müssen die Augen schließen vor blendendem Glanz. Wenn in einem Stahlwerk alle Hämmer plötzlich schweigen, so tönt die Stille wie ein Lärm. Und wenn durch das Parkett eines Theaters ein Rauschen geht wie von flatternden Fledermäusen, so ist das jene lärmvolle Stille, die entsteht, wenn Hunderte von Frauenbrüsten aufhören zu atmen.
Mit edlem Anstand schreitet der Jüngling zur Eiche. Und mit einem Lächeln, wie es nur einem Gott zur Verfügung steht, begrüßt er in artiger Verneigung, wie er solches von seinem Vater Parsifal gelernt hat, den Herrscher.

»Heil, König Heinrich! Segenvoll
Möge Gott bei deinem Schwerte stehn!«

Ich sage, er begrüßte ihn. Er brüllt ihn nicht an, sondern er begrüßt ihn. Und doch vibrieren die Glasperlen des riesigen Kronleuchters im Zuschauerraum, als die gelben Vokale in »Schwerte« schneidend die Feinde des Königs zu warnen scheinen.

»Zum Kampf für eine Magd zu stehn,
Der schwere Klage angetan,
Bin ich gesandt. Nun laßt mich sehn,
Ob ich zu Recht sie treffe an . . .«

Und er sieht sie . . . und errötet. Ja, er errötet. Und die Wandlung vom Halbgott zum Menschen ist vollzogen.

»So sprich denn, Elsa von Brabant:
Wenn ich zum Streiter dir ernannt,
Willst du wohl ohne Bang' und Graun
Dich meinem Schutze anvertraun?«

Und er ist so verliebt, daß er keineswegs ihrer Antwort sicher scheint.

»Mein Held, mein Retter! Nimm mich hin!
Dir geb ich alles, was ich bin.«
»Wenn ich im Kampfe für dich siege,
Willst du, daß ich dein Gatte sei?«

»Wie ich zu deinen Füßen liege,
Geb ich dir Leib und Seele frei . . .«

»Elsa, soll ich dein Gatte heißen,
Soll Land und Leut' ich schirmen dir,
Soll nichts mich wieder von dir reißen,
Mußt eines du geloben mir:
Nie sollst du mich befragen,
Noch Wissens Sorge tragen
Woher ich kam der Fahrt,
Noch wie mein Nam' und Art!«

»Nie, Herr, soll mir die Frage kommen!«

»Elsa, hast du mich wohl vernommen . . .?«

Und er wiederholt die Mahnung. Und Elsa wiederholt ihr Gelübde.

»Elsa, ich liebe dich!«

An dieser Stelle war es, wo meine Nachbarin, eine vornehme alte Dame, mir die Hand auf die Knie legte und sagte: »Nun halt aber mal deine Beinchen still, du kleiner Fratz!«

Wenn sie nicht eine so sympathische alte Dame gewesen wäre, hätte ich ihr vielleicht etwas erwidert! Kleiner Fratz! Ich sah nur aus wie zwölf, war aber schon fast siebzehn.

Von hier ab habe ich nur noch Gestalt und Stimme meines Helden getrunken und kaum auf die Handlung geachtet. Ich weiß nur noch, daß ich mehr und mehr Elsa von Brabant hassen lernte. Als mein Held in einem Tone unvergeßlichen Befremdens sie fragte: »Elsa, mit wem verkehrst du da?« war wohl niemand im Theater, der sich nicht für sie geschämt hätte. Und als sie die verbotene Frage tat, war ich fast froh, daß sie ihn nun nicht bekam.

Aber mein Held tat mir leid, als er mit einer schmerzlichen Süßigkeit, die nicht von dieser Welt war, den Auftrag gab:

»Sie vor den König zu geleiten,
Schmückt Elsa, meine süße Frau,
Dort will ich Antwort ihr bereiten,
Daß sie des Gatten Art erschau' ...«

Ich wäre am liebsten auf die Bühne gestürzt und hätte ihn gefragt, ob ich ihm nicht irgendein Ersatz sein könnte ...

Bei der Grals-Erzählung, die alles Wunderbare an diesem Abend Erlebte krönte, war es, als mir die alte Dame abermals – und diesmal wortlos – die Hand begütigend auf die Knie legte.

Bald darauf stand ich draußen am Bühneneingang unter einem Haufen anderer Backfische, mit einem Autogrammbuch in der Hand, fröstelnd in der feuchten Märzluft vor Erregung und Kälte.

Als er durch das Bühnentürchen kam, im Pelz, mit hochgeklapptem Kragen, das Taschentuch vor dem Mund, den Hut tief ins Gesicht gezogen, zum Schutze gegen das Schneetreiben, stürzten sich die Backfische wie eine Meute auf ihn, umringten ihn und hielten ihm ihre Autogrammbücher hin. Er willfahrte ihren Wünschen, das Taschentuch zwischen den Zähnen haltend.

Ich wollte auch zu ihm, aber meine Knie versagten. Ich mußte mich an die Mauer lehnen, um nicht in den Straßendreck zu sinken. Ich mußte zusehen, wie sie alle ihr Autogramm erhielten und froh damit abzogen und wie er, ohne von mir Notiz zu nehmen, zu seinem Auto ging, wo sein Chauffeur mit abgezogener Mütze ihm die Wagentür öffnete. Dann aber sah ich, wie der Chauffeur – Gott segne ihn – ihm etwas sagte und dabei in meine Richtung blickte. Er tat das gleichfalls, nahm den Fuß vom Trittbrett herunter und näherte sich mir.

»Was ist los mit dir, Kleines?«

Ich versuchte, ihm mein Album zu reichen, es war aber schwer wie Blei in meiner Hand, und ich kriegte den Arm nur halb hoch.

»Du zitterst ja vor Kälte. Wo wohnst du?«

Ich sagte es ihm, aber meine Stimme war so leise, daß ich es dreimal wiederholen mußte.

»Ich werde dich nach Hause fahren. Komm.« Er nannte seinem Chauffeur meine Adresse, setzte mich neben sich in seinen Wagen und hüllte mich bis unter die Arme in eine Decke. Dabei schimpfte er und murmelte etwas von »Lungenentzündung holen wegen eines blöden Tenors«. Dann knipste er das Licht an, um zu sehen, was er da eingehandelt hatte. Er sah mir in die Augen.

Und dann knipste er das Licht wieder aus.

Gesprochen wurde eine ganze Weile nichts mehr.

»Wie heißt du?«

»Lu.«

Ich weiß nicht, wieso ich auf den Gedanken kam, daß ihn

nur der Vorname interessierte. Ich fühlte, daß er lächelte. Aber nun war nichts mehr zu verbessern.
»Bist du nicht sehr enttäuscht von deinem Lohengrin? Er hat keine goldenen Haare, sondern graue Schläfen.«
Ich antwortete nicht.
»Wie alt bist du?«
»Siebzehn.«
»Das lügst du, Hexe. Du bist zwölf.«
»Ich bin siebzehn.«
Wieder knipste er das Licht an und schaute mir forschend in das Gesicht. Dann knipste er das Licht wieder aus. Der Wagen hielt.
»Jetzt habe ich dir nichts in dein Album geschrieben. Willst du es morgen in meinem Hotel abholen?«
»Ja.«
»Ich wohne im ›Carlton‹. Wirst du um drei Uhr nach mir fragen?«
»Ja.«
»Gute Nacht, Nixchen, schlaf gut.«
»Gute Nacht.«
In der Haustür stehend, sah ich dem Wagen nach, wie er im Schneegestöber verschwand.

Der Memoiren drittes Kapitel

Ich taumelte ins Bett, umarmte mein Kopfkissen und schlief ein. Ich träumte, die Tür tat sich auf, und herein kam der böse Telramund und trat an mein Bett. Ich wollte schreien, aber ich konnte nicht. Er zog ein Messer aus der Tasche. Dabei öffnete sich der Mantel ein wenig. Da sah ich, daß es gar nicht Telramund war, sondern der nackte Teufel. Er zog die Klinge, wie um sie zu schärfen, ein paarmal durch seine bockshaarigen Schenkel, bis die Spitze von blauen Elmsfeuerchen sprühte. Ich war gelähmt vor Angst und betäubt von dem Schwefelgeruch, der seinem Munde ausströmte, während er sang:

»Nun zeichnet Satan deinen Leib,
Aus einem Engel wird ein Weib,
Und alle Hexlein stehn im Kreis
Und jubeln laut: Kyri–i–e–leis!«

Dabei beugte er sich über mich. Und in meinen noch ungemerkten Schoß schnitt er mit flammender Klinge die Wunde, die nie mehr gesunden sollte.

Ich brüllte. Die alte Dame, die im Parkett neben mir gesessen hatte, stürzte herein, mir beizustehen, aber der Teufel gab ihr einen Tritt, daß sie wieder hinausflog. Beim Hinausfliegen sah ich, daß sie jetzt aussah wie meine Mutter. Ich hörte sie draußen um Hilfe rufen. Aber nun war es wieder nicht mehr die Stimme meiner Mutter, sondern die meiner Gouvernante. Inzwischen modellierte der Teufel weiter an mir herum.

Da flog die Tür auf, und herein kam mein Retter. Der Sohn des Parsifal zog sein Schwert, worauf der Teufel sich in eine Wolke Dreck verwandelte und durch den Kamin verstank. Mein Ritter trat zu mir. Als er sah, was der Teufel angerichtet hatte, brach er in Tränen aus und bedeckte meinen Leib mit Küssen.

9

»Verzeihung«, sagte Ben, der in der gleichen Hast, wie er das Zimmer verlassen hatte, zurückkehrte. »Ich habe etwas vergessen.«

Er wühlte in den Papieren auf seinem Schreibtisch.

»Was liest du da?« fragte er.

»Grimms Märchen.«

»Oh!« Er suchte weiter.

»Glaubst du nicht, daß es ein ziemliches Unterfangen ist, eine nackte weibliche Leiche in einem gewöhnlichen Auto vom Sycamore Drive in die Hügel zu transportieren? Das sind etwas vierzehn Meilen. Davon führen die ersten sechs

durch den dichtesten Verkehr mit mindestens zwanzig Stopp-Zeichen. Das alles am hellichten Tage zwischen 12 und 4 Uhr!«
»Das scheint mir allerdings ein ziemliches Wagnis zu bedeuten«, orakelte ich.
»Oh, scheint es dir!«
Er hatte das gesuchte Papier gefunden und stopfte es in die Tasche.
»Wie würdest du das Problem bewältigt haben, wenn du der Mörder gewesen wärest?«
»Welches Problem?«
»Eine nackte Leiche vom Sycamore Drive nach den Hügeln in einem gewöhnlichen Auto zu transportieren.«
»Ich würde ihr zunächst etwas angezogen haben, damit nicht der erste Blick eines Neugierigen in meinen Wagen mich verrät.«
»Gut. Weiter.«
»Dann hätte ich sie am Hintersitz in eine Ecke gelehnt, als ob sie schliefe.«
»Weiter.«
»Dann hätte ich zum heiligen Christopherus, mich vor einer Panne zu bewahren, gebetet. In den Hügeln hätte ich ihr den Mantel wieder ausgezogen und sie ins Gras geworfen.«
»Den Mantel?«
»Oder was immer ich ihr angezogen hätte. Irgend etwas von ihren Sachen.«
»Sie hatte keinen Mantel mit. Sie hatte auch sonst sehr wenig an, wie immer, wenn sie zu einem Geliebten fuhr.«
»Ein Kleid wird sie angehabt haben.«
»Ein sehr dünnes.«
»So hätte ich ihr also das Kleid erst angezogen und dann wieder ausgezogen.«
»Es ist ein Jammer, daß du nicht der Täter warst. Es hätte alles so erleichtert.«
Er paffte an seiner Pfeife und starrte auf einen Punkt.
»Ein Glück wenigstens, daß der Mord geplant war.«
»Wieso Glück?«
»Einen geplanten Mord kannst du nachplanen. War es ein

Zufallsmord, ist er schwerer, Zufälle kannst du nicht nachplanen.«
»Wenn der Mord geplant war«, fragte ich, »wie konnte der Täter wissen, daß ihm niemand begegnen würde, wenn er die Leiche am hellichten Tage aus der Wohnung über die Straße trug? Selbst eine angekleidete Leiche benimmt sich nicht unverdächtig.«
»Er konnte es deshalb nicht wissen, weil, um die Leiche in sein Auto zu tragen, er seine Wohnung gar nicht verlassen und die Straße gar nicht zu betreten brauchte. Er trug seine Leiche durch die Küche in die Garage. Von hundert Bungalows haben neunzig diese Bequemlichkeit einer direkten Verbindung zwischen Küche und Garage, damit in der Regenzeit die Hausfrau, wenn sie im Auto mit Paketen vom Markt kommt, nicht durch den Regen muß, das gute Kind, sondern gleich von der Garage in die Küche gelangt.«
»Hm.«
»Sie kann also ruhig nackt gewesen sein, deine Leiche. Und bei der Zierlichkeit der Ermordeten ging sie bequem in den Kofferraum, wenn man nötigenfalls das Reserverad daraus entfernte. Wenn er dann den Kofferraum noch abschloß, konnte er mit ruhigem Gewissen die vierzehn Meilen riskieren. – Merkst du übrigens, wie sich alles lichtet?«
»Nein.«
»Innerhalb des Kreises, den wir mit dem Zirkel geschlagen haben, brauchen wir jetzt nur die Bungalows rauszusuchen. Und von den Bungalows nur die, die eine Verbindung mit der Garage haben. Und von diesen nur dasjenige, welches . . .«
Er hielt inne.
»Welches – was?« fragte ich.
»Weißt du«, sagte er, »wenn wir einen Gedanken ausgesprochen haben, gehört er nicht mehr uns. Und wenn er uns nicht mehr gehört, können wir ihn nicht mehr verzärteln. Dieser aber muß noch ein bißchen verzärtelt werden, bis er stark genug ist, auf eigenen Beinen zu stehen . . .« Und wieder stülpte er seinen Hut auf und rannte hinaus. Ich fuhr in meiner Lektüre fort:

Wie ich den nächsten Vormittag, der mich noch von meinem Geliebten trennte, hingebracht habe, weiß ich nicht mehr. Von 2 Uhr ab ging ich vor dem Hotel hin und her. Als ich endlich bei der Rezeption nach dem Herrn Kammersänger fragte, war es zehn Minuten vor der verabredeten Zeit. Ein Liftboy geleitete mich vor seine Tür. Dort klopfte er, worauf er mit einer kleinen Verbeugung verschwand.
»Herein.«
Mein Geliebter hatte ein dunkelblaues Sammetjackett an. Statt des Kragens trug er einen seidenen weißen Schal. Seine grauen Schläfen hoben sich gut ab von dem sonnengebräunten Teint.
Wie Senta und der Fliegende Holländer standen wir uns wohl eine Minute gegenüber, ohne zu sprechen oder uns zu rühren.
Schließlich legte er unendlich zart seine Hände auf meine Schultern und führte mich ans Fenster. Dort nahm er mein Gesicht in seine beiden kühlen Hände und sah mich an. Lange sah er mich an. Er ließ seine Augen in meinem Gesicht spazierengehen, als wolle er jede Einzelheit bis an sein Totenbett nicht vergessen.
Dann führte er mich an den Flügel, auf dem mein Autogrammbuch lag. Er schaute mir über die Schulter, während ich las.

»Ein Gedicht soll ich Dir schreiben?
Ach, und stehst Du selber nicht
In des Tages Prosatreiben
Als ein liebliches Gedicht?
Glückte mir doch solch ein holdes,
Wie's Natur in Dir gelang,
Alle Welt, so wett' ich, wollt' es
Lesen tage-, nächtelang . . .«

Ich hatte längst zu Ende gelesen, als ich noch immer, ohne mich zu rühren, in das Buch starrte. Ich wünschte keine

Veränderung. Seine Linke lag an meiner Hüfte. Die Wärme seines Blutes drang durch mein Kleid ... Ich wünschte keine Veränderung.
»Nixchen ...?«
»Ja ...?«
»Ich liebe dich.«
Die Erde unterbrach ihren Lauf um die Sonne. Das Universum stand still.
»Nixchen ...?«
»Ja ...?«
»Wenn du mich liebhast, mußt du jetzt gehen ...« Ich rührte mich nicht.
Er wiederholte, was er gesagt hatte, jede Silbe betonend. Ich rührte mich nicht.
Er hob mich auf den Flügel, aufrecht mich hinsetzend, so daß unsere Augen und Münder in gleicher Höhe waren.
»Du gehst nicht?«
Ich schüttelte den Kopf. Da kam in seine Augen jenes Glimmen, das ich später anzubeten lernte. Jenes Glimmen, das dem Schwinden jeglicher Vernuft voranzugehen pflegte.
Er teilte mit seinen Lippen die meinen und flüsterte mir in den Mund.
»Weißt du, was man im Mittelalter mit so etwas machte? Mit so etwas, das eine Haut hat wie Milch, lange Wimpern über Katzenaugen, Haare von der Farbe der Eichkatze und einen Mund wie eine Wunde? ... Weißt du das? ... Man verbrannte es auf dem Scheiterhaufen. Damit es den Frauen nicht die Männer wegnehme und diese verzaubere ... Aber diese ließen sich verzaubern ... auch wenn sie wußten, daß sie daran sterben mußten ... Hexlein ... ich möchte ... sterben.«
Ich sank auf die Ellbogen zurück.
Ein Schuh plumpste auf den Teppich ...
»Ich muß nach Hause«, hörte ich mich sagen, mit einer ganz tiefen fremden Stimme.
Mein Hinterkopf fiel auf den Flügel.
Die Zimmerdecke, auf die ich durch einen Tränennebel

starrte, zerrann, öffnete sich und ließ ein Stück Himmel sehen. Ich hob mich vom Flügel und flog durch das offene Dach hindurch in den Himmel hinein. In den ersten, zweiten, dritten, vierten, fünften, sechsten ... bis in den siebenten Himmel ... dort überschlug ich mich ... und im purpurnen Wirbel sauste ich zurück und krachte auf den Flügel, von dem ich mit Armen und Beinen alles herunterfegte, was auf ihm stand an Gläsern, Vasen und eingerahmten Bildern.

Als ich erwachte, fand ich es durchaus in der Ordnung, daß ich im Bett lag an der Seite meines Geliebten. Ich wunderte mich durchaus nicht, daß er mich in seinen Armen hielt, mein Erwachen beobachtete und meine Augen küßte. Es war gar nicht so, als ob diese Situation neu für mich sei. Es war vielmehr so, als sei ich endlich heimgekehrt nach langen Irrfahrten einer überflüssigen Kindheit in den Hafen meiner Bestimmung.

»Ich liebe dich, Nixlein ... Ich schwöre es bei allem Heiligen und Schönen: ich liebe dich ... Ich weiß, daß ich an dir sterben werde – was tut es? ... Soll ich dir was verraten, Hexlein? Kein Mann, der von dir gekostet hat, wird je wieder loskommen ... Wenn ich längst tot bin, wirst du dich oft an meine Worte erinnern ... Nixchen, geliebtes, ich werde jetzt mein Ohr ganz nah an dein Mäulchen legen, damit du nur zu flüstern brauchst ... Sag, bist du mir böse?«

Ich fühlte meine Lippen an seinem Ohr und hörte mich flüstern:

»Nein.«

»Möchtest du, daß ich dir treu sein kann?«

»Ja.«

»Daß ich keine andere Frau mehr anrühre?«

»Ja.«

»Willst du dafür Schmerzen leiden?«

»Ja.«

Als ich Stunden später meinen Geliebten verließ, war die Welt schöner geworden. Alle Menschen freundlicher. Ich hatte das Bedürfnis, ihnen zuzuwinken. Einen kleinen

braunen Dackel, der mir entgegenwatschelte, hob ich in die Höhe, küßte ihn auf seine sorgenfaltige Stirn und setzte ihn wieder aufs Pflaster.
Als ich mich umsah, stand er noch immer da. Verdutzt schaute er mir nach und wedelte fragend mit dem Schwänzchen.
Der erste Atem des Frühlings lag in der Luft.
Eine leise Pein erinnerte mich süß daran, daß ich fähig war, für meinen Geliebten Schmerzen zu ertragen.
Federnd, mit allen Einrichtungen der Welt einverstanden, schritt ich, leicht wie ein Gespenst, nach Hause.
»Wie schön du heute bist«, sagte unser Mädchen.
»Wie schön du heute bist«, sagte mein Vater.

Der Memoiren fünftes Kapitel

Ich erwachte davon, daß ein Sonnenstrahl meine Lippen wärmte.
Wenn es etwas gab, das süßer war als ein Traum, so war es die Gewißheit, daß es kein Traum war: ich war die Geliebte Olaf Swendkas.
Ich sprang aus dem Bett und lief zum Spiegel. Ich studierte mein Gesicht.
Nun gut, wenn es das war, was ihm gefiel, so gefiel es mir auch. Ich hatte eine halbe Stunde länger geschlafen als sonst und mußte mich beeilen. Beim Baden meiner nicht vorhandenen Formen zerbrach ich mir vergeblich den Kopf, was an mir sein könnte, das meinen Geliebten so verrückt machte.
Auf dem Wege zur Schule mußte ich an Möllers Buchhandlung vorbei, wo die Künstlerpostkarten in langen Reihen im Schaufenster hingen. Ich bin eine sehr objektive Frau, aber ich muß sagen, mein Geliebter war von all den Künstlern nicht nur der schönste und herrlichste, sondern auch der interessanteste, liebenswürdigste und menschlichste. Allen anderen sah man an, daß sie wußten, wie gut sie waren. Mein Geliebter war völlig eins mit der Rolle, die er verkör-

perte. Das kam wohl daher, daß er seine Karriere als Schauspieler begonnen hatte.
Da war er: als »Lohengrin«, als »Tristan«, als »Walter Stolzing«. Dreimal derselbe und völlig verschieden. Wie machte er das? Da war auch eine neue Sendung der immer vergriffenen »Siegfried«-Karten eingetroffen. Die Backfische kämpften um sie und aßen sie auf ihren Butterbroten. Ich ging hinein und kaufte mir für den Rest meines Taschengeldes die ganze Serie. Herr Möller lächelte gütig. Du guter alter Mann, wenn du wüßtest . . .!
Ja, wenn der geliebte Schmerz nicht immer wieder daran erinnerte, würde ich es auch nicht glauben.
Wenn ich einen kleinen Umweg machte, konnte ich an der Post vorbeikommen. Mein Geliebter hatte mir geschworen, daß er mir gleich nach seiner Rückkehr nach Berlin schreiben würde. Wir hatten uns gestern nachmittag um 5 Uhr getrennt. Zwei und eine halbe Stunde brauchte er mit seinem Auto zur Rückfahrt. Wenn er wirklich gleich geschrieben hatte, konnte der Brief mit der Nachtpost befördert und schon da sein. Das war sicher sehr unbescheiden vor mir gedacht, und ich beschloß, das Schicksal, das so gütig zu mir gewesen war, nicht durch Unbescheidenheit vor dem Kopf zu stoßen und nicht schon heute am Schalter für »postlagernde Sendungen« zu fragen.
Als ich mich zu diesem Entschluß durchgerungen hatte, stand ich gerade vor der Post. Und da ich nun schon da war, beschloß ich, doch zu fragen, mit dem Vorbehalt, daß ich, falls noch nichts da sein sollte, nicht enttäuscht sein wollte.
Der dumme Kerl am Schalter schien schwer zu hören. Ich mußte es dreimal wiederholen, ob etwas unter »Hexe« da sei.
Und dann mußte ich mich festhalten, um nicht umzusinken, als er mir einen Brief hinhielt.
Den Weg zur Schule stolperte ich mehr, als ich ging. Der Brief ruhte unter meiner Bluse, und mein Herz spürte ihn bei jedem Stoß. Während der Naturgeschichtsstunde las ich ihn.

Hexlein! Mein über alles Geliebtes!
Ich kann die Gnade noch nicht fassen, die mir zuteil geworden ist. Wenn es irdisches Glück und Zufriedenheit gibt, so glaube ich, sie gefunden zu haben in meiner Frau und meinen Töchterchen, die ich liebe und die weiter zu lieben Du mir befahlst. Ich wußte nicht, daß es etwas gibt, das jenseits von Gut und Böse ist, außerhalb von Glück oder Unglück: Seligkeit.
Das Furchtbare ist ja nicht, daß ich mich in Dein Körperchen verliebt habe, sondern darüber hinaus in Dein Seelchen, in das ich trotz der wenigen Stunden, die ich es zu belauschen Gelegenheit hatte, Einblicke getan habe, die mich umnebeln. Ich weiß: auch seelische Qualitäten gehören zu einer vollkommenen Hexe, und ich gebe mich keinem Zweifel darüber hin, daß du eine bist, gesandt, mich zu vernichten. Nun, es gibt häßlichere Arten, sein Leben zu beschließen. Ich bin bereit und einverstanden.
Hexlein, ich habe, bevor ich gestern Deine süße Vaterstadt verließ, uns im Vorort eine kleine Villa gemietet, wo Du Dein Teufelswerk vollenden kannst, so oft ich Dich besuche.
Ist es möglich, daß ein so kleiner flacher Schlüssel, wie der beigefügte, die Tür öffnen kann zu einem Paradies? Öffne sie inzwischen – die Adresse hängt am Schlüssel – und verteile mit Deinen geliebten Händen ein paar Blumen, die Du mit dem ebenfalls beigefügten Geld kaufen kannst. Bete zu Gott, oder falls Du ein Hexlein bist, zum Teufel, daß keine Repertoire-Änderung eintritt, so daß ich Dich, wie verabredet, kommenden Donnerstag um 3 Uhr in meine Arme schließen kann, die nie etwas Lieberes, Berauschenderes, Zerbrechlicheres ihr eigen nannten.
Ich erneuere meinen Schwur, Dir treu zu sein. Das ist wahrhaftig kein Kunststück. Denn die »Millionen Frauen, die mir nachstellen« – wie Du so gütig warst, anzunehmen, und die zu vergiften Du so freundlich warst, in Aussicht zu stellen – bedeuten mir zusammengenommen rein flächenmäßig nicht ein Tausendstel soviel wie ein einziger Quadratmillimeter Hexlein.

Ich glaube wahrhaftig, ich liebe Dich.
Ich liebe auch Deine süße Mutter, die Frau, die Dich geboren hat, und neige mich ihrem Andenken in Ehrfurcht und Dankbarkeit. Olaf

Es war Sonnabend vormittag 9 Uhr. Bis Donnerstag nachmittag 3 Uhr noch einhundertsechsundzwanzig Stunden.

Der Memoiren sechstes Kapitel

Am Montag sah ich, wie Liesbeth Pas Handkoffer packte.
Pa hatte eine geschäftliche Besprechung in Berlin.
Wenn es etwas gab, das ich verstand, so war es die Kunst, Pa zu etwas zu überreden.
Ich überredete ihn, mich mitzunehmen.
Ich überredete ihn auch, abends mit mir in die Oper zu gehen.
»Siegfried.«
Mit Olaf Swendka als Siegfried.
Es war ausverkauft. Pas Rechtsanwaltspartner überließ uns seine Plätze.
Das Opernhaus ... Die Anfahrt der Equipagen und Autos ... Die purpurnen Teppiche ... Die betreßten Lakaien ... Der Zuschauerraum in Rot und Gold ... Die Herren im Frack, die Frauen halb nackend ... Das war die Welt meines Geliebten ... Es gab nur ein Thema um mich herum: Olaf Swendka. Wenn die Frauen den Namen nannten, flüsterten sie.
Sehr oft richteten sich ihre Operngläser auf eine bestimmte Loge. Dort saß die schönste Frau, die ich je gesehen habe. Unendlich zart. An ihrer Seite zwei Miniaturausgaben von ihr. Zwei Mädels von neun und elf Jahren. Sie hatten neben der Schönheit ihrer Mutter Olafs Grübchen.
Der Zuschauerraum dunkelte, so daß niemand sehen konnte, wie blaß ich geworden war.
Ich lauschte, angeschmiegt an meinen Vater, der Aufführ-

rung wie in Hypnose. Mein Geliebter war so herrlich, daß ich unter der Macht seiner Leistung sogar vergaß, daß er mein Geliebter war. Und wenn ich sekundenlang daran dachte, konnte ich es nicht begreifen.
In der Pause ließ ich Pa allein zum Büfett gehen und schlängelte mich in die Loge neben der von Frau Swendka, indem ich so tat, als wollte ich mir das Theater betrachten.
Frau Swendka war in der Nähe nicht mehr ganz so schön und so jung, wie sie von weitem aussah. Auch schien sie mir ein ganz klein wenig kalt. Aber die Mädels hatten die Süßigkeit und Wärme ihres Vaters. Sie bestürmten die Mutter mit Fragen über das Stück und über »Daddy«.
»Nun seid mal schön s-t-ill«, sagte Mutti in einem reizenden Gemisch von Hamburgisch und Amerikanisch, »Daddy wird sehr ärgerlich, wenn ihr euch auffällig benehmt. Ihr wollt nicht, daß ich ihm das erzähle – wollt ihr?«
Nein, das wollten sie nicht, und die nächsten Fragen wurden in Flüstertönen gestellt.
Ich schlich mich wieder davon. Mein Herz war schwer. Denn mein Gewissen sagte mir, daß ich aus dem Leben meines Geliebten verschwinden mußte.
»Weißt du auch«, sagte Pa, als ich mich wieder neben ihn setzte, »was du erlebst? Dieser Swendka ist der phantasievollste Gestalter, den die Oper je hervorgebracht hat. Und die Leute sagen, daß er noch nie so beglückt und beglückend gesungen habe wie heute.«
»Ist er nicht immer so wie heute?«
»Kein wirklich großer Künstler ist immer gleich. Vielleicht hat er etwas Besonderes erlebt. Wir müssen dankbar sein, daß wir Zeuge eines solchen Abends sein dürfen.«
»Sind große Künstler anders als normale Menschen?«
»Ja, mein Kätzchen. Man kann sie nicht mit normalen Maßstäben messen.«
»Warum nicht?«
»Weil sie nicht normal sind, Schäfchen. Wären sie es, würde sie nichts von uns unterscheiden. Um schenken zu können, muß man etwas haben. Sie sind die Gebenden, wir die Empfangenden.«

»Was müssen sie haben?«
»Sie müssen einen großen Vorrat Schönheit aufgespeichert haben, den sie über uns ausstreuen. Sie haben ihn aufgespreichert aus der Liebe zur Schönheit, aus der Sehnsucht nach ihr. Ja, ich glaube, das ist es, Kätzchen: die Sehnsucht macht den Künstler.«
»Die unerfüllte?«
»Eine erfüllte ist keine Sehnsucht mehr.«
»So würde die Erfüllung ihrer Kunst schaden?«
Mein Vater sah mich an.
»Was ist mein Kätzchen für eine Debattlerin geworden! Das ist eine vielumstrittene Frage, mein Kind. Aber beruhige dich. Die Sehnsüchte der Künstler sind schwer zu erfüllen. Es wird immer etwas zu wünschen übrigbleiben. Aber wenn sie in die Nähe der Erfüllung kommen, dann glaube ich, erleben wir solche Abende wie den heutigen.«
Die Lichter erloschen. Ich kuschelte mich tief in den Sessel. Die Leute klatschten noch, als der Eiserne gefallen war.
»Will Pa Kätzchen einen Gefallen tun zum Dank, daß Kätzchen ihn hierher gelockt hat?«
»Was ist es?«
»Kätzchen möchte ein Autogramm haben von Swendka.«
»Ich habe nichts dagegen.«
So stellte ich mich mit meiner »Siegfried«-Postkarte unter die wartenden Backfische am Bühnentürchen.
Die Aufregung war unbeschreiblich. Als er endlich kam, wurde er fast erdrückt.
Er unterschrieb, was man ihm hinhielt, ohne die Mädchen auch nur anzusehen, wofür ich ihn auf der Stelle hätte umarmen können. Auch meine Karte unterschrieb er, ohne mich anzusehen. Es war mir recht so.

Der Memoiren siebentes Kapitel

Dienstag, 10 Uhr abends
Herzallerliebster!
Ich küsse Dich für jede Silbe Deines Briefes. Oh, wir armen

Mädels, die nichts tun können, ihrem Geliebten ihre Liebe zu beweisen, als stillezuhalten. Und nicht einmal das habe ich fertiggebracht! Die schönen Fotografien und Vasen! Bist du mir böse? Ich will mich bessern, Lieber. Du mußt mir sagen, wie Du mich haben willst.
Ach, Liebster, ich wollte es für mich behalten, aber ich kann nicht. Ich war in Berlin. Ich habe Dich gesehen. Ich habe auch Deine süße Frau und Deine geliebten Töchterchen gesehen. Und Du hast mir auch ein Autogramm gegeben. Ach, mein Geliebter, ich bin noch völlig betrunken. Aber wie kannst Du eine so süße Frau mit so etwas betrügen wie das, was mir aus dem Spiegel entgegenstarrt, wenn ich herauszubekommen versuche, was Dir an mir gefällt? Das Gesicht geht noch. Aber dann kommt eigentlich nichts mehr als eine besser ernährte Röntgenaufnahme. Du warst so gütig, mich geographisch aufzuteilen. Nun, die Erhebungen, die Du so galant warst ihrer »wilden Formationen« wegen die »Schreckhörner« zu taufen, sind mit bloßem Auge kaum wahrzunehmen. Und nach den Reizen der südlich davon gelegenen »Blümlisalp« halte ich vergebens Ausschau. Und die noch weiter südlich sich erstreckenden »Gefilde der weißen Hölle« sind kahl wie Dünen. Gott mag wissen, was Dir an mir gefällt. Ich möchte nichts auf der Welt lieber wissen als das.
Als ich Deine Frau und die Kinder sah, habe ich mir geschworen, aus Deinem Leben zu gehen. Ich kann den Augenblick nicht erwarten, wo Du mich meineidig machst. Es sind noch einundvierzig Stunden.
Ich liebe Dich. Ich liebe Dich. Ich liebe Dich. Hexlein

Mittwoch
Geliebte! Zerbrich Dir nicht Dein Köpfchen. Worüber ich mir den Kopf zerbreche, ist, ob Du nicht die süßeste Schwindlerin bist, die je diesen Planeten bevölkert hat. Aus Deiner eigenen Beschreibung Deiner Anatomie geht hervor, daß Du keinen Tag älter als dreizehn bist. Du behauptest aber, Du seist siebzehn. Du bist doch eine fertige Schriftstellerin, Du Lausefratz! Sieh Dich vor, Du Hexe! Ich

werde Dir zeigen, was es heißt, einen erwachsenen Menschen verrückt zu machen!
So, so, Du warst in Berlin! Und hast Dir von mir ein Autogramm geben lassen! Und ich habe es nicht gemerkt, weil meine Gedanken 165 Kilometer entfernt bei einer Röntgenaufnahme waren, die in Wirklichkeit neben mir stand! Du mußt Fausthandschuhe getragen haben, sonst hätte ich Dich an Deinen Pfoten erkannt! Daß Du dafür bestraft wirst, wird Dir wohl einleuchten.
Sag einmal, Hexlein, Du willst die Geliebte eines Tenors sein und vergißt zu schreiben, wie er Dir gefallen hat? Bist Du denn von allen guten Geistern verlassen? Hole das sofort nach und schwöre ihm, daß er ausgesehen hat wie der junge Tag, gespielt hat wie der liebe Gott und daß, wenn es etwas gab, was noch berauschender war als seine Stimme, es das Bärenfell war, mit dem er seine edle Gestalt, wenn auch mangelhaft, so doch leider, verhüllte. Oder noch besser, schreibe ihm, was Dir nicht gefallen hat. Im Ernst, Hexlein, Dein Urteil ist mir, nach einigen Bemerkungen, die Du über Lohengrin machtest, mehr wert als alle professionellen Kritiken. (Sie sind hervorragend. Keiner hat gemerkt, daß ich im zweiten Akt gepatzt habe wie Karl der Große.) Ach, Hexlein, wie soll man einen Helden glaubhaft gestalten, der unverwundbar ist?! Was ist denn Heldenhaftes an ihm? Was bewundert man an ihm? Hat er es nicht sehr bequem, ein Held zu sein? Ja! Und ich glaube, das ist es gerade, was den Menschen gefällt! Daß es ein so bequemes Glück geben sollte! Wie man, vermute ich, auch an einem Tenor nicht seine schöne Stimme bewundert, sondern die »Bequemlichkeit«, mit der er Geld verdient! (Erzähle niemandem von der Höllenarbeit, die diese Bequemlichkeit erkauft, sonst geht der ganze Nimbus flöten). Ein Trost, daß Siegfried wenigstens eine verwundbare Stelle hatte. Auch Hexen haben zum Glück verwundbare Stellen. Und wenn ich wieder bei Dir bin, wird mein freches Hexlein wieder sehr, sehr klein werden. Es gibt noch viele Vasen auf der Welt!
Ich liebe Dein Seelchen, Teufelchen. Das ist das Verzweifelte an der Situation! Olaf

Nachdem ich diesen Brief inhaliert hatte wie ein Kätzchen die Milch, bat ich den lieben Gott, zu vergessen, daß ich mich erst kürzlich bei ihm über gewisse Mängel beschwert hatte, sondern er solle um Gottes willen alles so lassen, wie es ist.

Der Memoiren achtes Kapitel

Unsere Miniaturvilla bestand aus drei süßen Zimmern, die ich in einen Blumengarten verwandelte.
An jenem Donnerstag aller Donnerstage wartete ich von 2 Uhr ab. Von meinem »Burgfenster« aus konnte ich die Chaussee überblicken, auf der mein Ritter nahen mußte. Ich stand, den Mund gegen die Hand gepreßt, die den Fensterriegel umklammert hielt, und starrte auf die Birkenallee, die sich in der Ferne verlor.
Als sein weißer Packard wie ein silberner Punkt aufblitzte, biß ich mir in die Finger, daß sie bluteten.
Man kann die Narbe heute noch sehen.

Die nächsten zwei Tage mußte ich der Schule fernbleiben.
Dann kam ein Sonntag.
Auch an diesem Tage blieb ich noch im Bett.
Am Abend lauschte ich der Übertragung der »Meistersinger«.
Mein Geliebter hatte mir ein Radio geschenkt, nicht größer als eine Zigarrenkiste. Niemand im Hause konnte es hören, wenn es unter der Bettdecke spielte. So lauschte ich dem Preislied, das mein Geliebter an diesem Abend nur für mich sang.
Er hat es nie schöner gesungen.
Und immer wieder las ich den Brief, den ich mir von Lotte Marcuse von der Post hatte holen lassen:

Hexlein.
Ich bin noch ganz betrunken.
Ich hatte mir fest vorgenommen, Dir nicht zu sagen, was

mich mehr verrückt macht, Deine Kindlichkeit oder Dein Erwachsensein, die Unschuld Deines Herzens oder die süße Verderbtheit Deiner Sinne. Bei welcher Hexe bist Du in die Schule gegangen? Wer hat Dich gelehrt, die verwundbaren Stellen Deines Geliebten auszukundschaften, um Dich völlig zu seiner Herrin zu machen? Ich glaube, es ist der weibliche Tastsinn von Jahrtausenden, der, des Kreisens im Universum müde, sich nicht das häßlichste Körperchen ausgesucht hat, um es sich ein Weilchen in ihm bequem zu machen.

Du bist aus dem Stoff, aus dem die Kleopatras gemacht werden. Was mich aber völlig aus dem Häuschen bringt, ist der Gedanke, daß Du Deine Zauberei nicht ausüben könntest, wenn Du mich nicht liebtest.

Ich bin glücklich, Hexlein. Olaf

Die nächsten Tage verbrachte ich in Bibliotheken, wo ich alles las, was über Kleopatra zu finden war.

Was die Übermittlung unserer Briefe anbelangt, so hatten wir eine Änderung getroffen. Da ich sowieso täglich eine Stunde in unserer »Burg« zubrachte, um ungestörter an ihn denken zu können, sandte er die seinen direkt dorthin, wo ich sie im Briefkasten vorfand. Pakete praktizierte der gefällige Postbote durch ein angelehntes Fenster in der Waschküche.

Auch heute war eines da. Ein langes. Es enthielt ein seidenes Kostüm und einen beinahe lebensgroßen Mohrenknaben aus Stoff. Und einen Brief.

Julius Cäsar an Kleopatra, Königin von Ägypten.

Cäsar entbietet Kleopatra seinen Gruß zuvor und legt beifolgendes Gewand seiner Königin zu Füßen. Cäsar würde sich freuen, wenn Kleopatra es bei seinem nächsten Besuche tragen würde.

Den Mohrenknaben, der dieses überbringt, macht Cäsar Kleopatra zum Geschenk. Wenn Kleopatra mit ihm spielt, möge sie sein zartes Alter berücksichtigen. Cäsar

Ich antwortete:

Kleopatra, Königin von Ägypten, an Julius Cäsar, Diktator über Rom und Kleopatra.
Kleopatra dankt Julius Cäsar für das herrliche Gewand, das sie wunschgemäß tragen wird.
Auch für den Knaben dankt sie. Er ist sehr süß. Und sehr verspielt.
Kleopatra hat ihn köpfen lassen.
Wann kommt Cäsar zu seiner Sklavin Kleopatra?

Mein Brief kreuzte sich mit einem von ihm:

Hexlein.
Anbei eine Kritik, die Dir gebührt, nicht mir.
Ich eile zur Probe.
Ich küsse Dich so ausführlich, wie das in der Hast möglich ist.
Olaf

Der beigefügte Zeitungsausschnitt lautete:

Staatsoper: »Meistersinger«

Wer der gestrigen »Meistersinger«-Vorstellung beiwohnte, ist reicher geworden.
Wenn wir in dieser Vornotiz nur Olaf Swendka erwähnen, so geschieht es, weil dieser Künstler, den man nur mit dem Herzen erfassen kann, dessen schwindelnde Technik nur von seiner verantwortungsbewußten Künstlerschaft und unbegrenzten künstlerischen Phantasie übertroffen wird, in letzter Nacht in einer Weise über sich hinauswuchs, die alles, was unsere alten Augen gesehen und unsere alten Ohren gehört haben, in den Abgrund der Vergessenheit fallen läßt.
Soviel Glück geben kann wohl nur ein wahrhaft glücklicher Mensch.
Wir werden in der Abendausgabe auf die Aufführung zurückkommen, dergleichen nie eine war und nie wieder eine sein wird.
K . . .

Ich weinte.
Ich hielt mein Herz fest und weinte.
Am nächsten Abend erschien auch in unserem Provinzblatt ein Artikel über die Festwochen in Berlin mit einer begeisterten Huldigung meines Geliebten.
Aber ein Passus ließ mich nachdenken:

Zum Schluß noch eine Frage, über die man sich hinter den Kulissen mehr den Kopf zerbricht als vor dem Vorhang: wie macht es Olaf Swendka, auch wenn man ihm die souveränste Beherrschung der Stimm-Mittel zubilligt, innerhalb ein und derselben Woche den Lohengrin, den Siegfried und den Stolzing zu singen, während die Proben für den Tristan für die kommende Woche im Gange sind? Ganz abgesehen von der Stimme, welche Nerven- und Körperkraft gehört dazu?
Wie macht er das, auch bei dem klösterlichsten Leben? Die Kollegen behaupten, wenn er nicht von Gott begnadet sei, dann müsse er einen Bund mit dem Teufel haben . . .
Ich sandte meinem Geliebten den Artikel, unterstrich das Wort »klösterlich« und schrieb dazu:

Mein Geliebter!
Ich will mich kreuzigen lassen für Dich.
Ich will mich am Kreuz lebend verbrennen lassen für Dich.
Aber ich will nicht, daß Du mich siehst, bevor die Festwochen vorüber sind. Hexlein

Aber Hexlein!
Du nimmst mir keine Kraft, Du gibst mir welche!
Bitte laß mich am Donnerstag kommen.
Glaube mir, es schadet mir nichts. Bitte, bitte. Olaf

Geliebter!
Es schadet Dir doch. Glaube mir, die jüngsten Hexen wissen darüber besser Bescheid als die ältesten Roués.
Es sind nur noch zwölf Tage.
Bis dahin kannst Du Dich freuen auf Dein Hexlein

Hexlein!
Darf ich Dich nicht wenigstens sehen? Olaf

Nein, mein über alles Geliebter! Hexlein

Als wir uns nach zwölf Tagen sahen, versank die Welt um uns.

Allmählich hatten wir in unserer Liebesburg einen ganzen Theaterfundus für unsere Spiele: Da waren seidene Gewänder für Märchenprinzessinnen mit Kleidchen und Höschen bis an die Knöchel. Da waren zerlumpte kurze Röckchen aus »Hänsel und Gretel« für arme Bauernmädchen, die außer diesen Röckchen nichts anhatten. Da war ein Kostüm für den Puck aus »Sommernachtstraum«, für einen Bergtroll aus »Peer Gynt«, für einen Pagen aus »Lohengrin«.
Und daß ich mich in den verschiedenen Verkleidungen verschieden benahm, dazu brauchte ich keinen Lehrer. Das Süßeste an meinem Geliebten war, daß er nicht wußte, wie süß er war. Wenn er zum Beispiel versuchte, brav zu sein! Ich brauchte ihn nur auf eine bestimmte Art anzulächeln, und besagter Widerstand welkte dahin. Oder, wenn er versuchte, Rücksicht zu nehmen! Nun, es muß für Moses leichter gewesen sein, das Rote Meer zu teilen, als es für meinen Geliebten war, sich von mir zu trennen in Augenblicken, da ich nicht von ihm getrennt zu werden wünschte.
»Liebst du mich?«
»Ja.«
»Bin ich deine einzige Geliebte?«
»Ja.«
»All die Frauen, die dir nachstellen, haben keinen Erfolg?«
»Nein.«
»Aber sie stellen dir nach?«
»Ja.«
»Und sie träumen von dir?«
»Ja.«

»Und ich bin die einzige, die dich hat?«
»Ja.«
Das war eine Konversation, die sich oft, oft wiederholte. Wir waren glücklich. So glücklich, wie es zwei Sterbliche sein können.
Bis sich das Entsetzliche ereignete.

10

»Es hat sich etwas Unangenehmes ereignet«, schreckte mich Ben, ins Zimmer tretend, aus meiner Lektüre auf. »Herr de Lorm hat sich in den Mund geschossen.«
Es dauerte einen Augenblick, bis ich mich in die Wirklichkeit zurückgefunden hatte, bis ich mich erinnerte, daß Herr de Lorm jener junge Mann war, den wir vor zwei Stunden vernommen hatten und der zu den Liebhabern jener Frau zählte, deren Memoiren von so viel Leben sprachen, und die jetzt steif und kalt auf einer Pritsche in der Totenkammer des Kriminalgebäudes lag. Ben paffte an seiner Pfeife und starrte zum Fenster hinaus auf das nächtliche, von Millionen Lichtern flackernde Los Angeles.
»Es ist nicht so sehr ein Selbstmord, der mich aufregt«, sagte er, die Falten auf seiner Stirn um einige zwanzig vermehrend, »als der Umstand, daß sein Alibi ein Loch hat ... Seines und Dr. Steinigers.«
Ich sah ihn fragend an.
»Bei ihm ist es die Stunde von 11 bis 12 Uhr, bei Steiniger die Zeit von 11 bis 12½ Uhr, die nicht einwandfrei zu dekken sind.«
»Steht de Lorms oder Steinigers Haus im Zirkel deines Kreises?«
»Weder das eine noch das andere.« Er trommelte gegen die Fensterscheibe. »Ich glaube, du solltest jetzt nach Hause gehen, Curt. Bis morgen früh dürfte sich kaum noch etwas Interessantes ereignen. Und auch morgen früh solltest du dir den Anblick des unglücklichen Gatten, der bereits im

Flugzeug nach hier sitzt, ersparen. – Ich rufe dich gegen Mittag an.«
Ich benutzte den Augenblick, als er in seinen Regalen etwas suchte, die Memoiren in meine Tasche gleiten zu lassen. Die Nacht war warm. Der Wind kam von der Wüste. Die erfrischende Brise vom Ozean war ausgeblieben. Zu Hause setzte ich meine Lektüre fort:

Der Memoiren neuntes Kapitel

Sieben Wochen Glückes waren verflossen, als es geschah. Wir spielten »Turandot« in unserem verwunschenen Schlößchen. Ich war die Prinzessin und saß auf meinem Thron. Mein prinzlicher Bewerber kniete artig und schicklich mehrere Meter von mir entfernt. Ich war wieder einmal im Begriff, ihm die berühmten drei Fragen zu stellen. Konnte er sie zur Zufriedenheit beantworten, war ich ihm verfallen, und er konnte mit mir machen, was er wollte. Konnte er das nicht, war er mir verfallen, und ich konnte mit ihm machen, was ich wollte. Einfache und bewährte Spielregeln.
»Als erstes, mein Prinz, beantwortet mir die Frage, warum Ihr Euch den weiten Weg gemacht habt, zu mir zu kommen? Gar viele schöne Damen liegen Euch zu Füßen! Was habe ich, das andere nicht haben?«
»Ihr habt weniger, meine holde Prinzessin.«
Die Antwort gefiel mir, und ich ließ sie gelten.
»So saget mir zum zweiten, mein Prinz, welche meiner Brüste Ihr mehr liebt, die rechte oder die linke?«
Das war eine Fangfrage. Denn welche er nun auch nennen würde, die andere würde beleidigt sein.
»Dazu müßte ich sie sehen, Prinzessin«, sagte der freche Prinz. Ich öffnete mein seidenes Gewand. »Und sofern ich sie mit bloßem Auge wahrnehmen kann, will ich Euch die Antwort nicht schuldig bleiben.«
»Nun? Sagt nicht, daß Ihr beide gleich liebt. Ich würde die Antwort nicht gelten lassen.«

»Ich liebe eine mehr als die andere.«
»Aber welche?« beharrte ich, ihn absichtlich mißverstehend.
»Jedesmal die, die ich betrachte. Denn, holde Prinzessin, nach einem Naturgesetz kann man immer nur ein Ding gleichzeitig betrachten.«
»Gut. – Nun kommt die dritte Frage. Und beachtet wohl die Spielregeln, mein Prinz. Die Antwort darf keine plumpe Schmeichelei sein, sondern muß den Kern der Wahrheit und Wahrscheinlichkeit in sich tragen. Nun höret: Nehmet an, Ihr seid drei Tage ohne Wasser durch die Wüste geritten, Euer Pferd ist verendet, Ihr schleppt Euch nur noch mühsam vorwärts. Der Durst brennt in Euren Eingeweiden. Da kommt Ihr zu einer Quelle, an der ich liege. Was würdet Ihr zuerst tun? Trinken oder mich lieben?«
»Wie liegt Ihr an der Quelle, o Prinzessin?«
Ich zeigte es ihm.
»Ich würde ein so reizendes Bild für eine Fata Morgana halten oder für die Ausgeburt meines Durstes. Deshalb würde ich erst trinken, um zu sehen, ob das Bild Wirklichkeit ist. Verschwindet es nicht, dann würde ich ...«
Er kam nicht dazu, zu sagen, was er gemacht haben würde, denn die Tür tat sich auf und drei fette Kriminalbeamte und zwei Pferde von Polizeifrauen traten in unser Märchen.
»Sie sind verhaftet«, sagte der Fetteste zu meinem Geliebten, während die Polizeifrauen sich sogleich meiner annahmen.
Ich biß und kratzte. Ich schrie, daß er mir nie, nie etwas getan hätte. Es half nichts. Die eine hielt mich, die andere zog mir meine Straßenkleider an, während man meinen Geliebten schon abgeführt hatte.
Beim Verhör auf der Polizei machte ich den Fehler, auf die Frage, ob ich schon je mit einem Manne etwas zu tun gehabt hätte, mit »Nein« zu antworten. Auf einen Wink des Untersuchungsrichters wurde ich von den beiden Weibern in ein anderes Zimmer geführt. Dann kam Fräulein Doktor. Und obgleich ich den beiden Weibern, die mich hielten, in die Gesichter trat, wurde ich untersucht.

Ich fühlte mich zum ersten Male besudelt.
Dann brachte man mich zurück zum Untersuchungsrichter. Fräulein Doktor flüsterte ihm etwas ins Ohr. Er sah mich mit einem merkwürdigen Blick an.
»Wie alt bis du?«
»Siebzehn.«
Fräulein Doktor schüttelte den Kopf.
»Ich danke Ihnen«, sagte der Richter zu den Frauen, »lassen Sie mich mit der Kleinen allein.«
Die Weiber verschwanden.
»Hör einmal, mein Kind: Es ist sehr schön von dir, daß du deinen Geliebten schonen willst, aber er hat schon alles zugegeben. Nur wenn du die Wahrheit sagst, kannst du ihm nützen. Verstehst du das?
»Ja.«
»Willst du von jetzt ab die Wahrheit sagen?«
»Ja.«
»Also erzähle.«
»Er hat mir nie etwas getan.«
Dr. Maning legte seinen Bleistift mit einem Knall auf die Tischplatte und lehnte sich zurück.
»Sooo!«
Er fixierte mich einen Augenblick. Dann sagte er:
»Das steht nun allerdings ganz im Gegensatz zu dem, was uns der Herr Kammersänger erzählt hat.«
»Dafür kann ich nichts.«
»Er hat dich niemals gestreichelt?«
»Nein.«
»Nie geküßt?«
»Nein.«
»Nie mit dir geschlafen?«
»Nein.«
Er überlegte einen Augenblick.
»Wenn es wahr ist, daß du über vierzehn Jahre bist . . . Du bist doch über vierzehn Jahre?«
»Ja.«
»Wie alt sagtest du, daß du seiest?«
»Siebzehn.«

»Eben. Wenn das wahr ist, hat doch der Herr Kammersänger nichts zu fürchten.«
»Ich kann aber deshalb nicht etwas sagen, was nicht wahr ist.«
Auf der Stirn meines Ausfragers erschienen drohende Falten.
»Du bleibst dabei, daß der Herr Kammersänger dich nie berührt hat?«
»Niemals.«
Er holte tief Atem.
»Soll ich dir sagen, warum du weiterlügst? Weil du noch nicht vierzehn Jahre bist! Und weil du deinem Geliebten hast schwören müssen, den Mund zu halten!«
»Wenn ich Ihnen beweise, daß ich siebzehn Jahre bin, werden Sie mir dann auch in den anderen Punkten glauben?«
»Du sollst die Wahrheit sagen!«
»Warum soll ich hier *allein* die Wahrheit sagen?«
Er starrte mich verblüfft an.
»*Sie* sagen sie jedenfalls nicht.«
Er öffnete den Mund vor Staunen. Ohne ihm Zeit zu geben, sich zu erholen, vollendete ich:
»Sie lügen!«
Er sprang auf. Ich ebenfalls.
»Hat der Herr Kammersänger gesagt, daß er mich berührt hat, ja oder nein?«
Ich muß wohl wild wie ein Teufel ausgesehen haben, denn Herr Dr. Maning konnte meinen Blick nicht ertragen. Er schlug die Augen nieder. Und ich hätte jauchzen mögen über die Erkenntnis, daß er gelogen hatte.
Dann faßte er sich und setzte sich.
»Ich bin es, der hier Fragen zu stellen hat«, sagte er ruhig.
»Setz dich.«
Ich blieb stehen.
»Setz dich.«
Ich setzte mich.
Er blätterte in Papieren, um seine Erregung zu meistern.
»Du bestreitest nicht, daß du mit Kammersänger Swendka in der Villa warst, wo man euch überrascht hat?«

»Nein.«
»Du warst dort mit ihm allein?«
»Ja.«
»Nicht nur heute, sondern oft?«
»Ja.«
»Wie oft?«
»Das weiß ich nicht.«
»Jede Woche ein- bis zweimal?«
»Ungefähr. Es richtete sich danach, wann der Herr Kammersänger Zeit hatte, mich zu unterrichten.«
»Ahhhhhh! Der Herr Kammersänger unterrichtete dich!«
»Ja.«
»Ich gratuliere dir. Auf diesen Einfall kannst du stolz sein.«
Das war ich auch.
»Worin unterrichtete dich der Herr Kammersänger?«
»Gesang und Dramatik.«
»Oh! . . . Dazu brauchtet ihr wohl auch die Kostüme?«
»Ja.«
»Die Methode des Herrn Kammersängers scheint jedenfalls eine sehr gründliche zu sein.«
»Man bewegt sich in Kostümen anders als in Straßenkleidern.«
»Hm!«
Der Wille, meinen Geliebten zu retten, machte mein Hirn eisklar.
»Und um dich zu unterrichten, mietete der Herr Kammersänger eine einsame Villa am Rande der Stadt!«
»Nein!« sagte ich. Und lachte über den seltsamen Einfall.
»Was heißt: nein?«
»Ich weiß nicht, wozu er sie gemietet hat. Jedenfalls nicht, um mich dort zu unterrichten. Sondern er unterrichtete mich dort, weil er sie gemietet hatte.«
Wieder war es ein sonderbarer Blick, der mich musterte.
»Sooo . . . Und warum unterrichtete er dich nicht zu Hause?«
»Er wohnt doch in Berlin.«
»Ich meine: zu Hause bei dir?«

»Oh ... Papa darf nichts davon wissen ...«
»Ahh ...«
»Er würde nicht wollen, daß ich zur Bühne gehe. Aber wenn wir ihm beweisen können, daß ich ein großes Talent bin und eine außerordentliche Stimme habe, werden wir ihn überzeugen.«
»Du und der Herr Kammersänger werden ihn überzeugen?«
»Ja.«
»Und der Herr Kammersänger ist überzeugt, daß du beides hast? – Talent und Stimme?«
»Ja.«
»Ich habe noch nie gehört, daß man die Stimme einer Dreizehnjährigen schon trainieren kann.«
»Ich bin siebzehn.«
»Auch das ist noch zu früh.«
»Der Herr Kammersänger ist anderer Ansicht.«
»Wie hat er dein Talent entdeckt?«
»Einmal, als er hier gastierte, bin ich in sein Hotel gegangen und habe ihm etwas vorgetragen.«
»Ohne Wissen deines Vaters bist du dorthin gegangen?«
»Ja.«
»Wußte das der Herr Kammersänger?«
»Nein. Das habe ich ihm erst gesagt, nachdem er Interesse an mir gefunden hatte.«
»Wie raffiniert.«
»Ich wollte wirklich anfangs nur wissen, ob ich Talent habe. Daß der Herr Kammersänger so begeistert sein würde, hatte ich nicht erwartet.«
»Aber siehe da: er war begeistert.«
»Ja.«
»Und unterrichtete dich umsonst natürlich?«
»Ja.«
»Ohne sich ein Gewissen zu machen, ob das deinem Vater recht sei oder nicht!«
»Er glaubt, daß mein Vater ihm später dankbar sein wird. Papa hält übrigens so viel von Herrn Swendka als Mensch und Künstler, daß ich schon ein paarmal nahe daran war,

ihm zu gestehen, daß ich seine Schülerin bin. Ich glaube nicht, daß Papa uns zürnen wird.«
»Dann hast du ja von ihm nichts zu fürchten ...«
»Nein.«
»Dann kann ich es ihm also ruhig sagen?«
Ich hielt seinen Blick aus. »Ja.«
Er spielte mit seinem Bleistift, indem er abwechselnd die Spitze und das Ende auf die Tischplatte stellte, um ihn zwischen Daumen und Fingern entlanggleiten zu lassen. Dann nickte er ein paarmal, als sei er überzeugt. Eine Geste, die mich aufs äußerste auf der Hut sein ließ.
»Und du bleibst dabei, daß der Herr Kammersänger nie etwas getan hat.«
Er sagte das leichthin. Wie etwas, an das er nun auch schon glaube.
»Niemals.«
»Weißt du, was ich unter ›getan‹ meine?«
»Ja.«
»Woher weißt du das?«
»Es hat mich einmal ein Mann überfallen und ... hat ... das ... getan.«
Es dauerte eine ganze Weile, bis er seinen Mund wieder schließen konnte. Dann haute er auf die Tischplatte, daß Bleistifte, Federhalter und Radiergummi einen halben Meter hoch sprangen. Und auch er sprang auf.
»Das ist die Höhe!!! ... Hat man je ...«
Es verschlug ihm die Rede. Er raste im Zimmer auf und ab.
»So ein Luder! Damit deckt sie den Umstand, daß sie nicht mehr unberührt ist ... So ein raffiniertes ... Duuuuuu!!!« Er packte mich bei der Schulter und schüttelte mich.
Dann besann er sich und nahm sich zusammen. Aber ich hatte bereits etwas in seiner Stimme gehört, etwas in seinen Augen gesehen, das mein Herz schlagen ließ.
»Wann war das mit dem Mann?«
Er bemühte sich, ruhig zu sprechen, aber seine Stimme war heiser.

»Vor einem Jahr.«
»Wo?«
»In der Heide.«
»Erzähle.«
»Wir hatten einen Schulausflug gemacht. Ich war beim Pilzesuchen abgekommen von den anderen und hatte mich verlaufen. Ich fragte einen Mann nach dem Weg. Er versprach mir, mich zu führen. Er führte mich immer tiefer in den Wald. Als ich Angst bekam und weglaufen wollte, zog er ein Messer und sagte, daß er mich aufschlitzen würde, wenn ich nicht stille hielt ...«
Mein Märchen wirkte.
»Weiter.«
»Ich traute mich nicht, mich zu wehren.«
»Was machte er mit dir?«
»Ich möchte ... das nicht sagen ...«
»Du hast das natürlich zu Hause erzählt, und man hat die Polizei benachrichtigt?«
»Nein.«
»Warum nicht?«
»Ich schämte mich.«
»Bums!« schrie Dr. Maning und schlug wieder auf den Tisch, an dem er gerade vorbeiging. »Somit wäre auch die Tatsache, daß niemand von der Vergewaltigung etwas weiß, aufs beste gedeckt!!!«
Wieder raste er im Zimmer auf und ab. Ohne einen Blick von mir zu lassen. Mit den Fäusten in den Taschen. Seine Erregung, die stärker war als seine Wut, steckte mich an. Auch ich atmete heftig.
Plötzlich ging er zum Schreibtisch und drehte an einem Knopf. Ein ganz, ganz leises Geräusch verstummte. Daß es vorher vorhanden war, merkte man erst jetzt. Es schoß mir durch den Kopf, irgendwo gelesen zu haben, daß Verhöre auf Platten aufgenommen werden. Wenn das der Fall gewesen war, dann hatte er den Apparat jetzt abgestellt. Meine Nerven vibrierten.
Er kam zu mir, packte mich an beiden Schultern und sah mir in die Augen.

»Höre, ich glaube dir kein Wort . . . Aber ich verstehe jetzt Herrn Kammersänger Olaf Swendka, daß er für dich riskiert, seine Karriere im Zuchthaus zu beschließen. Denn ganz gleich, wie verdorben du bist, ein Mädel, das so für ihren Geliebten kämpft, ist liebenswert . . .«
Sein Griff wurde fester. In seinen Augen sah ich jenes Flakkern, das mich bei meinem Geliebten so beglückte und das mich jetzt frieren machte.
»Ich glaube, du würdest für die Rettung deines Geliebten alles tun . . . alles . . . nicht wahr?«
Seine Augen kamen näher. Er wühlte seine Lippen in die meinen.
Ich schlug ihm ins Gesicht.
Er erwachte wie aus einer Trance. Er war totenbleich.
»Geh jetzt!«
»Es tut mir leid«, stammelte ich, »ich habe es nicht so gemeint . . .«
»Geh!«
Sein Gesicht war steinern.
Ich taumelte hinaus mit dem Gefühl, die einzige Chance, meinen Geliebten zu retten, vertan zu haben. Im letzten Moment hatte ich meinen Geliebten im Stich gelassen wie Petrus seinen Herrn.
Im Fahrstuhl arbeitete mein Gehirn fieberhaft. Ich mußte den Fehler wiedergutmachen, koste es, was es wolle.
Ich brauchte den Paternoster gar nicht zu verlassen, um – durch den Keller – wieder nach oben zu fahren.
Die Sekretärin bedeutete mir, daß der Herr Untersuchungsrichter gerade das Büro verlassen habe.
Wohin er gegangen sei?
Das wußte sie nicht.
Ich fühlte es Nacht um mich werden.
Wieder hinunter. Fragte den Portier, ob Dr. Maning das Haus verlassen habe?
Jawohl.
Wohin er gegangen sei?
Er glaube, zum Untersuchungsgefängnis.
Hinaus auf die Straße. Es schneite und regnete zugleich. Ich

rief eine Taxe. Bei jedem Halt in dem dichten Verkehr glaubte ich, aus dem Wagen springen zu müssen. Meine sich überjagenden Gedanken sprengten mir fast den Kopf. Würde mein Geliebter auf die Ausrede mit dem Unterricht verfallen! Er war so hilflos in solchen Dingen. Jetzt verhörte ihn wohl Dr. Maning schon. Wie, wenn der denselben Trick bei ihm probierte und ihm vorlog, ich hätte gestanden? Ich glaubte, jeden Augenblick den Verstand zu verlieren. Und es hätte in meiner Hand gelegen, meinen Liebsten zu retten! Ich betete zu Gott, daß es noch nicht zu spät sein möge, daß ich vor Dr. Maning das Untersuchungsgefängnis erreichen und ihn abfangen könnte. Ach, lieber Gott, hilf mir doch. Nur dieses eine Mal hilf mir. Ich will dich lieben, wie dich nie ein kleines Mädchen geliebt hat.
Und noch ein Gedanke traf mich wie ein Hammer. Wußte mein Geliebter, daß ihm eigentlich nichts passieren konnte, oder glaubte er mir auch nicht mein Alter? Er hatte immer so gelächelt, wenn die Rede darauf gekommen war. Und ich Hexe hatte mich nicht zu sehr bemüht, ihn von der Wahrheit zu überzeugen, weil meine Sinne spürten, daß die Ungewißheit über mein Alter einen Reiz mehr für ihn bedeutete. Oh, mein Gott, was würde er tun . . .? Wir hatten nie etwas verabredet für den Fall einer Überraschung. Wir waren, wenn wir zusammen waren, so völlig abwesend von dieser Erde, daß uns die Erwägung irdischer Umstände, wenn sie je unser Denken gekreuzt hätte, als eine Entheiligung unserer Liebe vorgekommen wäre . . . Herr Dr. Maning war noch nicht im Untersuchungsgefängnis. Vor dem Hauptportal wartete ich zwei Stunden vergeblich auf ihn in Regen und Schnee.
Dann suchte ich im Telefonbuch nach seiner Privatnummer. Ich erfuhr, man erwarte Herrn Doktor in einer Stunde zum Abendbrot.
Unter seiner Laterne vor dem Hause des Herrn Untersuchungsrichters wartete ich weitere anderthalb Stunden, bis es mich schüttelte vor Frost und meine Zähne buchstäblich klapperten.
Endlich kam er.

Ich stellte mich ihm in den Weg.
»Ich bitte Sie um Verzeihung, Herr Doktor, für das, was ich getan habe ... Ich habe es nicht gewollt ... Es kam von selber ... Ich bitte Sie um Vergebung ... Ich will alles tun, was Sie wollen ...«
Ich versuchte zu lächeln. Es muß nicht sehr verführerisch gewesen sein. Ich fühlte, wie meine Tränen sich mit dem Regen mischten, der mir in die Mundwinkel floß.
Mein Lächeln erstarb, als er vor meinem Blick die Augen niederschlug.
»Zu spät ...« flüsterte er.
Ich packte seinen Arm.
»Er hat sich etwas angetan??? ...« schrie ich.
Es dauerte einen Augenblick, ehe Dr. Maning antwortete.
»Ich werde die Sache vertuschen. Das ist alles, was ich für das Andenken deines Geliebten tun kann ...«
Das Straßenpflaster kam auf mich zu ...
Es wurde Nacht um mich.
Mit der Stirne schlug ich auf den nassen Asphalt.

Der Memoiren zehntes Kapitel

Tag und Nacht, Stunde um Stunde, Minute für Minute träumte ich den gleichen Traum: Ich saß im Schwurgerichtssaal in der Zeugenbank und kämpfte für meinen Geliebten. Es war ein privates Gefecht zwischen mir und Dr. Maning, der Staatsanwalt war. Immer, wenn er etwas vorbrachte, das meinen Geliebten belastete, lächelte ich ihn an mit einem Lächeln, das seinen Denkapparat vergiftete und seine logischen Ausführungen in Verwirrung brachte. Es nützte ihm nichts, wenn er seine Augen loszureißen versuchte: ich fing sie wieder. Und je nach der Gefährlichkeit des Augenblicks steigerte ich die Deutlichkeit meiner stummen Versprechungen. Auf dem Höhepunkt der Gefahr nickte ich ihm Gewährung zu. Da zog er seine Anklage wegen Mangels an Beweisen zurück.
Später holte er sich den stumm versprochenen Lohn. Als er

ganz glücklich war, flüsterte ich ihm ins Ohr, daß ich ihn anzeigen würde. Da erschoß er sich. Ich ging zu seinem Begräbnis und warf drei Hände voll Erde auf seinen Sarg. Schöne kalte feuchte Erde, die meinen fiebernden Puls kühlte . . .

Zweihundertundachtzig Stunden, zwölf Tage und Nächte, träumte ich diesen Traum im Kreis.

Als ich aus dem Nervenfieber erwachte, hatten die Ärzte nur noch wenig Hoffnung.

Aber ich erholte mich.

In den nächsten Wochen, während ich langsam wieder zu Kräften kam, quälten mein müdes Hirn immer dieselben Fragen:

Hatte mein Geliebter Selbstmord verübt?

In den Zeitungen war sein Tod einem Autounglück zugeschrieben. Aber hatte nicht Dr. Maning gesagt: »Ich werde die Sache vertuschen, das ist alles, was ich für deinen Geliebten tun kann?« Danach war es kein Unglück gewesen, als mein Geliebter, nachdem Dr. Maning ihn aus dem Verhör entlassen hatte, seinen Wagen in den Fluß steuerte? Was war in diesem Verhör geschehen? Hatte Maning ihn angelogen, ich hätte »gestanden«? Hatte er ihm verschwiegen, daß, soweit mein Alter in Frage kam, er keine Bestrafung zu befürchten hatte? Hatte er ihn durch dieses Verschweigen in den Tod getrieben? Das mußte ich herausbekommen. Das war der Sinn meines Weiterlebens. Wenn Dr. Maning meinen Geliebten in den Tod getrieben hatte, dann mußte er sterben. Ich konnte den Tag des Aufstehens nicht erwarten.

Mein erster Spaziergang führte mich vor die Wohnung des Herrn Dr. Maning.

Nicht daß ich schon irgend etwas zu unternehmen beabsichtigte, o nein, dazu fühlte ich mich noch zu schwach und noch nicht wieder hübsch genug.

Nur sehen wollte ich mein Opfer. Nur mich vergewissern, daß er noch lebte und sich wohlbefand.

Mein Plan zu seiner Vernichtung war fertig. Daß mir die Ausführung gelingen würde, daran zweifelte ich keinen

Augenblick. Zu gegenwärtig war mir sein Anblick, als er, hilflos vor Begierde, mich packen wollte.
Diesmal werden Sie Ihr Ziel erreichen, süßer Herr Untersuchungsrichter. Aber Sie werden Ihren Sieg nicht mit einer Ohrfeige, sondern mit Ihrem Leben bezahlen. Und ich werde wieder an meinen Geliebten denken können . . . Ich erfuhr, daß Herr Dr. Maning verreist war. Auf später denn, Herr Untersuchungsrichter!

Der Memoiren elftes Kapitel

Vor allen Dingen mußte ich zunehmen und wieder hübsch werden. So hatte ich nichts dagegen, daß ich zur Erholung aufs Land geschickt wurde. Zu Onkel Gustav, der Pfarrer in einem verschlafenen Dörfchen war. Ich war schon früher als Kind einmal dort gewesen. Onkel und Tantchen hatten mich sehr ins Herz geschlossen.
Ich trank viel Milch und prüfte täglich mein Aussehen gewissenhaft im Spiegel. Ich wehrte mich gegen den guten Einfluß, den der Frieden des Pfarrhauses auf mich auszuüben versuchte. Wenn er dicht daran war, meinen düsteren Rachekomplex aufzulösen, schloß ich die Augen und dachte an meinen Geliebten, der das Opfer menschlicher Gemeinheit geworden war. Nur ich wußte darum, nur ich war berufen, ihn zu rächen.
Mit Befriedigung stellte ich fest, daß die Männer anfingen stehenzubleiben, wenn sie mich sahen. Daß sie erbleichten, wenn ich sie auf eine gewisse Art anblickte . . . Vor dem Spiegel studierte ich mir Posen ein, unverfängliche, zufällige, bestimmt, meinem Opfer zu gegebener Stunde Appetit zu machen auf die Mahlzeit, an der es sich den Tod fressen sollte.
Wie eine Spinne saß mir dieser Gedanke im Hirn.
Wie eine Spinne . . .
Ich bekam Angst vor mir selber, vor der sturen Entschlossenheit, mit der ich meinen Plan verfolgte. Sinnend betrachtete ich in solchen Momenten mein Spiegelbild. Den kind-

haften Leib. Die wissenden Augen. Den fragenden Mund. Vielleicht war ich wirklich eine Hexe? ... Dabei verklärte die heilige Aufgabe, die ich mir gestellt hatte, irgendwie meine Züge ... Man konnte mich auch für einen Engel halten ... Ich fing an, mich in mein Spiegelbild zu verlieben ... Der Gedanke, daß es die Männer zu erregen vermochte, erregte mich ...

Da geschah etwas, was meine Verwirrung aufs höchste steigerte. Meine Verwirrung und das prickelnde Bewußtsein einer grausamen Macht, über die ich verfügte.

Das war so gekommen:

Mitten in der Nacht war mein Nachttisch umgefallen, ein wackliges, schwindsüchtiges Gebilde, das nicht dafür konstruiert war, stehen zu bleiben, wenn ein von seinem Geliebten träumendes Mädchen gegen ihn trat. Es gab einen furchtbaren Bums in der Stille des Pfarrhauses.

Eilige Schritte kamen die Treppe herauf, die Tür wurde aufgerissen, das Licht angeknipst.

Tantchen schrie auf und bugsierte Onkelchen aus dem Zimmer.

Dann versuchte sie, mich zuzudecken und munter zu kriegen.

Ich erzählte ihr, ich hätte geträumt, der böse Feind sei in Gestalt eines Wolfes zu mir gekommen, um mich zu fressen.

»Nie wird der böse Feind es wagen«, tröstete mich Tantchen, »in dieses Haus seinen Fuß, respektive seine Füße, zu setzen.«

Und ich sollte doch lieber in Pyjamas schlafen als in so kurzen Hemdchen ...

Onkelchens Verhalten mir gegenüber änderte sich seit dieser Nacht. Er errötete, wenn er mich sah. Er mied meine Nähe. Ich hatte immer das Gefühl, als ob er leise bete.

Am nächsten Sonntag sprach er über die Versuchung des heiligen Hieronymus – oder war es ein anderer Heiliger – und von der Sünde des Fleisches und deren Bekämpfung durch den Willen des Geistes und die Gnade des Herrn.

Er tat mir leid. Ich wollte nichts von ihm. Aber wenn es in

meiner Macht gestanden hätte, ihn von seiner sündhaften Neigung zu befreien, so hätte ich von ihr keinen Gebrauch gemacht. Denn sie kitzelte mich, diese Macht. Und ich notierte mir im Geiste, daß die empfindlichste Stelle des Mannes das Auge ist.

Am nächsten Sonntag bat mich Onkelchen, mich nicht in die erste Reihe zu setzen, während er predigte, da die erste Reihe für die Honoratioren des Städtchens bestimmt sei.

Armes Onkelchen!

Ich verfügte mich hinauf in den Chorstuhl. Meine Nerven vibrierten.

Als ich mich setzte, bemerkte ich, wie der Knabe neben mir errötete bis an die Schläfen. Es war der kleine geschmeidige Peter Dehne, der neulich beim Schauturnen den ersten Preis gewonnen hatte. Die langen Wimpern in dem mädchenhaft zarten Gesicht waren mir schon damals aufgefallen.

Und wie ein Schlag traf mich der Gedanke, an diesem Knaben meine Macht auszuprobieren. Ich schloß eine Wette mit dem Schicksal: wenn es mir gelänge, diesen schüchternen Jungen zu verführen, sollte mir auch das »Andere« gelingen.

Er mochte vierzehn Jahre alt sein. Mein Aussehen sorgte dafür, daß er mich für eine Altersgenossin halten mußte. Seine Verführung konnte keinen Betrug an meinem toten Geliebten darstellen, da er ja nur ein Knabe war und lediglich ein Versuchskaninchen für den höheren Zweck.

Ich schielte zu ihm hinüber.

Er blickte angestrengt geradeaus. Aber er wurde rot wie ein Stoppzeichen.

»Ich gratuliere dir zu deinem Preis.«

»Danke.«

Ich sah, daß er zitterte.

»In welche Klasse gehst du?« fragte ich. Und ich sorgte dafür, daß mein Atem seine Lippen streifte.

»Obertertia.«

Als mein Knie zufällig das seine berührte, fiel ihm seine Schülermütze aus der Hand. Wir bückten uns gleichzeitig danach, wobei sich unsere Schläfen streiften.

»Verzeih«, hauchte ich.
Wir lauschten der Predigt.
»Ich muß jetzt leider gehen«, flüsterte ich. »Ich habe meiner Tante versprochen, Pilze zu suchen.«
Das traf sogar zu.
»Oh . . .«, sagte er.
»Hoffentlich finde ich welche . . . Weißt du, wo welche stehen?«
»Ja . . . Soll ich mitkommen?«
»Wenn du willst . . .«
Wir verließen auf Zehenspitzen die Kirche.
Auf dem Wege zum Walde sprachen wir kein Wort.
Beim Pilzesuchen rief ich ihn, wenn ich eine Siedlung gefunden hatte. Dann kauerten wir beide nieder und sammelten die gelben duftenden Dinger in seine Mütze oder in mein Kleid.
Seine langen Wimpern konnten nicht verbergen, daß er nach meiner Wäsche schielte. Er brachte kein Wort mehr heraus. Wie ein Narkosearzt beobachtete ich das allmähliche Schwinden seines Verstandes. Ich dosierte die Betäubung nach Willen.
»Bitte . . . bitte . . .« stotterte er.
»Was?«
»Du weißt schon . . .«
»Ich weiß gar nichts.«
»Doch weißt du . . .«
»Wenn aber jemand kommt . . .«
»Es kommt niemand.«
Er wollte mich auf den Mund küssen und traf mein Kinn.
Der zweite Kuß saß.
Und den dritten erwiderte ich so, daß er taumelte.
»Bitte . . . bitte . . .«
»Erst mußt du genau sagen, was du willst.«
»Das kann ich nicht . . .«
»Wenn du es bei drei nicht gesagt hast, gehe ich nach Hause.
Eins . . . zwei . . .«
Da sagte er es.
Er mußte es mir schwören, daß er keiner Seele etwas verra-

ten würde, nicht vor Schulkameraden renommieren wolle und daß er kein anderes Mädchen mehr ansehen werde. Er mußte sich bekreuzigen. Nachdem er alle diese Schwüre geleistet hatte, sagte ich »Lieber *doch* nicht« und rannte davon. Er setzte mir nach. Es ging über Bäche, um Bäume herum, ins Unterholz. Ich war eine gute Läuferin. Aber er war besser.
Als er mich einholte, fielen wir über eine Wurzel.

11

Das Telefon an meinem Bett riß mich aus meiner Lektüre.
»Hier ist Ben.«
»Ja.«
»Zieh dich an.«
»Ich habe mich eben erst hingelegt.«
»Steh wieder auf. Du kannst später weiterlesen.«
»Was ist los?«
»Wir treffen uns in vierzig Minuten Mulholland, Ecke Benedict. Laß Winnetou zu Hause. Er ist zu weiß. Und vergiß nicht, daß du mit abgeblendeten Lichtern zu fahren hast!«
»Wegen der Japaner?«
»Auch.«
Er hängte an.
Während ich in die Kleider stürzte, überlegte ich ebenso fieberhaft wie fruchtlos, was das zu bedeuten haben könne. Ben erwartete mich am Treffpunkt. Von seinem Auto war nichts zu sehen. Wir versteckten auch meinen Wagen seitlich von der Chaussee im Unterholz.
Es war erstaunlich, mit welcher Sicherheit Ben den Weg zur Leichenfundstelle fand. Er kletterte wortlos in einen Baum. Ich folgte ihm. Wir machten es uns oben so bequem wie möglich. Wir waren gut gedeckt vor jeder Sicht von unten. Eben kroch der Mond über die Berge.
Ben legte die Hand an den Mund und zirpte wie ein Heimchen. Ein anderes Heimchen antwortete. Wir waren offen-

bar nicht so allein, wie es den Anschein hatte. Ben zog einen blinkenden Gegenstand aus der Tasche und warf ihn auf die vom Mond beschienene Lichtung in die Nähe der Stelle, wo die schöne tote Frau gelegen hatte.
Es war still.
Das heißt: Es war nicht still. Jeder Jäger weiß, daß die Stille der Nacht sehr geräuschvoll ist. Nach einer Stunde beginnst du tausend verschiedene Geräusche zu unterscheiden. Es ist ein Höllenlärm.
Immerhin würde das Knacken eines Zweiges unter einem Menschenfuß wie ein Kanonenschuß wirken.
Auf diesen Kanonenschuß warteten wir.
Wir warteten vergeblich.
Um 4 Uhr früh verfrachteten wir unsere erstarrten Glieder vom Baum auf die Erde.
»Damned«, sagte jemand, der wie aus dem Boden gewachsen neben uns stand und sich in den Zähnen bohrte. »Inspektor Barn«, stellte Ben vor.
Ben hob den silbernen Gegenstand wieder auf.
»Vielleicht hat er ihn noch nicht vermißt. Wir müssen es morgen noch einmal versuchen. In der zweiten Nacht haben wir mehr Chancen. In der ersten ist der Täter noch zu sehr erschreckt und verwirrt. Wann wirst du abgelöst?«
»Um 5 Uhr«, sagte Inspektor Barn.
Auf dem Wege zu unseren Autos geruhte Ben mich einzuweihen.
»Es ist ganz gut, daß du ›Greenhorn‹ gleich im Anfang damit vertraut gemacht wirst, daß die Arbeit des Detektivs nicht immer von Erfolg gekrönt ist.«
»Ich habe mich soeben davon überzeugt«, sagte ich.
»Sondern«, fuhr Ben fort, »daß sich ein Erfolg mühsam durch Eliminierung mancher Irrwege herausschält, sofern er sich überhaupt herausschält.«
»Eben.«
»Als du mich fragtest, ob der Täter Spuren hinterlassen hat, verschwieg ich dir, wie aller Welt, daß ich ein Schildchen gefunden habe.«
»Ein Schildchen?«

»Ein Anhängeschildchen für den Autozündschlüssel. Hätte in der Zeitung gestanden, daß der Mörder dieses Ding verloren hat, würde er sich hüten, danach zu suchen. Nur die Annahme, daß man es nicht gefunden hat, und die Furcht, daß man es noch finden könnte, dürfte ihn noch einmal an den Tatort zwingen, um diese gefährliche Spur zu verwischen.«
»Kann ich es sehen?«
Es war ein ovales Metallplättchen, hinten silbern, vorn emailliert, mit der Aufschrift: »Chevrolet«.
»Würdest du daraus schließen, daß der Mörder einen Chevrolet fährt?«
»Ja.«
»Was würdest du sagen, wenn ich dir erzähle, daß ich auch einen Chevrolet-Anhänger trage und doch einen Packard fahre?«
»Warum tust du so etwas?«
»Weil es in dem verdammten Laden nur noch diesen einen gab. – Hier der Beweis.«
Ich griff in die Tasche.
Meine Finger erstarrten.
Nur der Schlüssel war da, mit einem Stück zerrissener Kette daran. Den Anhänger – mit der restlichen Kette – hielt Ben in der Hand.
»Warum wirst du gelb wie der Mond?« fragte er, mir den Schlüssel aus der Hand nehmend. »Daß du da warst, wissen wir doch!« Er hakte die Kettenenden ineinander und biß sie mit den Zähnen zusammen.
»Hättest du mir früher gesagt, daß du zu einem Packard einen Chevrolet-Schlüsselring trägst, hätten wir nicht vier Stunden in einem Baum zu sitzen brauchen. Zur Hölle mit dir! Gute Nacht.«
»Gute Nacht, Ben. – Ich danke dir auch für den schönen Abend.«
»Bitte.«
Im Wegfahren hörte ich ein Heimchen zirpen und ein anderes antworten.
Hatte Ben gegrinst, als ich ins Auto stieg?

12

»Sind Sie sicher, daß Sie nicht der Mörder sind . . . Sind Sie sicher, daß Sie nicht der Mörder sind . . . Sind Sie sicher, daß Sie nicht der Mörder sind . . .???«
Diese alberne Frage, die Ben dem Dr. Steiniger gestellt hatte, wollte mir nicht aus dem Sinn. Sie sang zum Rhythmus des Wagens, tanzte vor den Scheinwerferkegeln, die mein Packard durch die Dunkelheit bohrte. Mein Kopf schmerzte. Bei welcher Gelegenheit konnte ich das Plättchen verloren haben? Als ich mich um Winnetou bemühte? Als ich ihm die Wunde ausbrannte? Vielleicht hatte ich es mit dem Feuerzeug aus der Tasche gezogen? Aber wie zum Teufel war es abgerissen?
Ich war plötzlich bleiern müde. Ich konnte nicht mehr denken. Ich mußte mich konzentrieren, den Wagen in der Hand zu behalten.
Winnetou erwartete mich am Farmtor. Er gab sich große Mühe, nicht mit dem Schwanz zu wedeln, um mir seine Mißbilligung auszudrücken, weil ich ihn nicht mitgenommen hatte.
Als ich in der Garage hinter meinen Wagen trat, um das Licht auszuknipsen, bemerkte ich, daß der Verschlußgriff meines Kofferraumes senkrecht statt quer stand. Ich öffnete ihn. Das Handwerkszeug und der Wagenheber lagen nicht auf ihrem Platz. Es fehlte nichts. Aber der Kofferraum war durchsucht worden.
Von Inspektor Barn? Während ich im Baume saß?
Wieder meldete sich die Übelkeit. Mir war hundselend. Ich kam mir gehetzt vor. Ich fühlte plötzlich ein heißes Mitleid mit allen Mördern.
Sollte ich Ben anrufen? Sollte ich ihm sagen, daß ich weiß, daß er meinen Wagen untersuchen ließ? Sah das nicht nach schlechtem Gewissen aus? War nicht soviel »Auf-der-Hut-Sein« verdächtig? Mein Hirn schmerzte.
Ich betrat mein Arbeitszimmer und legte unschlüssig die Hand auf den Hörer.
Da fiel mein Blick auf den Cellokasten. Er stand nicht an

seinem Platz. Auf dem Schreibtisch herrschte eine ungewohnte Ordnung. Ein Blick in die Bücherregale vervollständigten den Eindruck, daß hier eine Haussuchung stattgefunden hatte.
Durch den Hörer, auf dem meine Hand ruhte, lief ein Vibrieren, das mich bis ins Mark erschreckte. Gleichzeitig schrillte die Glocke. Wie schwer der Hörer war!
»Hier ist Ben.«
Ich war fast froh, daß er es war.
»Wo gehen wir jetzt hin?« fragte ich. Ich wunderte mich, wie ruhig meine Stimme klang.
»Ich gratuliere dir.«
»Danke. – Wozu?«
»Dein Kolophonium stimmt nicht.«
»Das tut mir aber leid. – Und im Auto habt ihr auch nichts gefunden?«
»Gar nichts. Ich wußte es. Routine, verstehst du?«
»Natürlich. Und dazu mußten wir in den Baum?«
»Nicht dazu, sondern wegen eines verdammten Schlüsselschildes.«
»Das war also keine Finte?«
»Wieso Finte? Ich habe nur unser Beisammensein im Baum ausgenutzt, um taktvoll ein paar Fragen abzuklären, ohne daß du mir wieder in Ohnmacht fällst. Im übrigen: Steiniger ist verschwunden.«
»Wer?«
»Dr. Steiniger.«
»Verschwunden?«
»Ja. Ich wollte ihn verhaften lassen. Aber er ist verschwunden.«
»Warum wolltest du ihn . . .?«
»Du mußt fleißiger lesen!«
»Ich werde schlafen, wenn du nichts dagegen hast.«
»Ich habe nichts dagegen, aber es ist schade, daß du so leicht ermüdest!«
Ich löschte das Licht. Aber ich schlief nicht.
Ich träumte vielmehr.
Ich träumte von einer Gerichtsverhandlung. Ich saß auf der

Anklagebank. Die Geschworenen hatten lange Nasen und blaue Lippen.
Der Staatsanwalt hatte keine Zähne mehr. Deshalb konnte man ihn so schwer verstehen. Nur so viel konnte man annehmen, daß er mir nachwies, daß ich in einer Art Halbschlaf Lu Sostlova ermordet hätte.
Die Geschworenen nickten zu seinen Ausführungen mit ihren langen Nasen.
Als man mich längst zum Tode verurteilt hatte, sprach der Staatsanwalt immer noch, was doch eigentlich gar keinen Zweck mehr hatte.
Ich erwachte von einem Winseln Winnetous, der im Traum galoppierte. Ich weckte ihn. Dankbar leckte er mir die Hand und ließ seinen Kopf auf meinem Bettrand. Ich streichelte ihn. Er seufzte tief. Es war schwül im Zimmer. Draußen wetterleuchtete es.
Meine Gedanken gingen im Kreis: Ich konnte mich, sosehr ich mir das Hirn zermarterte, nicht besinnen, wo ich am Mordtag zwischen 11 und 12 Uhr vormittags gewesen war. Denn das Alibi, das sich Ben von Joe Rey hatte geben lassen, stimmte um ganze 24 Stunden nicht. Joe hatte sich im Wochentage geirrt. Hätte ich Ben über diesen Irrtum aufklären sollen? Natürlich hätte ich das tun sollen. Und warum hatte ich es nicht getan bis jetzt? Und warum bebte ich vor dem Entschluß zurück, es noch zu tun, gleich morgen früh? Was war los mit mir?
Plötzlich lähmte mich ein Gedanke: Wußte Ben, daß die Sache mit dem Alibi nicht stimmte?
War das Ganze ein Untersuchungstrick?
Wollte er meine Ehrlichkeit prüfen?
Oder wollte er mich in Sicherheit wiegen, um mich dann um so sicherer zu zermalmen?
Hatte er es nicht ähnlich mit Steiniger gemacht, als er ihn zuerst fragte, wo er am Abend gewesen sei, obwohl der Mord am Vormittag stattgefunden hatte? Warum zum Teufel ließ ich mir dieses Katz-und-Maus-Spiel gefallen? Warum setzte ich mich nicht zur Wehr? Hatte ich nicht ein gutes Gewissen? Oder war ich doch nicht »ganz sicher«?

Was war los mit meinem Verstand?
Was verklebte meine Gedanken so, daß ich nicht mehr entwirren, nicht mehr ordnen konnte?
Ja, etwas verklebte meine Gedanken.
Der Angstschweiß perlte auf meiner Stirn.
Meine Hand tastete nach Winnetou.
Da fühlte ich, wie sein Fell sich unter meinen Fingern aufstellte. Ein Zittern lief durch seinen Körper.
Auch ich hatte etwas gesehen.
Mit einem Ruck richteten wir beide uns gleichzeitig auf. Ich hatte ein Gesicht gesehen.
Gegen die Scheibe des Fensters gepreßt.
Das Gesicht eines Mädchens. – Jetzt wieder!
Ein schmales weißes Mädchengesicht mit grünen Augen drückte sich sacht gegen das Glas.
Sanft blickte der Wahnsinn in mein Zimmer.
Ich schrie auf . . .
Da riß Winnetou sich los. Zweimal überschlug er sich auf seiner Fahrt zur Tür, die er aufstieß, um in der Nacht zu verschwinden.
Auch das Gesicht am Fenster war verschwunden.
Das Geheul Winnetous verstummte wie von einem Beil abgehackt. Eine schreckliche Stille folgte.
Kalter Schweiß stand mir auf der Stirn, als ich einen Knotenstock ergriff und die Tür aufriß.
Da lag Winnetou, keine zehn Schritte entfernt.
Da lag er und leckte sich die Vorderpfoten, ein Bild vollkommener Ruhe und Ausgeglichenheit. Er tat, als hätte er sich die Lösung des Rätsels nie anders vorgestellt.
Und da stand »Whity«, unsere weiße Ziege, wiederkäuend, mit einem grünen Auge auf mich, mit dem anderen auf Winnetou schielend.
Whity hatte die Angewohnheit, mich, wenn sie sich langweilte, in meinem Studierzimmer zu besuchen und mir über die Schulter in die Schreibmaschine zu blicken. Aber bisher hatte sie diese Visiten auf den Tag beschränkt.
Ich schimpfte mit ihr, während ich sie zum Stall zurückbrachte. Ich schimpfte, obgleich ich wußte, daß sie das wenig

beeindruckte. Durch den Trick, daß sie sich nur von mir melken ließ, glaubte sie meiner Eitelkeit genug geschmeichelt zu haben, um meiner Nachsicht jederzeit sicher zu sein.

Auf dem Wege vom Stall zurück ins Haus sagten die leicht federnden Bewegungen des neben mir hertrippelnden Winnetou etwa folgendes: »Ja, ja ... wie man sich bettet, so schläft man. Hättest du mir erlaubt, diese Ziege hin und wieder in ihre Schranken zu weisen, wie ich das wiederholt versucht habe, hätten wir heute nicht so erschrecken müssen. Aber diese Ziege kann sich ja alles erlauben! Bloß weil sie Milch gibt! Ich würde ja auch welche geben, wenn ich welche hätte!« ... Ich erwiderte ihm – ich sagte es laut –, daß es die Aufgabe einer Ziege sei, Milch zu geben, während es zum Berufe eines Jagdhundes gehöre, Ziegen von Gespenstern unterscheiden zu können. Worauf er gähnte.

Der kalifornische Morgen dämmerte.

Ich beschloß, mich nicht noch einmal niederzulegen.

Nach einem Sprung ins Wasser fühlte ich mich frischer und schämte mich meiner nächtlichen Schwäche.

Und hatte Ben mir nicht gratuliert, weil mein Kolophonium nicht »stimmte«?

Ich frühstückte mit Appetit, legte mich unter den großen Nußbaum – es war Tag geworden – und wandte mich wieder den interessanten Komplexen der kleinen Lu zu.

Der Memoiren zwölftes Kapitel

Peter und ich trafen uns zweimal in der Woche. Dann einen Tag um den anderen. Dann täglich. Wir hatten uns in ein Netz der Überreizung verstrickt, aus dem es kein Entrinnen zu geben schien. Wenn wir uns nur ansahen, waren wir verloren. Eines Tages kam er bleich wie der Tod. Er zeigte mir seine Osterzensur. Er war sitzengeblieben. Der Primus der Klasse war sitzengeblieben. Im Turnen hatte der Preisturner »genügend«! Es läßt sich nicht beschreiben, was ich fühlte.

»Glaubst du, daß ich schuld bin?« fragte ich.
Er schüttelte den Kopf, aber er sah mich nicht an. Ich nahm ihn in meine Arme, küßte und streichelte ihn.
»Möchtest du mich lieber nicht kennengelernt haben und dafür versetzt worden sein?«
»Nein«, schluchzte er und klammerte sich an mich.
Ich streichelte seinen Kopf, der in meinem Schoß weinte.
»Wir werden von nun an ganz richtig artig sein, und in einem Monat wird mein Peter wieder Primus sein und Vorturner.«
Aber vom Artigsein wollte er nichts wissen. Ganz im Gegenteil, er fing an zu betteln.
»Bitte . . . bitte . . .«
»Warst du mit deiner Zensur schon zu Hause?« fragte ich.
Ich wußte, er hatte eine sehr strenge Stiefmama. Eine sehr junge, sehr schöne und sehr strenge Stiefmama.
»Nein«, stammelte er.
»Wirst du Schläge bekommen?«
»Ja.«
»Hast du Angst davor?«
Er schwieg.
»Erduldest du gern für mich Schmerzen?«
Er nickte.
Wir gingen in unser Versteck.
Als wir uns trennten, als ich ihm nachsah, wie er, entnervt, seiner Strafe entgegenging, schämte ich mich des Gedankens, wie süß es sein müsse, diesen Knaben zu Tode zu lieben . . .
Und die Spinne in meinem Hirn bewegte sich . . .

Der Memoiren dreizehntes Kapitel

Peter kam nicht wieder.
Weder am nächsten Tag, noch an den folgenden.
Stundenlang trieb ich mich auf der Chaussee umher, die zum Dehneschen Gute führte.
Eines Tages hielt ein Packard neben mir. Die Fenster am

Steuersitz gingen herunter, und eine zarte, geisterhaft blasse schöne Frau blies mir den Rauch ihrer Zigarette ins Gesicht.
»Ist sie das?« fragte sie in den Wagen zurück.
»Ja, Mama«, antwortete Peters weinerliche Stimme.
Einen Augenblick sah mir die schöne Frau in die Augen.
Wieder blies sie mir den Rauch ins Gesicht.
Die Fenster gingen hoch.
Ich stand wie gelähmt, während ich dem Wagen nachsah, der langsam um die Biegung verschwand ...
Was war geschehen? Es war klar, daß Peter gepetzt haben mußte ... Wir hatten Ferien, und so war keine Gelegenheit, Peter auf dem Schulweg abzupassen.
Was sollte ich tun? Der Blick der blassen Frau ließ mich nicht schlafen.
Würde sie an den Onkel schreiben?
Täglich paßte ich die Post ab, ob ein Brief vom Dehneschen Gute dabei sei ...
Nichts ...
Kein Brief kam.
Keine Anzeige erfolgte.
Und doch fühlte ich, daß die Sache noch nicht erledigt war.

Immer wieder zog es mich auf die Chaussee.
Da – eines Nachmittags – nahte sich der Packard.
Langsam kam er auf mich zu und hielt.
»Steig ein.«
Mit einer Kopfbewegung wies sie mir den Sitz neben sich an.
Wir waren allein.
Schweigend fuhren wir in langsamem Tempo. Sie hatte die langbewimperten Augen auf die Chaussee gerichtet.
»Soll ich dem Schulrat schreiben, was du mit Peter gemacht hast?«
Sie lenkte in einen Nebenweg.
Sie hielt und stellte die Zündung ab.
Dann wandte sie sich mir zu.
Nachdenklich sah sie auf meinen Mund.

13

»Es tut mir leid«, sagte Ben, »daß ich dich schon wieder stören muß.«
Er stand, wie aus der Erde gewachsen, neben meinem Liegestuhl und tätschelte Winnetou, der an ihm hochsprang.
»Bitte«, sagte ich, »solange du nicht kommst, mich zu verhaften, bist du stets willkommen.«
»Ich wüßte nicht, warum ich dich verhaften sollte«, sagte er und strich mit der Hand über sein Gesicht, das sehr übernächtigt aussah. »Ich brauche nur hin und wieder eine Wand, gegen die ich sprechen kann.«
»Sehr freundlich. – Setz dich.«
»Was liest du da?«
»Ich sagte es dir schon einmal: Grimms Märchen.«
»Und weißt immer noch nicht, wer der Mörder ist?«
»Nein.«
»Vielleicht bist du des Lesens nicht ganz mächtig. Man liest von links nach rechts.«
»Dein Gesicht und dein Anzug«, erwiderte ich, »sehen aus, als habest du in einem Klammerbeutel übernachtet. Ich würde in solcher Verfassung nicht versuchen, witzig zu sein.«
Er stopfte sich seine Pfeife.
»Im übrigen«, sagte er, den Tabak von seiner Hose klopfend, »war Herr de Lorm Linkshänder.«
»Von mir aus.«
»Dies berücksichtigend«, fuhr Ben fort, »läßt die Richtung des Schußkanals Zweifel auftauchen, ob der Schuß in den Mund, der ihn tötete, von ihm selber abgefeuert war.«
Eine Pause entstand.
»Du meinst . . . er ist ermordet worden?«
»Wie anders nennst du es, wenn ein Mensch seinem Nebenmenschen in den Mund schießt?«
»Und wer . . . glaubst du . . .?«
»Es läge nahe, daß es Steiniger war.«
»Weil er verschwunden ist.«
»Nicht nur, weil er verschwunden ist.«

»Sondern?«
»Komm mal mit.«
Er führte mich zu seinem Auto, das vor dem Farmtor parkte. Es war ein alter würdiger Ford, der die Sintflut überdauert hatte. Er hatte mit den Jahrzehnten eine Art Schutzfarbe angenommen, die ihn kaum vom Erdboden unterschied. Es wirkte ein bißchen komisch, als Ben die zerlemperte Tür, die nur noch aus Gewohnheit in ihren Angeln hing, sorgfältig und umständlich mit einem Schlüssel öffnete.
»Komm rein«, sagte er und kletterte in den Wagen, der sich ihm sogleich einladend entgegenneigte.
Ich folgte.
»Vorsicht!« sagte Ben, als ich mich setzen wollte, und deutete auf etwas Umhülltes, das auf dem Rücksitz in der Ecke lehnte.
Während er es behutsam auf seinen Schoß nahm, fragte ich: »Warum hast du eigentlich diesen Omnibus abgeschlossen, wenn du ein Fenster sperrangelweit offengelassen hast?«
Ben starrte auf das offene Fenster.
»Für einen Meisterdetektiv allerhand!« stichelte ich.
»Ich will verdammt sein!« sagte er schlicht.
Dann befreite er das, was aussah wie ein menschlicher Kopf, von seiner feuchten Umhüllung.
Mir wurde etwas sonderbar im Magen.
Es war kein Menschenkopf, sondern die Lehmform für eine Plastik.
Vorsichtig gab Ben sie mir in die Hand.
Ich hielt sie an das offene Fenster zum Tageslicht.
Aus einem Block wuchsen die Leiber eines Mannes und einer Frau in klammernder Verschmelzung. Nur die Oberkörper. Nackend. Die Gesichter vom Augenblick überirdischer Verzücktheit verklärt. Die Augen ineinandergetaucht. Aber sie sehen nichts mehr. Die Lippen geöffnet. Aber sie flüstern nicht mehr. Zwischen den Augenbrauen der Frau zwei winzige senkrechte Falten. Seltsam kalt und unerbittlich wirkte der eingemeißelte Titel unter diesem

Ausdruck höchster menschlicher Glückseligkeit: »Die Ehebrecher.«
Das Große an dem Werk war, daß es keusch wirkte. Keusch in der Darstellung menschlicher Leidenschaft, der Unerbittlichkeit höherer Gesetze, der Unentrinnbarkeit der Geschlechter voreinander, des Triumphes der Natur über die Konvention.
»Die Ehebrecher« . . .!
Ich konnte meinen Blick nicht losreißen von den Gesichtern der beiden Entrückten, die ineinander aufgingen und sich immer ähnlicher zu werden schienen, je länger man sie betrachtete.
»Du kennst die Frau . . .?« fragte Ben, der mich still beobachtete.
»Ja. Es ist die Ermordete.«
»Du kennst auch den Mann?«
Ich sah genauer hin.
»De Lorm! Wahrhaftig!« sagte ich.
»Und nun lies noch den Namen des Künstlers, links unten am Sockel!«
»Steiniger!«
»Richtig!« Ben wickelte die Lehmform sorgfältig wieder in das feuchte Tuch. Wir schlenderten zur Farm zurück.
»Daraus geht hervor«, sagte er, während er es sich auf einem Liegestuhl bequem machte, »daß Steiniger von dem Verhältnis der beiden gewußt hat. Und wenn die beiden dem Bildhauer zu dieser Plastik Modell gestanden haben, ist anzunehmen, daß auch de Lorm von dem Verhältnis seiner Geliebten zu Steiniger gewußt hat.«
»Ich bewundere deinen Scharfsinn.«
»Du würdest ihn weniger bewundern, wenn du in den Memoiren weiter fortgeschritten wärest. Da steht das nämlich alles drin. Aber diese Plastik beweist, daß in den Memoiren keine Faseleien stehen. Daß man ihnen trauen kann. Und wenn man ihnen trauen kann, fällt es mir doppelt schwer, nicht daran zu glauben, daß Steiniger der Mörder ist.«
»Warum zum Teufel sträubst du dich so gegen diese Annahme, auf die doch alles hinzudeuten scheint?«

»Vielleicht, *weil* alles darauf hinzudeuten scheint. Weil es zu unbefriedigend wäre, die Lösung eines Falles aus einem Memoirenbuch abzulesen. Wir Detektive haben auch unseren künstlerischen Ehrgeiz, weißt du das?«
»Nein, das wußte ich nicht. Ich dachte, ihr wäret todfroh, wenn ihr den Täter habt.«
»Es gibt nur drei Möglichkeiten«, fuhr Ben unbeirrt fort, »wenn wir uns darauf versteifen, den Mörder im Kreise ihrer Männer finden zu wollen. Entweder: Steiniger hat seine Geliebte umgebracht und dann de Lorm. Aus Eifersucht, die auch mit dem Tode der Geliebten sich nicht erschöpft hatte, sondern auch den Tod ihres Liebhabers forderte. Oder: de Lorm hat die Geliebte umgebracht – ebenfalls aus Eifersucht – und Steiniger hat sie gerächt. Oder . . .«
Er zögerte.
»Oder?« fragte ich.
Ben streichelte Winnetou.
»Oder Steiniger kann de Lorm erschossen haben«, fuhr er fort, »um den *Mittäter* zu beseitigen.«
Ben ließ diese Pointe auf mich wirken, ehe er ergänzte: »Die Möglichkeit, daß dieses Verbrechen von *zwei* Menschen ausgeführt wurde, hat viel für sich. Von zwei Menschen, die nicht mehr Meister ihrer Sinne waren. Versuch einmal, dich in den Gemütszustand der beiden zu versetzen. Gut, sie wußten, daß sie sich in die Gunst Myladys zu teilen hatten. Aber vielleicht war ihnen der Gedanke unsympathisch, daß Mylady sie beide mit einem Dritten betrog?«
»Mit einem Dritten betrog?«
Ben nickte.
»Oder mit einem Dritten zu betrügen im Begriffe stand . . .« ergänzte er und sah mich eigentümlich an.
»Weißt du, wer dieser Dritte sein sollte?«
»Nein.«
»Sind keine Hinweise in den Memoiren?«
»Doch.«
»Nämlich?«
»Seine Initialen.«
»Und die sind?«

»C. G.«
Ich sagte nichts.
Ich beobachtete eine Mücke auf Bens Fußknöchel, die da, wo die herabgerutschte Socke ihr Platz ließ, sich die Fühler putzte, um ihn zu stechen.
»Ich bin dir so dankbar«, sagte er, die Mücke klatschend, »daß du nicht wieder in Ohnmacht gefallen bist.«
»Da wir gerade dabei sind«, sagte ich, »möchte ich dir mitteilen . . . Hast du Feuer?«
Er gab mir welches.
». . . möchte ich dir mitteilen, daß das Alibi, das dir Joe von mir gegeben hat, um ganze vierundzwanzig Stunden nicht stimmt.«
Er steckte das Feuerzeug wieder in die Tasche und sah ziemlich geistesabwesend aus.
»Diese Mitteilung scheint keinen größeren Eindruck auf dich zu machen?«
»Sie hätte noch vorgestern ihren Eindruck nicht verfehlt.«
Er schien wieder in Gedanken versunken.
»Woran denkst du?« fragte ich.
»Ich denke daran«, sagte ich, »daß alle diese wunderhübschen Theorien einen gemeinsamen Schönheitsfehler haben: sie stimmen alle nicht ganz genau.«
Er erhob sich.
»Es wird mir nichts übrigbleiben, als den langweiligen Weg der Routine zu gehen. Ich werde diesen Steiniger finden müssen. Zu diesem Zweck muß ich nach Fort Cahuenga. Kommst du mit?«
»Gern.«
»Ach nein. Bleib lieber hier.«
»Warum?«
»Es ist nicht ganz ungefährlich.«
»Nun gerade.«
»Nein«, sagte er. »Du bleibst. Ich habe meine Gründe.«
»Wann sehe ich dich wieder?«
»Hoffentlich bald«, orakelte er.
Er stülpte seinen Hut auf.

»Wie kommt Spinat aufs Dach?« murmelte er, »oder Kolophonium ins Haar? . . . Oder Wasser in die Lungen?« Damit verließ er mich.
Ich wollte wieder zu den Memoiren greifen, aber ich kam nicht dazu. Winnetou meldete neuen Besuch.
Eine seltsame Gestalt drückte sich durch das Farmtor und schlenderte den Kiesweg auf mich zu.
»Hallo!« sagte der Mann.
»Hallo!« sagte ich.

14

Der Mann war klein. Sein Kopf war dünn behaart wie eine Kokosnuß. Er nahm seine Hände aus den Taschen und rieb sie gegeneinander, als wolle er sie waschen.
»Hübscher Platz!« sagte er, indem er sich umschaute und seine Augen zufrieden über Pool und Herrenhaus gleiten ließ.
»Thanks«, sagte ich in fließendem Englisch. Denn du mußt dich immer bedanken, wenn ein Amerikaner etwas Nettes über dich, dein Haus, deinen Hund oder deine Frau sagt.
»Sehr hübscher Platz!«
Er senkte seine Hände wieder in die Taschen, blickte sich um und nickte zufrieden.
Auch ich senkte die Hände in die Taschen, blickte mich um und nickte zufrieden. So schlenderten, blickten und schwiegen wir eine Weile. Es würde den Sitten des Wilden Westens widersprochen haben, ihn zu fragen, was er wolle, ehe er es für richtig hielt, mich einzuweihen.
»Wieviel?« fragte er schließlich.
»Dieser Platz ist nicht zu verkaufen«, sagte ich.
»No kidding!«
Das hieß soviel, als ich solle ihn nicht verkohlen. Denn in Amerika ist alles zu verkaufen, wenn der Preis hoch genug ist. Deine nächsten Angehörigen kannst du verkaufen, vorausgesetzt, daß sie jemand haben will. Nur wenn du deine

Lebensversicherung verkaufst, mußt du hinterher vorsichtig sein.
»Wieviel haben Sie denn für diese verdammte Farm bezahlt?«
»Ich weiß es nicht auswendig.«
»Aber ich. Sie haben 25000 Dollar für diese verdammte Farm bezahlt und dann noch 4000 Dollar reingebaut. Stimmt's?«
»Ja.«
»Wenn ich Ihnen das Dreifache biete . . .«
»So verrückt sehen Sie nicht aus . . .«
»Richtig! . . . Aber sehen Sie dort den gelben Cadillac hinter meinem verrotteten Chevrolet? . . . Well, aus dem werden, wenn ich winke, zwei Täubchen steigen, die den Preis zahlen werden, zu dem ich Ihnen rate.«
»Ist das so?«
»Ja, das ist so. – Was kriege ich ab von jedem Dollar über 50000?«
»Ein Drittel.«
»Die Hälfte.«
»Okeh.«
»Noch eins. Die Damen wünschen nicht erkannt zu werden.«
»Von mir aus. Ich werde sie sowieso nicht kennen.«
»Was wetten Sie, daß Sie sie kennen?«
Er winkte.
Der breite Schlag des Cadillac tat sich einen Spalt weit auf, und ein nacktes Füßchen in grünem Spangenschuh tastete nach dem Kies. Ein zweites Füßchen folgte. Und dann noch eins. Und noch eins. Alle vier setzten sich unter dem Wagenschlag in Bewegung, der jetzt ganz geöffnet wurde, worauf vier hohe Beine in grauen Slacks zum Vorschein kamen. Um zwei schlanke Taillen liefen grüne Gürtel, weiße seidene Hemden raffend, aus deren V-artigen Halsausschnitten zwei bezaubernde Gesichter wuchsen. Die Haare waren weißblond.
Sie glichen einander wie zwei Fords.
So kamen sie dahergeschlendert, die Hände in den Hosen-

taschen, sich mit den Ellbogen leicht berührend, als seien sie dort zusammengewachsen.
Als sie nahe genug waren, lächelten beide zu gleicher Zeit und sagten – und sie waren vollkommen synchron –:
»Hallo . . .«
Und gingen an uns vorüber.
Und sahen sich alles an.
Wir folgten in kleinem Abstand.
In den nächsten zehn Minuten hörte ich wohl fünfzigmal den Namen »Cesare«. Hier konnte Cesare schlafen, hier konnte Cesare arbeiten, hier konnte Cesare spielen. Oder ob Cesare lieber hier schlafen und dort spielen wolle? Man würde Cesare fragen, Cesare solle selbst entscheiden. Wer war Cesare? Ihr Sohn? Beider Sohn? Gab es etwas, das eine hatte und die andere nicht?
Während ich darüber nachgrübelte, zeigten sie mir vier Grübchen und sagten:
»Thanks a lot.«
Und zu meinem Begleiter sagten sie:
»Okeh.«
Und gingen zu ihrem Cadillac.
»Ich schicke Ihnen den Vertrag«, sagte der Mann mit den Kokosnußhaaren und gab mir seine Karte. Er war ein Grundstücksmakler, der im ganzen Valley wegen seiner Tüchtigkeit, seines Reichtums, seines Geizes bekannt war. Er kletterte in seinen Chevrolet und hatte Startschwierigkeiten. Da gaben ihm die beiden Schwestern mit ihrem Cadillac von hinten einen Schubs, daß er losknatterte wie von einer Schlange gebissen.
Als ich den beiden Wagen nachsah, bemerkte ich, daß ein dritter ihnen folgte. Und zwar mit einer Geschwindigkeit, die in seltsamem Gegensatz zu seiner Schäbigkeit stand.
Es war Bens Wagen.
Das Telefon rief mich ins Studio zu einer jener Konferenzen, wo eine Story so lange »zerredet« wird, bis nichts mehr von ihr übrigbleibt.
So wurde es 10 Uhr am nächsten Vormittag, bis ich wieder zu den Memoiren greifen konnte.

Der Memoiren vierzehntes Kapitel

Peters Stiefmama wurde mir von Mal zu Mal unheimlicher.
Ich bekam Angst vor ihren sezierenden Händen, ihren aufgeworfenen Lippen, dem stahlharten Blick. Sie entließ mich nie, ohne mir zu drohen, falls ich nicht wiederkäme, die Liste meiner an Peter begangenen Sünden, von diesem gebeichtet und unterschrieben, an den Schulrat zu senden. Sie zeigte mir die Liste und Peters Unterschrift.
Die Liste war ziemlich vollständig.
Sie hatte auch ein Postskriptum: »Ich bereue, was ich getan habe, und schäme mich, daß ich mich mit einem Mädchen eingelassen habe, das noch nicht einmal Brüste hat. – Peter.«
Dieses Postskriptum ärgerte mich am meisten. Und als ich so etwas wie Triumph in den Augen meiner Peinigerin zu bemerken glaubte, stand mein Entschluß fest.
Heimlich bereitete ich meine Abreise vor.
Und eines Nachmittags wartete der Packard vergeblich an der Waldschneise, wo der einsame Hochsitz stand.

Der Memoiren fünfzehntes Kapitel

Pa holte mich vom Bahnhof ab.
Als er mich in seine Arme nahm, bekam ich einen Weinkrampf.
Wie schämte ich mich vor seinem ehrlichen Blick! Was müßte in seiner Seele vorgehen, wenn er eine Ahnung hätte von dem Lebenswandel seiner Tochter! Ich gelobte mir im stillen, mich zu bessern. Pa zuliebe wollte ich auf meine Rache an Dr. Maning verzichten. Das war das größte Opfer, das ich mir ausdenken konnte. Aber für Pa wollte ich es tun.
Ja, das gelobte ich mir.
Es war schön, wieder zu Hause zu sein. Liesbeth heulte wie ein Schoßhund. Und Mau, unser Kater, war immer zufällig da, wo ich war.

Und hatten Onkel und Tante mich mehr mit guter Landluft verwöhnt, so päppelte Liesbeth mich jetzt mit Leckerbissen auf.
Ich wurde täglich hübscher.
Und täglich erneuerte ich mein Gelübde.
Es war eigentlich schade um meinen schönen Plan.
Ob er wohl gewirkt hätte??
Ich fuhr alle Verbindungen ab, die zwischen der Wohnung des Herrn Dr. Maning und seinem Büro existierten. Tag für Tag. Zu allen in Frage kommenden Zeiten. Ich wußte, daß er kein Auto hatte. Es kam Untergrundbahn, Omnibus oder Straßenbahn in Frage. Nur sehen wollte ich den Mörder meines Geliebten. Nur ihn durch meinen Blick in Verwirrung bringen.

Der Memoiren sechzehntes Kapitel

Ich saß in der Straßenbahn und las Sherwoods nachdenkliche Komödie »Hannibal ante portas«.
Ich las, wie Hannibal als neunjähriger Junge seinem Vater vor dem Tempel des Baal hatte schwören müssen, sein Leben der Zerstörung Roms zu weihen, wie er, zum Jüngling herangewachsen, ein Heer warb, durch Spanien zog, allen Widerstand niederwarf, durch Italien marschierte, mit seinen Elefanten über die Alpen kletterte, die Römer bei Cannae entscheidend schlug, so daß Rom wehrlos zu seinen Füßen lag – er brauchte nur einzumarschieren, und seine Unterfeldherrn stritten sich bereits, ob die Infanterie, die Kavallerie oder die Elefanten an der Spitze des Triumphzuges marschieren sollten –, wie Hannibal, einen Augenblick vor der Erfüllung seines Lebenstraumes, dessen Verwirklichung ihn elf Jahre gekostet hatte, wie Hannibal, dessen Lagerfeuer man bereits in Rom sah . . . wie Hannibal plötzlich umkehrte . . . Umkehrte, ohne einen Stein von Rom zu zerstören!
Er kehrte um, weil eine kleine Frau, die Frau des römischen Senatspräsidenten, sich zu ihm ins Zelt geschlichen und ihm

beigebracht hatte, daß er Rom nicht zerstören könne, auch wenn er die Mauern und Häuser niederlege. Er könne den Geist nicht zerstören. Und außerdem gäbe es etwas, das größer sei als Haß. Das sei die Liebe. Und das muß sie ihm wohl *sehr* klargemacht haben.
Denn als nach dieser Nacht im dämmrigen Morgen eine riesige Staubwolke sich erhob, wollten die Römer ihren Augen nicht trauen, als diese Staubwolke nicht näher kam, sondern sich entfernte. Es war die Staubwolke des abziehenden karthagischen Heeres.
Die Liebe hatte über den Haß gesiegt.
Nachdenklich blickte ich auf und dachte an meinen Haß. Ich blickte auf und sah in den Augen meines Gegenübers, des Untersuchungsrichters Dr. Maning, der mich wie hypnotisiert anstarrte. Mein Fell stellte sich auf wie das einer Katze.
Alle Vorsätze waren vergessen.
Ich erhob mich und begab mich auf die hintere Plattform. Ohne hinzuschielen, konnte ich feststellen, daß Herr Dr. Maning sich gleichfalls erhob.
An der nächsten Haltestelle stieg ich aus.
Herr Dr. Maning stieg ebenfalls aus.
Wie im Plan vorgeträumt.
Ich blieb vor einem Schaufenster stehen.
Er auch.
»Lu.«
Erstaunt blickte ich mich um.
»Ich muß mit dir sprechen.«
Er sagte »du« zu mir. Also hielt er mich noch immer für ein Kind. Das war Voraussetzung für das Gelingen meines Planes. Fragend blickte ich ihm in die Augen.
»Es ist wegen deines Geliebten.«
Ich spielte Unentschlossenheit.
Er winkte ein Auto herbei.
Er gab dem Chauffeur seine Adresse.
Schweigend saßen wir im Wagen. Ich schloß die Augen. Alles würde kommen wie im Traum. Er würde sich schuldig machen. Ich würde mit Anzeige drohen. Er würde sich er-

schießen. Und ich würde drei Hände kühlender Erde auf seinen Sarg werfen . . .
Wir waren angelangt.
Als er den Chauffeur bezahlte, sah ich, daß seine Hand zitterte.
Es war eine schmale, aristokratische Hand.

Der Memoiren siebzehntes Kapitel

Wir waren in seiner Wohnung allein.
»Sie sind nicht verheiratet, Herr Doktor?«
»Nein.«
»Hätte ich das gewußt, wäre ich nicht mit Ihnen gekommen.«
»Ich werde brav sein.«
Ein weißes Kätzchen schmiegte sich um meinen Fuß. Ich nahm es auf meinen Schoß.
»Trinkst du Tee oder Kaffee?«
»Ich möchte nichts trinken.«
»Dann trinken wir Kaffee.«
Er steckte den Stecker der elektrischen Kaffeemaschine in den Wandkontakt.
Er war sehr bleich.
»Als wir uns das letztemal sahen – damals auf der Straße –, kam ich nicht dazu, dir alles zu erklären, weil du in Ohnmacht fielst. Dann warst du wochenlang krank. Und dann warst du verreist.«
»Das wissen Sie alles?«
»Ja«, seufzte er, »das weiß ich alles.«
Das spielende Kätzchen verschob mein Kleid. Herr Dr. Maning gab sich große Mühe, mein nacktes Knie nicht zu bemerken.
»Ich hoffte immer, dich noch einmal zu sehen, um dir zu sagen . . .«
Er stockte.
Fragend sah ich ihn an.
»Um dir zu sagen, daß ich dich liebe . . .«

Er sagte es leise.
Er war fast durch die ganze Zimmerlänge von mir getrennt, als er es sagte. Aber da war das Beben in seiner Stimme, das ich kannte. Das Blut schoß mir durch den Leib. Ich hatte ihn in meinen Krallen. Ich streichelte das Kätzchen und sagte nichts. Es hatte sich auf den Rücken gelegt und versuchte, mir in die Finger zu beißen. Herr Dr. Maning setzte sich – immer in respektvoller Entfernung von mir – auf die Couch und vergrub sein Gesicht in seinen Händen, um mich und das spielende Kätzchen nicht zu sehen.
»Du warst so unbeschreiblich schön, als du deinen Geliebten verteidigtest . . . so unbeschreiblich schön . . . ich werde das Bild auf meinem Totenbette nicht vergessen . . . du hast mein Denken vergiftet . . . ich komme nicht mehr los von dir . . .«
Ich sah, daß er bebte.
Es war still.
Ganz leise fing die Kaffeemaschine an zu summen. Ich betrachtete mein Opfer.
So muß einem Torero zumute sein, wenn er den todwunden Stier abschätzt, um ihm den Gnadenstoß zu geben.
»Ich glaube nicht, daß Sie mich lieben«, sagte ich leise.
Er hob den Kopf.
»Sonst hätten Sie meinen Geliebten nicht in den Tod getrieben . . .«
Sein Mund war offen vor Staunen. »In den Tod . . .?«
»Was haben Sie ihm gesagt, nachdem Sie mich verhört hatten?«
»Daß er frei sei. Daß du seine Unschuld beteuert hättest. Daß er gehen könne. – Was denn sonst?«
Ich war unfähig, zu sprechen.
Vorsichtig biß mir das Kätzchen in den Finger, um mich zu erinnern, daß ich es fast erwürge.
»Und . . .«, stammelte ich, ». . . wie erklären Sie . . . das Autounglück?«
Herr Dr. Maning zuckte die Achseln.
»Vielleicht hatte ihn die Freude und der Stolz über seine kleine Geliebte übermütig gemacht. Nie habe ich einen

Menschen mit leuchtenderen Augen mein Büro verlassen sehen ...«
Ich sah ihn lange an. Er log nicht.
Eine Uhr schlug auf dem Kamin.
»Ich muß jetzt gehen«, sagte ich.
»Bleib noch, Lu ...«
»Ich muß jetzt gehen ...«
Er brachte mich zur Tür.
»Lu.«
»Ja.«
»Jetzt kannst du es mir doch sagen. Nicht wahr, du warst seine Geliebte?«
»Ja.«
»Und er hat alles von dir haben können?«
»Ja.«
»Alles?«
»Ja.«
Er lehnte sich gegen die Wand und bedeckte seine Augen.
Ich ging.

Der Memoiren achtzehntes Kapitel

Ich lief vielmehr.
Ich rannte.
Mein Geliebter war nicht in Verzweiflung umgekommen!
Keine Zweifel an mir hatten seine letzten Augenblicke getrübt! Mit meinem Bild im Herzen war er gestorben!
Niemand hatte ihn in den Tod getrieben!
Man konnte die Welt wieder liebhaben!
Meine Knie wurden schwach. Ich mußte mich in ein Haustor setzen und weinen.
Ich weinte, und mit jeder Träne rollte ein Felsen von meiner Seele.
Dann aber erhob ich mich, wunderbar gestärkt.
Fast übermütig lief ich nach Hause.
Ich fühlte mich so frei und innerlich stark, daß mich die Nachricht, die mir Liesbeth entgegenstammelte, daß Pa von

seinen politischen Gegnern verhaftet sei, nicht einen Augenblick aus der Fassung brachte.
»Das werden wir gleich in Ordnung bringen«, sagte ich.
Was nun kam, glich einer Filmmontage. Wie ein Spürhund setzte ich mich auf die Fährte, kriegte heraus, wohin man Pa gebracht hatte – und zwei Stunden später kletterte ich dem Offizier, auf den es ankam, auf den Schoß, küßte ihn mitten auf den Mund und bat ihn um die Freilassung meines Vaters.
Der alte Herr war so verdutzt, daß ihm immerzu das Monokel aus dem Auge fiel. Noch am selben Abend ließ er Pa und mich unter seinem Schutze über die Grenze bringen.
»Du bist blaß, Kätzchen«, konstatierte Pa, als wir gerettet im Basler Bahnhofsrestaurant saßen.
Ich mag blaß gewesen sein, aber Pa war frei . . .
Der Offizier, der uns so ritterlich geholfen hatte, war noch einer von der alten Garde. Er wurde einige Jahre später wegen Verrates an den Beinen aufgehängt, bis er tot war.

Der Memoiren neunzehntes Kapitel

Die nächsten fünf Jahre wohnten wir bei Schweizer Freunden, deren Leben damit ausgefüllt war, auf Behörden zu laufen, um die Verlängerung unserer Aufenthaltsbewilligung alle drei Monate durchzusetzen.
Die keimtötende Schweizer Bergluft tötete jeglichen Keim. Ich lebte wie eine Nonne.
Ich half meinem süßen weißhaarigen Pa als Sekretärin, sein wissenschaftliches Werk zu vollenden.
Nachdem er den letzten Korrekturbogen gelesen hatte, schlief er ein, um nicht mehr aufzuwachen.
(Seine Aufenthaltsbewilligung war abgelaufen, ohne daß die Schweizer Behörden etwas dagegen tun konnten.)
Ich war zweiundzwanzig Jahre alt und hatte niemand auf der Welt. Mit dem Vorschuß von Pas Buch in der Tasche kaufte ich mir ein Ticket nach Amerika.

Es war ein stürmischer Herbsttag, als die »Ile de France« in See stach. Zögernd verschwand das alte Europa. Eine plötzliche Angst, daß ich es nie wiedersehen werde, berührte mein Herz mit kalten Fingern.

15

Winnetou hob den Kopf, den er auf meiner Brust etabliert hatte, und stellte die Ohren auf. Dann sprang er von meinem Liegestuhl und raste unter wütendem Bellen dem Farmtor zu.

Draußen standen vier harmlos aussehende Männer. Einer von ihnen war der Sheriff, der mich mit schiefem Maul angrinste.

Ich kriegte plötzlich eine Stinkwut auf Ben. Warum versicherte er mir gestern, daß er von meiner Unschuld überzeugt sei, wenn er mich heute verhaften ließ?

»How are you, Curt?«

Ich versicherte ihm, daß ihn das einen Schmutz anginge, daß er seine verdammten Faxen lassen und seine Pflicht tun solle und daß er und seine Begleiter zusammen mit ihrem Chef Ben Blunt mich . . . könnten und daß sie sich damit beeilen sollten, bevor ich ihnen diese Gunst wieder entzöge.

Der Sheriff grinste, was aussah, als ob man einen Igel kitzelt.

»Die Sache ist die«, sagte er, »daß es Ben Blunt ist, den wir suchen. Er war bei dir?«

Ich wollte gerade versöhnlicher werden, als mein Blick auf die übrigen drei Männer fiel, die mich ansahen mit Pokergesichtern, undurchdringlich, kauend und kalt. Ich weiß nicht, warum ich so reizbar war an diesem Morgen. »Ich habe ihn mit der Hacke erschlagen«, erwiderte ich. »Und verscharrt. Leider habe ich vergessen, wo. Aber wenn ihr euch beeilt, könnt ihr in acht Tagen die drei Acres umgegraben haben, die das sowieso nötig hätten.« Des Sheriffs Grinsen wurde lebensgefährlich. Die Schleife, die sein schiefes Maul bildete, wurde so tief, daß man sie als Steigbügel hätte benutzen können.

»Es ist nämlich so«, sagte er, »daß Ben verschwunden ist . . .«

»Ver . . .«

»So ist es.«

»Das ist ein Witz, nicht wahr?«

»Nein. – Siehst du, es besteht eine Vereinbarung zwischen Ben und Headquarter, daß er alle zwei Stunden Nachricht gibt, wo er sich befindet oder wohin er sich begibt. Die vorletzte Nachricht von ihm stammt von gestern morgen 9 Uhr. Sie sagt, daß er sich zu dir begibt. Die letzte stammt von gestern vormittag 11 Uhr und besagt, daß er die Spur Steinigers gefunden habe und sich nach Fort Cahuenga aufmachen wolle, um Steiniger zu folgen.«

»Was ist Fort Cahuenga?«

»Eine besonders einsame Gästeranch. Sie liegt etwa achtzig Meilen von hier in den Bergen. Wir haben dort angefragt. Weder ist dort etwas von einem Mr. Steiniger noch von einem Mr. Blunt bekannt. Wohl aber von einem Mr. Brown, auf den die Beschreibung Steinigers paßt. Er sei vorgestern angekommen und gestern weitergeritten. Kurz danach sei ein anderer Gentleman gekommen, auf den die Beschreibung Ben Blunts durchaus nicht paßt. Wetten, daß er es ist? Er habe sich nach dem ersten Gentleman erkundigt und sei ihm nachgeritten. Auch die Pferde seien nicht zurückgekommen.«

»Ist es nicht möglich, daß Ben keine Gelegenheit hatte, euch aus der Wüste Nachricht zu geben?«

»Er kann uns aus der Hölle Nachricht geben, wenn er will.«

»Vielleicht ist aber etwas defekt an seiner Sendeausrüstung?«

»Vielleicht. Jedenfalls müssen wir ihn suchen. Kommst du mit? Du sagtest, du möchtest einmal bei so etwas dabeisein.«

»Oh . . . ja . . . aber natürlich . . . vielen Dank. Wann müssen wir los?«

»Jetzt. Wir fahren im Auto bis zum Fort. Von dort nehmen wir Pferde. Kannst du reiten?«
»Ja.«
»Komm. Nimm deinen Hund mit . . . Wie heißt er?«
»Winnetou.«
»Nimm ihn mit. Er kann uns von Nutzen sein.«
»Wollt ihr nicht schnell etwas frühstücken, einen Schnaps vielleicht?«
»Zur Hölle mit deinem Schnaps. Nimm ihn auch mit.«
»Ich sollte im Studio anrufen, ob man mich braucht . . .«
»Zur Hölle mit dem Studio.«
»Zur Hölle mit ihm«, rief ich.
»Wirf ein Pyjama in deinen Rucksack, falls wir übernachten müssen.«
Ich warf außerdem noch die Memoiren in den Rucksack.
Vor dem Tor wartete das Riesenpolizeiauto. Der rote Scheinwerfer wurde angeknipst, obwohl es hellichter Tag war. Und los ging es unter Sirenengeheul über Stoplichter und Kreuzungen mit achtzig Meilen Geschwindigkeit.
»Schöner Tag heute«, brüllte mir einer der bisher schweigsamen Herren ins Ohr.
Als wir durch Van Nuys sausten, brüllten die Zeitungsjungen und schwenkten Extrablätter.
In so riesigen Lettern war die Überschrift, daß wir sie trotz des Tempos lesen konnten:

»Ben Blunt verschollen!«

16

Auf Fort Cahuenga herrschte große Aufregung. Weder der erste Gentleman noch der zweite waren zurückgekommen. Die Cowboys hatten die letzten verfügbaren Pferde mitgenommen und waren auch noch nicht zurück. Da ein weiteres Vordringen per Auto in die Berge unmöglich war, mußte der Sheriff sich zähneknirschend entschließen, auf die Cowboys zu warten. Er fluchte mit einer Geläufigkeit, um die ich ihn beneidete. Er ließ sich von dem Wirt eine genaue Beschreibung der beiden Männer geben, und seine Vermutung, daß Mr. Brown identisch mit Steiniger und der andere Mann der verkleidete Ben sei, verdichtete sich zur Gewißheit.

»Seit wann vermißt ihr die beiden?« fragte der Sheriff.

»Der erste verließ uns gestern nachmittag 3 Uhr. Er wollte abends zurück sein. Der zweite Mann kam um 5 Uhr an und folgte dem ersten, ohne sich Zeit zu nehmen, etwas zu essen. Auch er wollte abends zurück sein.«

»Beide sind zu Pferde?«

»Natürlich. Auf meinen besten.«

»Wer von beiden hat das bessere von den besten?«

»Der zweite. Aber der erste hat einen Vorsprung von zwei Stunden.«

»Wohin führt der Weg, den sie genommen haben?«

»Es gibt nur einen passierbaren Pfad für die Pferde. Er führt etwa vierzig Meilen in die Berge und hört dann auf.«

»Zumindest müssen also die Pferde auf demselben Wege zurückkommen?«

»Ich will verdammt sein, wenn das nicht so ist. Es sei denn . . .«

»Es sei denn – was?«

»Daß sie abgestürzt sind.«

»Was war gestern für Wetter hier oben? Gestern nacht, meine ich.«

Der Wirt kratzte sich hinter den Ohren.

»Es war neblig. Man konnte nicht drei Schritte weit sehen.«

Er spuckte aus.

»Es ist ja nicht wegen der Gentlemen . . . es waren meine besten Pferde . . .«

»Mit anderen Worten«, sagte der Sheriff und zog sein Maul so schief wie möglich, »wenn jetzt eure Boys zurückkehren, ohne den Pferden oder den Männern begegnet zu sein, so bleibt fast keine andere Vermutung, als daß sie abgestürzt sind.«

»So ist es.«
»Gibt es Blockhütten hier, wo sie eventuell übernachtet haben könnten?«
»Es gibt zwei oder drei halbverfallene. Selbstverständlich werden meine Boys sie absuchen.«
»Wie weit ist die erste?«
»Zwei Stunden von hier.«
»Liegen sie weit ab vom Pfad?«
»Man kann sie vom Pfad aus sehen.«
»Auch in der Nacht?«
»In der Nacht natürlich nicht.«
»Es sei denn, daß ein Licht drin brennt?«
»Dann natürlich.«
»Wann können eure Boys zurück sein, nachdem sie alles abgesucht haben?«
»Sie sind seit sechs Stunden unterwegs. Vielleicht in zwei, vielleicht in drei Stunden.«
»Dann ist es dunkel«, fluchte der Sheriff.
»Ihr könntet heute sowieso nichts mehr unternehmen mit den abgedroschenen Pferden.«
Der Sheriff warf ihm einen Blick zu, an dem man einen Hut hätte aufhängen können.
»Du kannst dein süßes Leben verwetten, daß wir uns auf deine Schindmähren klemmen werden, und wenn sie zusammenklappen. – Bring uns was zu essen und bring uns eine Karte von dieser gottverlassenen Gegend.«
Während des Essens studierte er eifrig die Karte. Der Wirt zeigte ihm einen mit roter Tinte nachträglich eingezeichneten Pfad, der unvermittelt aufhörte.
»Und wohin geht es hier weiter?« fragte der Sheriff, indem er mit seinem schwarzen Mittelfingernagel eine Verlängerung über den Endpunkt der roten Linie andeutete.
»Dort geht es nicht weiter.«
»Nicht für deine verdammten Pferde. Aber ein Mann kann doch weiter. Zu Fuß? Oder nicht?«
»Nach einem Kakteenurwald fällt das Gelände auf der anderen Seite wieder zur Wüste ab. Es gibt bequemere Arten des Selbstmordes.«

»Erzähl mir genau, wie Mr. Brown aussah!«
Der Wirt gab eine ziemlich genaue Beschreibung von Steiniger.
»Und wie sah der zweite Mann aus?«
»Ich hab' ihn nicht gesehen. Er war kaum fünf Minuten hier. Ich war im Holz. Einer der Cowboys hat ihn empfangen und abgefertigt. Es soll ein untersetzter Mann gewesen sein.«
»Noch eines: Kommen deine Kühe von Pferden allein nach Hause, wenn sie den Reiter abgeworfen haben oder ihm sonst was passiert ist?«
»Bisher taten sie es immer.«
»Well«, sagte der Sheriff zu uns, »wir können nichts tun als warten. Ich glaube, Kinder, ihr tätet besser, euch jetzt ein wenig aufs Ohr zu legen. Ich zweifle, ob ihr heute nacht in euren Betten schlafen werdet.«
Ich setzte mich in die lounge, wo ich ganz allein war und einen herrlichen Ausblick auf die Berge hatte, nahm die Memoiren, legte die Beine auf den Tisch und las.

Der Memoiren letzte Eintragungen

März 1939
An Bord der »Ile de France«.
Ich fahre mit einem Vorschuß auf Pas Buch in der Tasche nach Amerika.
Seeluft macht unternehmungslustig.
Die Reise in unbekannte Abenteuer – meine Mittel dürften höchstens drei Monate reichen –, die Ungewißheit der Zukunft, die Neuheit einer Seereise schärfen meine Wachheit und alle meine Nerven und Sinne.
Ich liege auf der Lauer wie ein Kätzchen.

25. März
Wer ist der Herr am Nebentisch?
Er ist ausgesprochen häßlich und noch einmal so alt wie ich.

Aber er hat die schönsten Hände, die ich je an einem Mann gesehen habe.

26. März
Es ist, wie mir der Steward sagt, Professor Sostlov aus Prag, ein Altertumsforscher.
Ausgerechnet!

27. März
Heute hat er mit seinen schönen Händen einen Brief geschrieben, ihn gefaltet und dem Steward überreicht.
Der Steward hat ihn mir gebracht.
Er lautet:

> Liebes,
> ich habe die Ehre, Sie um Ihre Hand zu bitten.
>
> R. Sostlov

»Darf ich dazu einige Erklärungen abgeben?«
Er stand an meinem Tisch.
»Nehmen Sie Platz, Herr Professor.«
»Ich erwarte nicht, daß Sie mir treu sind. Ich möchte Sie nur ein paar Jahre verwöhnen.«
Eine unendliche Zärtlichkeit lag in seinen Augen.
Habe ich gesagt, daß er häßlich war?
Er war nicht häßlich.
»Wenn Sie genug von mir haben, werden Sie so viel Schmuck besitzen, daß Sie einen Laden aufmachen können. Darf ich dann manchmal bei Ihnen kaufen?«
Seine Finger streichelten nervös das Tischtuch.
Sie zitterten ein wenig.
Ich sah ihn mir lange an, ohne zu antworten.
Er ließ die Prüfung über sich ergehen.
»Sie wollen mich kaufen, Herr Professor?«
»Wenn es nicht anders geht – ja.«
Pause. Dann setzte er hinzu: »Es ist nämlich so, daß ich ohne Sie nicht mehr leben möchte.«
Und nach einer weiteren Pause: »Und ich kann unmöglich verlangen, daß Sie mich lieben.«

Er betrachtete mich jetzt, wie man ein Bild betrachtet.
»Und der Gedanke, daß ich mich kaufen ließe, stört Sie nicht?«
»Nein.«
»Das interessiert mich sehr. Auch was Sie über die eheliche Treue sagten, erregt meine ganze Aufmerksamkeit . . .«
»Wenn ich Ihnen erlaube, mich zu betrügen, können Sie mich nicht betrügen . . .«
»Dennoch möchte ich Sie warnen vor mir. Ich habe mit siebzehn Jahren Männer verführt. Ich bin durch und durch verdorben und habe Zeiten, wo ich ein perfektes Biest bin . . .«
»Wenn wir uns beeilen, können wir in einer halben Stunde verheiratet sein. Dies ist ein amerikanisches Schiff.«
»Wird man sich nicht den Kopf zerbrechen . . . wegen des Altersunterschiedes?«
»Ist das nicht gerade prickelnd?«
»Wird man mir nicht irgendeine Berechnung unterschieben? Wird nicht jeder glauben, daß ich Sie betrüge?«
»Niemand wird Ihnen das übelnehmen.«
Die Art, wie er meinem Blick auswich, hatte etwas Rührendes.
»Hm«, sagte ich, »um so interessanter wird es dann sein, wenn es sich herausstellt, daß ich Ihnen treu bin.«
Er wandte sich schnell ab und ging.
Ich werde ihn heiraten und werde ihn glücklich machen.

24. Dezember 1939
Unser erstes Weihnachten in Kalifornien. Wir haben mit vieler Mühe unter den violetten, gelben, roten, himmelblauen und rosanen einen unlackierten, naturgrünen Christbaum gefunden. Die Lichter sind leider elektrisch, weil Wachskerzen nicht erlaubt sind. Die Bauart der Häuser würde einen Christbaumbrand nicht überstehen. Rudolf hat mir einen prachtvollen Fehmantel geschenkt, den ich oft auf den nackten Körper ziehe, was ihn (Rudolf) ganz verrückt macht.
Er liebt mich sehr. Ich bin glücklich.

Ostern 1940
Rudolf möchte ein Kind. Ich auch.
Wir geben uns die größte Mühe – bisher vergeblich.

Juli 1940
Ich wundere mich oft, was für eine kleine Spießbürgersfrau ich geworden bin. Ist das noch dieselbe Lu? Wo sind die bösen Träume? Die Spinne ist tot.
Ich bin glücklich.

25. Mai 1941
Heute jährt sich zum zweiten Male unser Hochzeitstag. Ich habe mein eigenes Cabriolet bekommen.
Ein Druck, und das Dach verschwindet.
Es ist herrlich, ganz allein durch den Wüstenwind zu fahren.

September 1941
Ich bin wie erlöst. Ich habe ein brauchbares Mädchen gefunden, was in diesem Lande das Große Los bedeutet. Diana ist eine Perle. Sie ist ein bildhübscher siebzehnjähriger hellbrauner Mischling. Mit ihren treuen Hundeaugen liest sie mir jeden Wunsch vom Gesicht ab, ehe ich ihn ausgesprochen habe. Es gibt noch Wunder.

Dezember 1941
Ich bin sehr nervös in letzter Zeit. Aber nicht wegen Pearl Harbor. Ich weiß nicht, was los ist mit mir. Sind es die lakkierten Christbäume, die wiederauftauchen?
Ich glaube, ich habe Heimweh nach Europa.
Wonach?
Ich bin oft zu Tode betrübt.

Dezember 1941
Das Diana-Wunder ist erklärt. Ich habe sie überrascht, wie sie beim Sortieren der Wäsche ihr hübsches Kindergesicht in meine Dessous wühlte. Ich habe getan, als hätte ich nichts gesehen, und werde auch weiter so tun, solange sie nicht zu-

dringlich wird. Ich habe nun keine Angst mehr, daß sie gehen könnte.

Januar 1942
Heute fand ich, als ich beim Zahnarzt warten mußte, in einem alten europäischen Theateralmanach Bilder meines ersten Geliebten in seinen Glanzrollen.
Auch »Lohengrin« war darunter.
Mir sind die Tränen nur so auf das Papier gespritzt.
Ich habe die Seiten herausgerissen und in mein Täschchen gestopft.
Ich bin eine Gans.

Februar 1942
Meine Nervosität nimmt zu. Rudolf hat viel zu leiden. Es kommt vor, daß ich Ausreden gebrauche, um mich ihm zu versagen.
Ich bin lieber mit meinen Gedanken allein ...

März 1942
Der Frühling macht mich irrsinnig. Ich leide unter dem Wüstenwind. Ich schlafe schlecht. Zweimal schon in meinen Träumen hat mich mein Geliebter besucht.
Auch der Teufel hat sich wieder an mein Bett gesetzt und sich nach meinem Befinden erkundigt.
Und mit dem Kopfe genickt.

März 1942
Eine schreckliche Unruhe steigt in mir hoch.
Ich habe Angst vor etwas Furchtbarem, das droht ...

März 1942
Ich muß eine Beschäftigung haben, sonst werde ich verrückt. Rudolf ist einverstanden, daß ich Fotografie studiere.

April 1942
Es ist mir gelungen, sehr gute Vergrößerungen von den Bildern meines Geliebten zu machen.

Sie sind in einem Album vereint.
Das Album schläft in meinem Bett.

April 1942
In der Einsamkeit der Dunkelkammer ist mir aufgegangen, woraus mein Leben besteht:
Es besteht aus den vergeblichen Bemühungen, meinen Geliebten zu vergessen.

April 1942
Ich weiß, wovor ich mich fürchte.
Ich fürchte mich vor der Spinne.

April 1942
Gestern war ich bei einem Psychoanalytiker.
Er hat mir geraten, meine Memoiren zu schreiben, um Ruhe zu finden. Ich habe bereits angefangen.
Mit dem Erfolg, daß ich mich wahnsinnig aufrege.
Ich glaube, das ist nicht das Richtige.

April 1942
Es gibt nicht nur Wunder, es gibt auch Überraschungen.
Heute bin ich drauf gekommen, daß mein braver Altertumsforscher, mein mich anbetender Gatte, mich mit meiner mich anbetenden Diana betrügt.
Ich war so baff, daß ich eine halbe Stunde nicht wußte, ob ich lachen oder empört sein sollte. Irgend etwas sagt mir – ist es meine Eitelkeit? –, daß sie das nicht tun aus Leidenschaft zueinander, sondern daß sie sich gefunden haben in ihrem unbefriedigten Verlangen nach mir.
Ich werde das herausfinden.
Noch wissen sie nicht, daß ich es weiß.

Mai 1942
Noch immer habe ich kein Wort gesagt. Mein armer Mann sieht sehr unglücklich aus. Er überhäuft mich mit Geschenken. Diana ist um mich wie ein Hündchen. Sie hat die Gewohnheit angenommen, am Kamin zu meinen Füßen zu

hocken und mir aus »Onkel Toms Hütte« vorzulesen. Das ist nicht nur wohltuend für meine englischen Sprachkenntnisse, sondern überhaupt.

Mai 1942
Eine seltsame Ruhe ist über mich gekommen, seit ich weiß, daß Rudolf mich betrügt.
Ich versuche, mir über meine Reaktion klarzuwerden. Ich kriege es nicht fertig, ehrlich böse zu sein, weder auf Rudolf noch auf Diana. Meinem Manne gegenüber habe ich das absolute Gefühl einer Schuld. Und gegen Diana fühle ich beinahe so etwas wie Dankbarkeit.
Dennoch werde ich sie bestrafen eines Tages . . .
Heute kam Diana und meldete mir einen Herrn de Lorm, der mich zu sprechen wünsche. Ich bedeutete ihr, daß ich keinen Herrn de Lorm kenne. Daß er wahrscheinlich zu meinem Manne wolle. Sie solle ihm ausrichten, daß er in Chicago sei.
Sie kam wieder und sagte, der Herr wolle mich sprechen. Sie habe ihn in die Bibliothek geführt.
Ich öffnete die Tür und blieb wie angewurzelt stehen.
»Peter!«
Wir rührten uns eine Weile nicht vom Fleck.
»Bleib stehen, wo du stehst«, befahl ich ihm, als er endlich eine Bewegung machte, sich mir zu nähern.
Noch immer starrte ich ihn an. Er sah blaß aus und müde.
»Wie kommst du hierher nach Kalifornien?«
»Ich mußte fliehen. Ich bin writer bei Warner Brothers.«
»Warum nennst du dich de Lorm?«
»Es ist mein Schriftstellername.«
»So? – Ich habe ihn noch nie gehört.«
Eine tiefe Röte schoß in sein Gesicht. Jetzt sah er meinem früheren Peter schon ähnlicher.
»Wie lange bist du schon in Hollywood?«
»Acht Tage. So lange hat es gedauert, bis ich dich fand.«
»Wie interessant.«
Er machte einen Schritt auf mich zu.
»Rühr dich nicht von der Stelle!«

Er gehorchte.
Alle Verachtung, deren ich fähig war, legte ich in meine Stimme, als ich sagte:
»Also so sieht der Junge aus, der seine kleine Geliebte verraten hat!«
Da schluchzte er auf. Er sank in die Knie und rutschte zu mir hin. Am ganzen Körper bebend, wühlte er sein Gesicht in meinen Schoß.
»Fühlst du mein Fleisch durch das dünne Kleid? Es wird dir nie mehr gehören. Nie, nie, nie mehr. Dein ganzes Leben lang: nie, nie, nie mehr!«
Da schrie er auf und umklammerte mich so, daß ich mich am Türrahmen festhalten mußte, um nicht umzusinken. Ich riß seinen Kopf an den Haaren nach hinten, so daß ich von oben in sein tränenüberströmtes Gesicht blicken konnte. Er hatte den Mund geöffnet wie ein Verdurstender.
Ich flüsterte, über ihn gebeugt:
»Nie, nie wieder! Das ist nichts für einen Verrätermund!«
Ich schlug ihm mit der Hand auf den Mund, so fest ich konnte.
Einmal.
Und noch einmal.
Und noch einmal.
»Und nun geh!«
Wie ein Betrunkener torkelte er an mir vorüber.
Ich hörte, wie die Haustür hinter ihm ins Schloß fiel.
Ich mußte mich niederlegen.
Erinnerungen tauchten auf von unendlicher Süße ... Grillen zirpten ... Der Duft des Heidekrautes, das unser Versteck umgab, stieg mir ins Hirn ... Mücken surrten ... stachen auch ...
Da gab es einen kleinen Knacks in meinem Gehirn ... So, als ob eine Spinne, die dort geschlafen hatte, erwachte. »Guten Morgen«, sagte die Spinne.
Sie reckte ihre Glieder ... leise vorerst, tastend ... als ob sie vergessen hätte, wo sie ihre langen Beine lassen konnte ... Sie streckte sie mir durch den ganzen Leib ...
»Herein!«

Diana erschien mit einem Buch in der Hand. Es war Vorlesezeit. »Darf ich?«
Sie ließ sich mit gekreuzten Beinen zu meinen Füßen nieder. Sie las mit ihrer leisen dunklen sinnlichen Stimme. Es handelte sich um die Züchtigung eines Sklavenknaben. Ich beobachtete ihr feines Profil. Ihre vollen Lippen, die oft von der Zunge befeuchtet wurden, zitterten zuweilen. Hin und wieder streckte sie den ganzen Leib. Und plötzlich . . . erschrak ich. An ihrer Nasenwurzel erschienen zwei kleine senkrechte Falten. Wie bei mir, wenn ich vor Begierde andächtig wurde.
»Der arme Junge!« sagte ich. »Tut er dir nicht leid?«
Sie schüttelte erregt den Kopf. »Er hat es verdient!«
Und sie reckte sich wieder.
»Apropos«, fragte ich sanft, »was verdient nach deiner Ansicht eine Sklavin, die ihre Herrin betrügt?«
Sie wurde aschfahl unter ihrer braunen Haut.
»Was würdest du tun, wenn du eine Herrin wärest und entdecktest plötzlich, daß deine niedliche Sklavin ihren glatten Leib dazu benutzt, dir deinen Mann wegzunehmen?«
Sie starrte mich an.
Ich erhob mich.
»Nun?«
Ich nahm die Reitpeitsche vom Kamin.
Das Buch fiel ihr aus der Hand.
»Antworte! Auf welche Weise würdest du diese Sklavin töten?«
Sie holte tief Atem.
»Ich würde ihr die Eingeweide herausschneiden«, sagte sie sanft.
Und ehe ich mich von dieser Antwort erholen konnte, fügte sie hinzu:
»Ich liebe meine Herrin . . . Ich will nicht, daß jemand meine Herrin berührt . . . Auch mein Herr nicht . . . Ich mache ihn kaputt, damit er es nicht mehr tun kann . . .«
Und damit fiel sie um.

Ich brauchte Luft und Meer.
Als ich den Wagenschlag meines Chryslers öffnete, saß schon jemand im Fond.
»Auf wen wartest du hier?«
»Auf dich«, sagte Peter.
Ich startete die Maschine.
Ich fuhr nicht zum Meer, sondern den Hügeln zu.
»So eine Stiefmama kann eine Stiefmama sein und doch eine sehr glatte Haut haben, nicht wahr?«
Ich sah im Rückspiegel, den ich auf ihn gewinkelt hatte, daß er stumm und bleich geradeaus schaute.
»Und ihre Busenverhältnisse sind natürlich weitaus prominenter als die einer kleinen Spielgefährtin, deren man sich schämen muß?«
Er schwieg.
In Serpentinen ging es hinauf.
»Was hat sie mit dir gemacht?«
Er schwieg.
»Ich fahre uns in den Abgrund, wenn du nicht gestehst . . .«
»Sie hat mir gedroht, dich dem Schulrat anzuzeigen, wenn ich nicht beichtete . . .«
»Und so hast du gebeichtet?«
»Ja . . .«
»Und dann . . .«
»Sie hat gesagt, daß es meine Vernichtung bedeuten würde, wenn ich länger in deinen Händen bliebe . . .«
»Und so hat sie dich in die ihren genommen?«
Er antwortete nicht.
»Wo ist sie jetzt?«
»Sie hat sich erhängt.«
»Warum?«
»Ich weiß es nicht.«
Die Kurven wurden steiler. »Erinnerst du dich an das Heidekraut in unserem Versteck?«
»Ja.«
»Wir kommen jetzt zu einer Stelle, wo etwas Ähnliches wächst.«

Er wurde kreidebleich.
Ich hielt. Wir stiegen aus. Die Hitze war zum Schneiden. Die Grillen machten einen ohrenbetäubenden Lärm.

Ich aß mit Peter, der eine Erfrischung nötig hatte, im »Beachcomber« zu Abend.
Er war in einer Weise verliebt, die mich fast beängstigte.
Mit jeder Minute fiel ein Jahr von ihm ab. Und manchmal glaubte ich die Schülermütze auf seiner blassen Stirn zu sehen.
Ich rief Diana an. Eine kleine Stimme meldete sich.
»Ich habe mir deine Strafe überlegt«, sagte ich.
Ich hörte ihren Atem durchs Telefon.
»Ich will es nicht wiedertun . . .«
»Du *wirst* es wiedertun. Bis du schwanger bist . . . Hörst du noch?«
»Ja . . .«
»Du wirst das Kind zur Welt bringen. Es wird mir gehören.«
»Ja . . .«
»Alle Schmerzen, die du erleidest, wirst du für *mich* erleiden.«
»Ja.«
»Meinem Mann wirst du nichts sagen. Weder, daß ich etwas weiß, noch daß du ein Kind von ihm bekommst.«
»Nein . . .«
»Es soll eine Überraschung werden.«
»Ja . . .«
»Weihnachten muß es dasein.«
»Ja . . .«
»Gute Nacht.«
Ich hängte an.

Ich setzte Peter in seinem Hotel ab und fuhr nach Hause.
Alles war still und dunkel.
Von Diana sah und hörte ich nichts.
Als ich nach dem Bad ins Bett schlüpfte, fand ich einen Zettel auf dem Kissen.

Soll es ein Junge oder ein Mädchen sein?
Und willst du, daß ich bei der Geburt sterbe?
Ich bin noch wach. Diana

Ende Mai
Rudolf ist von Chicago zurück.
Wir haben eine Einladung zu Dr. Steiniger bekommen, der in seiner Villa eine Ausstellung seiner Bilder und Skulpturen veranstaltet.
Bei dieser Gelegenheit werde ich feststellen können, was an dem sagenhaften Dr. Steiniger dran ist, dessen Namen die Frauen von Beverly Hills nur im Flüsterton nennen. Er sei ein Sonderling, sagt man.

Juni
Stimmt. Das muß ein Sonderling sein, der so wohnt. In einer veritablen Burg mit Zugbrücke und Festungsgraben!
»Er ist einer der wenigen Emigranten«, klärte mich Rudolf auf, während wir darauf warteten, daß die Zugbrücke heruntergelassen werde, »die in diesem Lande Karriere gemacht haben. Dabei soll er erst hier seine Begabung entdeckt haben. Ich bin einigermaßen skeptisch, muß ich sagen.«
Die Zugbrücke säuselte herunter – elektrisch natürlich – und wir überschritten sie.
Das Innere der Burg war ebenso komfortabel und gemütlich wie ihr Äußeres erschreckend und feindlich.
Der Butler half uns aus den Mänteln.
In der großen Halle fesselte ein riesiges Ölgemälde.
Ein halbwüchsiges Mädchen, dessen Gesicht man nicht sieht, weil die Haare bei gebeugtem Kopf es seitlich verdekken, schaut halb verwundert und halb neugierig auf den starken Mann, der zu ihren Füßen liegt. Zu einem ihrer Füßchen wenigstens. Das andere hat sie ihm in den Nacken gesetzt.
»Das könntest du sein«, sagte Rudolf.
»Gewesen sein«, verbesserte ich.
»Sein!« beharrte mein galanter Gatte. Und er ließ seinen

Blick wohlgefällig um die Formen des nackten Mädchens gleiten.
Der Butler öffnete die Tür zum Salon und meldete uns an. »Mr. and Mrs. Sostlov.«
Die Unterhaltung verstummte, wie gewöhnlich, wenn wir in Gesellschaft kamen.
Der Altersunterschied zwischen meinem Gatten und mir bildete noch immer ein interessantes Thema für die Hollywooder Gesellschaft. Daß sie mir bis heute keine Untreue nachweisen konnten, machte die guten Leutchen ganz nervös. Der Hausherr war im Augenblick nicht anwesend.
Man stand in Gruppen, die Teetassen in den Händen, um die Gemälde und Skulpturen und diskutierte sie.
Das Thema des in der Halle hängenden Gemäldes wiederholte sich. Es versteckte sich in verschiedenen Varianten, aber es kam immer wieder zum Durchbruch: Die Beherrschung eines starken ausgewachsenen Mannes durch ein Kindweib. Und immer war die Stellung so gewählt, daß man das Gesicht des kleinen Weibes nicht sehen konnte. Nur ahnen.
Herr Dr. Steiniger fing an mich zu interessieren. Ich hatte das Bedürfnis, mich hübsch zu machen für ihn.
Ich ging in die Halle, mein Make-up aufzufrischen. Aus dem Spiegel starrte mir etwas entgegen, was ich schon lange nicht mehr gesehen hatte: mein Hexengesicht. Da waren sie wieder: die schrecklichen Lippen, die bleichen Wangen und die flackernden Augen, halb geschlossen, um den Partner nicht zu versengen.
»Ganz recht, gnädige Frau«, sagte eine Stimme, »das ist das Gesicht, das dem Bilde da oben und allen meinen Bildern fehlt.«
Ich fuhr herum.
Die Klinke einer der vielen Türen, die auf die Halle führten, noch in der Hand, stand ein Herr im rohseidenen Anzug. Sein bartloses Gesicht war wettergebräunt. Sein Haar schneeweiß.
Er stand in bescheidener, liebenswürdiger Haltung. Seine

freie Hand spielte verlegen an einem Einglas, das an schwarzseidener Schnur über dem weißen Hemd baumelte.
»Ich bin der Hausherr«, stellte er sich vor.
Und er kam auf mich zu und küßte mir die Hand.
Als er sich wieder aufrichtete, wäre ich fast umgesunken. Es war Dr. Maning.
Es dauerte eine Weile, bis ich sprechen konnte.
»Wie geht es Ihnen, Herr Untersuchungsrichter?«
»Wie soll es mir gehen? Ich male Ihren Leib, den ich nie gesehen habe. Und Ihr Gesicht, das ich gesehen *habe*, kann ich nicht malen . . . Lassen Sie uns zu den Gästen gehen, ehe es auffällt . . .«
Er reichte mir seinen Arm.
Als wir den Salon betraten, verstummte das Geplärre mit einer Plötzlichkeit, wie wenn man das Radio abdreht.
Aller Blicke klebten an uns.
Ich sah, wie die Frau eines bekannten Regisseurs ihr Lorgnon erhob und prüfend zwischen mir und einem der Bilder hin und her blickte. Unausgesprochen knisterte es in der Luft: Das ist sein Modell! Die gehören zueinander wie Haken und Öse.
Es war nicht unangenehm, dieses Knistern. Die Gesichter der schönen Frauen waren wütend. Wie gut das tat! Besser als das süßsaure mitleidige Lächeln wegen des zu alten Gatten!
Man atmete auf. Das Geheimnis war gelöst. Die zu junge Frau des zu alten Gatten war Geliebte und Modell des berühmten Malers!
Tableau!
Ich tat nichts, um diesen Eindruck zu verwässern.
War ich nicht sein Modell?
Er führte mich an einen kleinen Tisch und bediente mich mit Sandwich und Tee.
»Meine Geschichte ist einfach«, sagte ich leise. »Ich mußte fliehen wie viele. Vorher hatte ich mich in ein kleines Mädchen verliebt. Sie wissen es. Ich malte sie immer und immer wieder. Ein Freund, der die Bilder sah, machte mich auf meine Begabung aufmerksam. Ich glaube heute noch nicht

an sie. Aber in diesem Lande der unbegrenzten Unmöglichkeiten hat sie mich berühmt und reich gemacht.«
Er gab mir Zucker. Nicht mit der Zange, sondern sehr natürlich, mit seinen gepflegten Fingern.
»Und das ist Ihr Verdienst«, fügte er hinzu.
»Sie haben eine große Begabung.«
»Ich hatte ein großes Modell.«
»Seit wann sind Sie so bescheiden?«
»Wissen Sie denn nicht, daß der Erfolg bescheiden macht?«
»Da kommt mein Mann.«
»Stellen Sie mich ihm bitte als Dr. Steiniger vor. Ich wäre Ihnen dankbar, wenn Sie den ehemaligen Untersuchungsrichter Dr. Maning überhaupt aus Ihrem Gedächtnis löschen könnten.«
Ich machte die Herren miteinander bekannt.
Sie stürzten sich sogleich in ein angeregtes Gespräch über Kunst und Ausgrabungen. Ich hatte Muße, Dr. Steiniger eingehend zu studieren.
Von dem ehemaligen Untersuchungsrichter war nichts mehr zu erkennen. Seine Konversation war ursprünglich, sprühend, seine Augen offen und heiter, sein ganzes Gebaren männlich und einfach. Trotz der weißen Haare sah er jünger und frischer aus als damals. Er war breitschultrig, schlank, ohne mager zu sein, wohltrainiert.
Je mehr ich merkte, daß die Frauen mich beobachteten, desto verliebter sah ich ihren Abgott an. Mit einer Verliebtheit, wohlgemerkt, die den Besitz verrät.
»Warum«, hörte ich plötzlich meinen Mann fragen, »zeigen Sie nie das Gesicht des Mädchens? Ich verstehe, daß Weglassen neugierig macht. Aber es hat mich *zu* neugierig gemacht. Ich möchte es sehen.«
Der Maler setzte das Kognakglas, das er eben an die Lippen führen wollte, wieder hin.
»Ich habe Angst davor, es zu malen. Angst, daß ich es nicht malen kann . . . und Angst . . . überhaupt . . .«
Er trank.
»Auch Leonardo«, fuhr er fort, »wird Angst gehabt haben,

das Gesicht der Madonna zu malen ... Nur daß es sich hier um eine Hexe handelt.«
Er trank wieder.
»Es handelt sich ... um eine bestimmte Person ...?« fragte Rudolf.
»Ja.«
Er betrachtete sein Kognakglas, als sei es der interessanteste Gegenstand der Welt.
»Sie haben das Mädchen geliebt?« fragte ich.
»Ich liebe es noch.«
»Eine Europäerin?« fragte Rudolf sanft.
»Ja.«
»Und Sie haben sie bis heute nicht wiedergesehen?«
»Bis heute nicht wiedergesehen«, bestätigte der Maler, zweideutig und wahrheitsgemäß.
»Sie sollten ein Modell finden, das Ihnen für das Gesicht sitzt«, sagte Rudolf.
»Ja, das sollte ich wohl«, sagte der Maler.
Es entstand eine kleine Pause.
»Wann ist eigentlich das beste Licht zum Malen?« fragte ich.
»Oh ... um die Mittagszeit ... Ich arbeite täglich von elf bis ein Uhr.«
»Auch sonntags?«
»Auch sonntags.«
Er gab Rudolf Feuer. Seine Hand zitterte.
Ich kannte dieses Zittern.
Sonntag.
Die Zugbrücke war heruntergelassen, als ich um elf Uhr kam. Der Hausherr öffnete mir selbst. Der Butler schien Ausgang zu haben.
»Danke«, sagte er.
Er küßte meine Hand und führte sie gegen seine Augen. Er trug eine Leinenhose über dem offenen Hemd. Er sah nicht zurechtgemacht aus.
Er führte mich ins Atelier. Wir traten ans Fenster und genossen angeblich die herrliche Aussicht. Wir sprachen beide nicht.

Ein Holzscheit knackte im Kamin. (Ja, so kalt ist es in Kalifornien manchmal!)
»Wollen Sie einmal mit Ihren Kinderfingern auf jenen Knopf drücken?«
»Diesen?«
»Schauen Sie, was Sie anrichten!«
Ich tat es.
Er deutete auf die Zugbrücke.
Sie hob sich.
»Wollen wir jetzt anfangen?« fragte ich. »Wo soll ich mich hinsetzen?«
»Hierhin, bitte ... ein wenig mehr ins Profil ... so.«
Er fing an, mein Gesicht zu skizzieren.
»Was sind Ihre nächsten künstlerischen Pläne?« fragte ich.
»Ich möchte etwas schaffen, was niemand darzustellen wagt, obwohl es jeden von uns aufs tiefste angeht, das aber so vollendet wäre, daß niemand Anstoß nehmen könnte.«
»Was wäre das?«
»Das weiß ich selbst noch nicht. Aber es will aus mir heraus. Ich muß noch ein wenig in mich hineinlauschen. Der Bleistift kratzte und wurde lebhafter, sein Blick, der von meinem Gesicht zum Papier und vom Papier zum Gesicht wanderte, bohrender. Er atmete schwer. Schließlich warf er den Bleistift weg und griff zu Pinsel und Palette.
Er arbeitete fieberhaft.
»Verdammt ...« sagte er.
»Was ist?«
»Werden Sie sehr böse sein, wenn ich Sie bitte, wenigstens die Schultern frei zu machen, damit ich einen Übergang habe?«
»Drehen Sie sich um.«
Ich riß den Sommerfetzen vom Leibe und setzte mich wieder.
»So.«
Als er sich umwandte, fiel ihm die Palette aus den Fingern, so als hätte ihm jemand die Hand abgehackt.

Montag
Ich bin tot.
Einfach tot.
Mausetot.

Dienstag
Wir sind wieder nicht zum Arbeiten gekommen.

Mittwoch
Das halte ich nicht aus. Nicht täglich!

Donnerstag
Wieder hat Jürgen versucht zu arbeiten. Vergeblich. Sobald er meinen Mund zu malen versucht, verirren sich seine Gedanken. Er ist schrecklich, wenn er die Palette in die Ecke feuert . . .

Freitag
Ich halte das nicht aus. Was bei meinem ersten und einzigen Geliebten ein unvorstellbarer Wonnerausch war, was bei meinem Peter eine süße Spielerei ist, ist bei Jürgen tödlicher Ernst . . . ein lebensgefährlicher chirurgischer Eingriff . . . Den ganzen Tag fürchte ich mich davor . . . und wenn ich dann zu ihm fahre, trete ich aufs Gas, daß ich durch alle Stoppzeichen sause . . .

Sonnabend
Er ist eifersüchtig wie Othello. Er hat geschworen, mich in der Luft zu zerreißen, wenn ich ihn – außer mit meinem Mann – betrüge . . .
Wa soll aus Peter werden?

Sonntag
Heute hat er mich geschlagen, weil ich zu spät kam . . . Ich werde morgen pünktlicher sein . . .

Montag

Je mehr er allmählich lernt, sich zu beherrschen, desto ausgedehnter werden meine Qualen . . . Ich sehne mich nach Peter, mit dem ich machen kann, was ich will . . . Es ist, als wolle Jürgen all die Jahre, die er nach mir geschmachtet hat, in ebenso vielen Tagen nachholen . . . Warum gehe ich immer wieder zu ihm, wenn ich Angst vor seiner Kraft habe . . . Seine Erregung macht mich verrückt . . . Ich werde immer wieder zu ihm gehen müssen . . .

Eine Woche später

Allmählich . . . ganz allmählich gewinne ich die Oberhand . . . Ich vergifte seine Sinne systematisch . . . Ich fange wieder an zu glauben, daß ich ihn vernichten könnte, wenn ich wollte . . .

Dienstag

Heute war ich mit Peter zusammen. Er war dem Verschmachten nahe. Ich habe mir etwas von meinem Stolz zurückgeholt, den ich morgen zu Jürgen trage, um ihn aufs neue brechen zu lassen . . .

Sonnabend

Ich taumle zwischen meinen beiden Liebhabern hin und her, aus einer Umarmung in die andere. In der Zwischenzeit lebe ich von der Erinnerung an die letzte und in der Vorfreude auf die nächste. Diana leidet . . .

Nie in meinem Leben habe ich mich wohler gefühlt.

Doch . . . damals, als ich nur einen Geliebten hatte, der Herr, Sklave, Freund und Spielgefährte in einem war!

Und den ich liebte mit meinem Herzen!

Aber das ist vorbei! Für wen sich aufheben?

Ich sause mit angezogenen Knien auf dem Schlitten meiner Sinne dem Abgrund zu . . .

Einem purpurnen Abgrund . . .

Ich glaube, ich werde verrückt. Oder bin ich es schon?

August 1942
Ich liebe es, mit meinen drei Männern um den häuslichen Kamin zu sitzen. Daß mein Mann nichts von meinen beiden Liebhabern ahnt, ist selbstverständlich. Daß meine beiden Liebhaber nichts voneinander ahnen, ist prickelnd . . . Und Diana bedient uns . . . (Sie ist schwanger. Ihre Leidenszeit für mich hat begonnen.)

August 1942
Heute hat sich bei unserer Sonnabend-Party etwas ereignet, das komisch wäre, wenn es nicht tragisch werden könnte. Bei Tisch brachte Professor Pusch, ein hochgelehrter, weitgereister Kalkofen, das Gespräch darauf, daß bei einigen Völkern die Übernacktheit der Frau das Schönheitsideal bedeute.
A tempo richteten sich drei Augenpaare lächelnd auf mich. Es waren die Augenpaare meiner beiden Geliebten und meines Mannes.
Unter diesem dreifachen Lächeln wurde ich etwas verwirrt. Ich blinzelte zu meinem »Herrn«. Und sah, daß er erbleichte.
Er hatte nichts gegen das Lächeln meines Mannes. Aber er hatte etwas gegen das Lächeln meines »Sklaven«.
Sein Blick, der mich traf, ließ mein Mark gefrieren. Der Beweis meiner Untreue war so plastisch und drastisch erbracht, daß ich alle Geistesgegenwart verlor. Ich schlug die Augen nieder und errötete wie ein Schulmädchen.
»In jenen Gegenden«, ließ sich Jürgen nach einer schrecklichen Pause vernehmen, »bestraft man ja wohl auch Untreue mit dem Tod . . .«
Mein Junge, der immer noch lächelte, blickte auf, sah den Blick Jürgens auf sich ruhen, und sein Lächeln gefror zu einem unschönen todblassen Grinsen.
Rudolf merkte von alledem nichts.
Das Dessert wurde gereicht. Ich legte Jürgen vor.
Der Löffel zietterte in meiner Hand.
Er neigte sich zu mir. Und es muß ausgesehen haben, als sagte er eine Schmeichelei, als er in mein Ohr flüsterte:

»Ich werde ihm das Lächeln aus seinen schönen Zähnen schießen. Ich werde ihn auslöschen wie ein Licht.«
»Ich bin morgen früh bei dir ...«
»Ich werde dich erwürgen.«

August 1942
»Du wagst es, zu kommen?«
Er führte mich tiefer ins Atelier und riß mir mit einem einzigen Ruck die Kleider vom Leibe.
Er drehte mein Gesicht dem Lichte zu, legte seine langen kühlen Finger, die so gut modellieren konnten, um meinen Hals und drückte langsam, ganz langsam zu.
Ich hatte keine Kraft, mich zu wehren. Manchmal ließen die Finger nach und gaben mir Zeit, mich zu erholen.
Dann schlossen sie sich wieder.
Ich sah ihm in die Augen und sah, daß er weinte.
Es wurde Nacht ...
Ich hatte das vage Gefühl, als küsse er mein Gesicht ...
Dann verlor ich das Bewußtsein.
....
Als ich erwachte, lag ich im Bett.
Jürgens Gesicht war über mich gebeugt.
»Folgende Erwägung hat dir das Leben gerettet: wenn du tot bis, kann ich dich nicht mehr lieben.«
Sein Gesicht fiel auf meine Brust.
Ich flüsterte ihm ins Ohr, daß ich von seinen Umarmungen lebe wir die Blume vom Tau, und welch untergeordnete Rolle der Junge dabei spiele.
»Du liebst ihn also nicht?«
»Ich spiele mit ihm.«
»Du liebst ihn nicht?«
»Nein.«
»Dann kann es dir egal sein, wenn ich ihn töte.«
»Dann wirst du aufgehängt.«
»Du willst ihn nur retten.«
»Ich habe dir gesagt, wozu ich ihn brauche.«
Seine Hände tasteten sich wieder um meinen Hals.
»Du wirst ihn nicht mehr brauchen.«

»Nein.«
»Schwöre es.«
»Ich schwöre es.«
»Ich werde mir etwas ausdenken, womit du mir beweisen sollst, daß du ihn nicht liebst ...«, sagte er.
»Ja.«
Als ich über die Zugbrücke schwankte, hatte ich das Gefühl, als sei ich dem Tode entronnen ... Dieses eine Mal noch ...

August 1942
Folgendes hat er sich ausgedacht: Wenn es mir gelänge, den Jungen so weit zu demütigen, daß er sich als Modell zu einer Gruppe (mit mir) hergeben würde, so würde er mir und ihm verzeihen.
Ich sträubte mich gegen die Annahme dieser teuflischen Rache.

September 1942
Der Junge wehrt sich verzweifelt.
Er will nicht begreifen, daß es um sein Leben geht.
Ich lasse ihn dürsten, um ihn gefügig zu machen.

September 1942
Heute – nach vierzehntägigem Fasten – hat Peter kapituliert.

Oktober 1942
Die Plastik ist fertig. Sie ist Jürgens Werk. Er hat es »Die Ehebrecher« getauft.

Oktober 1942
Ich fange an, mich vor meinen Männern zu fürchten. Ich möchte sie tauschen gegen einen Geliebten. Einen, der weder Herr noch Sklave ist, der weder mit Mord noch mit Selbstmord droht, sondern mich nur einfach lieb hat ...
Ich sehne mich.

Oktober 1942
Sollte ein Traum in Erfüllung gehen?
Heute traf ich C. G. bei einem Tee in Beverly Hills.
Ich kenne ihn aus Europa von der Bühne. (Er war früher jünger, aber graue Schläfen sind ja mein Verhängnis.)
Ich habe getan, als bemerke ich nicht, wie er mich mit den Blicken fraß. Ich hielt meine Augen schön niedergeschlagen.
»Gnädige Frau sind von Beruf Nonne?« hat der freche Kerl gefragt!
Warte nur, Liebling, wenn du erst mein Tischherr bist! Wenn die kleine Nonne plaudernd ihren Schuh verliert und ihre nackten Zehen sanft auf deinen Rist setzt. Dann wollen wir sehen, wie blaß du wirst . . .

Oktober 1942
Oh, du mein Geliebter!
Ich weiß, du bist es noch nicht, aber du wirst es im Laufe der nächsten acht Tage, vorausgesetzt, daß die Sonne Kaliforniens noch acht Tage im Osten auf- und im Westen untergeht. In sechs Tagen bist du bei uns zum Abendbrot. Wenn ich dir dann noch zwei Tage zu einer ehrenvollen Kapitulation gebe, so ist das alles, was ich dir gewähren kann!
Wir werden vom Wetter sprechen und von der Politik. Und wir werden uns dabei in die Augen sehen. Und ich werde an nichts denken als daran, wie ich diese Augen brechen machen werden. Und du wirst von meinen Augen dasselbe denken . . .
Und wir werden beide wissen, daß wir dasselbe denken . . .
Und wenn du dann anfängst, Unsinn zu reden . . .
Ich muß aufhören . . . Großer Gott, gib mir die Kraft, daß ich diese acht Tage des Wartens durchstehe . . .
Ich verspreche dir, Liebster, daß ich dir treu sein werde, sobald du mein bist. Denn du wirst Geliebter, Spielgefährte, Tyrann und Sklave in einem sein, wie es mein erster Geliebter war . . . Nur weiß ich nicht, ob ich dich nicht vorher noch ein letztes Mal betrügen sollte, damit ich meine Nerven bes-

ser in der Gewalt habe, damit ich mich dir nicht an den Hals werfe, sondern dich fein langsam verzehren kann wie ein Kätzchen die Maus.
Das muß ich mir überlegen.
Aber wenn ich es tue, so tue ich es nur, weil ich dich liebe, weil vom erstenmal zu viel abhängt, weil ich dich so verliebt machen muß, daß du nie mehr von mir loskommst. Das verstehst du, nicht wahr?
Jetzt sind es noch sieben Tage und dreiundzwanzig Stunden ...
Hier endeten die Memoiren.

17

Gedankenvoll ließ ich das Manuskript sinken.
Ich war nun über die Vorgeschichte der Ermordeten genauso im Bilde wie Ben und sollte in der Lage sein, meine eigenen Schlüsse zu ziehen.
Hatte Ben bei der Auswahl seiner Verdächtigen nicht zwei der wichtigsten übersehen?
Wer von allen Menschen der Welt hatte wohl die meiste Berechtigung, die ungetreue Frau mitsamt ihren Liebhabern umzubringen?
Doch wohl der Gatte!
Er war in Chicago zur Zeit des Mordes?
Aber seine Geliebte, von der er ein Kind erwartete, war daheim.
Diana war die letzte, die Lu lebend gesehen hatte. Auf ihre Aussage stützt sich die ganze Untersuchung. Wie, wenn diese Aussage falsch war? Wenn ihre leidenschaftliche Liebe zu ihrer Herrin in ebenso leidenschaftlichen Haß umgeschlagen wäre? Und war sie nicht die Geliebte des Gatten? Erwartete sie nicht ein Kind von ihm? Lag bei ihrem Zustand irgendeine unberechenbare Tat nicht um so mehr im Bereiche der Möglichkeit? Hatte Ben Blunt diese Kombination übersehen? Oder ging er nur systematisch vor, alle

Theorien der Reihe nach zu prüfen, und war er noch mit der Abklärung der ersten – »Steiniger« – beschäftigt?
Ich griff in die Tasche, meine ausgegangene Pfeife zu stopfen. Als ich sinnend meine Augen hob und aus dem Fenster blickte, hörte ich auf, meine Pfeife zu stopfen.
Dort grasten zwei Pferde, um die sich niemand zu kümmern schien. Dem einen saß der Sattel am Bauch statt auf dem Rücken. Das andere lahmte.
Ich rüttelte den Sheriff wach, der auf dem Billard schlief. Im Nu waren wir draußen bei den Tieren. Auch der Wirt kam angelaufen.
»Sind diese Röntgenaufnahmen das, was du als deine besten Pferde bezeichnest?« fragte ihn der Sheriff. »Sind das die Tiere, auf denen die beiden Fremden wegritten?«
»Ja«, sagte der Wirt und wollte sich den Pferden nähern.
»Rühre sie nicht an, bevor ich sie untersucht habe.«
Wohl zwanzig Minuten lang untersuchte der Sheriff jeden Quadratzentimeter der Felle. Es war komisch, wenn er hin und wieder das Maul schief zog und den Tieren mißtrauisch in die Augen blickte, als habe er sie auf einer Lüge ertappt.
Besondere Aufmerksamkeit widmete er dem Sattelgurt des heruntergerutschten Sattels.
»Ich möchte eher meiner Tante allein im Walde begegnen, als annehmen, daß diese Tiere die letzte Nacht im Freien verbracht haben. – Bist du sicher, daß sie nicht in deinem Stall gestanden haben?«
Der Wirt sah ihn verständnislos an.
»Nicht in *meinem*.«
»Das eine«, fuhr der Sheriff fort, »hat gestern nachmittag um drei Uhr diese gottverdammte Schenke verlassen. Das andere um fünf. Beide mit je einem Gentleman auf ihrem Rücken. Heute nach fast vierundzwanzig Stunden kehren sie gemeinsam zurück ohne Gentlemen, mit allen Spuren eines größeren äußeren Desasters . . .«
»Well?«
»Well!«
Der Sheriff näherte sich drohend dem Wirt.
»Diese Spuren äußeren Desasters stehen in merkwürdigem

Gegensatz zu dem ausgezeichneten Zustand der Pferde und der inneren Ausgeglichenheit ihrer Gemüter und ihrer Nerven.«
»Ich habe mich noch nie für die Nerven eines Pferdes interessiert.«
»Eine Tatsache, auf die Ihr keinen Grund habt, stolz zu sein. Ich sage Euch, daß ein Pferd, das ein Abenteuer überstanden hat, noch tagelang nervös ist.«
»Vielleicht das Pferd von Buffalo Bill. Aber nicht Mietpferde, die jeden Tag einen anderen Reiter tragen.«
Der Einwand schien Eindruck auf den Sheriff zu machen. Er murmelte etwas Unverständliches. Dann fragte er:
»Wieso kommen die Tiere *gemeinsam* zurück? Wo haben sie sich getroffen? Wo waren sie über Nacht? Sind sie den Cowboys begegnet? Sie *müssen* ihnen begegnet sein, denn es gibt nur einen Pfad, wie Ihr sagt. Warum haben die Boys sie nicht bei sich behalten? Selbst wenn die Boys ihnen gesagt hätten: ›Geht nur voraus, wir kommen gleich nach‹, bezweifle ich, daß sich die Tiere von den andern Pferden getrennt hätten.«
»Ich will verdammt sein, wenn ich das alles beantworten kann. Aber bei Eurem Scharfsinn wird es Euch nicht schwerfallen, dahinterzukommen.«
Er spuckte aus und ging ins Haus.
Der Sheriff schaute ihm nach, die Fäuste in der Tasche.
»Dieser Sonofabitch verheimlicht uns etwas. – Komm!«
Er schwang sich auf die Braune und lud mich mit einer Handbewegung ein, den Falben zu nehmen.
»Reiten wir allein?«
»Ja.«
Die Sonne verschwand hinter den Bergspitzen, als ich dem Sheriff folgte.

18

Wir mochten zwei Stunden geritten sein. Es war eine klare Nacht. Kalt kam der Mond über die Berge.
Der Sheriff ritt vor mir. Er hatte, die Hände in den Taschen, dem Tier die Zügel freigegeben, wohl in der Hoffnung, daß es dahin trotten möge, wo es die letzte Nacht verbracht hatte. – Der Weg wurde etwas breiter, so daß wir nebeneinander reiten konnten.
»Ich werde mich rächen«, murmelte der Sheriff. »Ich werde diesem Sonofabitch zeigen, was es heißt, mich an der Nase herumzuführen.«
»Sprecht Ihr vom Wirt?«
»Nein. – Von Ben.«
»Ben Blunt?«
»Ja, verdammt!«
»Wieso . . .?«
In diesem Augenblick parierte der Sheriff sein Pferd und deutete nach vorn.
Um die nächste Wegkurve bogen einige Reiter.
»Die Cowboys«, sagte der Sheriff.
Wir ritten ihnen entgegen, die stehengeblieben waren und ihre Büchsen schußfertig machten.
Der Sheriff redete sie mit einer Flut von Beschimpfungen an, die hauptsächlich ihre Ahnen betrafen, und wollte wissen, ob sie etwas gefunden hätten.
Der Sprecher der Cowboys erklärte, daß Pferdediebe gehängt würden und daß wir so gut sein sollten, uns zwei Bäume auszusuchen. Die Pferde, auf denen wir ritten, seien ihre Pferde. Und was wir mit den dazugehörigen Reitern gemacht hätten?
Der Sheriff hatte einige Mühe, sich auszuweisen und ihnen die Situation zu erklären. Nun wurden sie zugänglicher und mitteilsamer. Sie hatten das ganze Gelände abgesucht, ohne eine Spur von Mensch oder Tier zu finden.
»Ihr wollt sagen, saß Ihr den Tieren, auf denen wir jetzt sitzen, nicht begegnet seid? Wie ist das möglich, wenn es nur diesen einen Weg gibt?«

Der Sprecher erklärte, daß er sich nicht entsinnen könne, daß ihn jemals etwas weniger interessiert habe. Sie hätten Hunger und sie würden sich eher ein Loch in jedes Knie bohren, als noch länger nach diesen gottverdammten Fremden zu suchen. Dann wünschten sie uns Glück und ritten davon.
Der Sheriff blickte ihnen nach. Sein Maul hing schief, aber seine Züge waren irgendwie verklärt.
»Was bewegt Euch?« fragte ich.
»Ich denke darüber nach, was ich mit ihnen machen würde, wenn ich die Macht dazu hätte.«
Er schwang sich aus dem Sattel, setzte sich auf einen Felsblock und winkte mir, dasselbe zu tun.
Da saßen wir nun, wie in einem Mondgebirge.
»Hast du gehört, was er sagte?« fragte der Sheriff.
»Natürlich.«
»Es sprach von gottverdammten Fremden. Damit können nur Europäer gemeint sein.«
»Nun – Steiniger ist Europäer, und er spricht einen starken Akzent.«
»Aber Ben ist keiner. Und der Boy sprach von den Fremden in der Mehrzahl.«
»Wenn sich Ben schon verkleidet hat, wie Ihr annehmt, kann er sich auch einen Akzent beigebogen haben – nicht?«
»Hm!«
Er schob sich einen Kaugummi in den Mund. Er war eine Weile still.
»Ich traue ihm nicht«, sagte er endlich.
»Wem?«
»Ben.«
Er kratzte sich im Genick.
»Es wäre nicht das erste Mal, daß er mich zum besten hielte . . Er gefällt sich darin, mich auf falsche Fährten zu locken.«
»Was könnte er damit bezwecken?«
»Der Enkel eines Igels behauptet, besser arbeiten zu können, wenn er sich zwischendurch ein wenig zerstreut.«

»Ihr seid sehr befreundet mit diesem Enkel eines Igels?«
Er sah mich fast wütend an.
»Ihr könnt Euer süßes Leben verwetten, daß ich mir für ihn jeden Finger abhacken lassen würde. Das hindert nicht, daß ich ihm wünsche, einmal bis zum Hals im Dreck zu stecken, damit ich ihn herausziehen kann. Bisher hat er mich immer herausgezogen. Er ist ein Genie, wißt Ihr?«
»Ich glaube es, wenn ihr es sagt. Bemerken habe ich es bis jetzt nicht können. Er scheint mir doch reichlich herumzutappen.«
»Zum Schluß wird er auf dem Mörder herumtappen, verlaßt Euch darauf.«
Ich sah den Sheriff an. Er blickte gleichgültig in den Mond.
»Hat er noch Verdacht auf mich?«
Der Sheriff spuckte aus.
»Verdacht ist vielleicht zuviel gesagt. Er bedeutete mir nur, bevor er verschwand, ein Auge auf Euch zu haben.«
»Wie reizend!« – Und wie könnt Ihr ihn suchen und gleichzeitig ein Auge auf mich haben? Nur, indem Ihr mich auf die Suche mitnehmt!«
»Ihr seid verdammt smart.«
Er hatte seine Pfeife herausgenommen und suchte in seiner Tasche vergeblich nach Tabak. Ich gab ihm von meinem.
»Was ist Eure Meinung?«
»Worüber?«
»Ob ich der Mörder bin?«
»Ich sagte schon, ich glaube es nicht. Aber wer kann es wissen? Auf alle Fälle hat Ihr keinen Grund, Euch den Kopf zu zerbrechen. Ben wird den richtigen Mörder finden, so wahr zwei mal zwei vier ist. War es ein anderer, so seid Ihr fein raus. Wart Ihr es, so wird Onkel Sam bis an Euer Lebensende für Euch sorgen. Und er wird Euch dieses Ende so leicht wie möglich machen. Denn es ist sicher angenehmer, in einem bequemen elektrischen Stuhl zu vergehen, als langsam an Krebs zu verfaulen oder in einem Stacheldraht den Tod fürs Vaterland zu erleben. – Ich sehe wirklich nicht ein, worüber Ihr Euch Sorgen macht.«

»Apropos: elektrischer Stuhl ... findet Ihr es nicht reichlich kalt hier? Warum sitzen wir hier?«
»Ich überlege mir, ob es einen Zweck hat, weiterzureiten. Da die Cowboys den Pferden der ›Fremden‹, auf denen wir jetzt ritten, nicht begegnet sind, müssen die Tiere auf einem anderen Wege nach Hause gekommen sein, auch wenn alle Welt behauptet, es gäbe keinen anderen Weg. – Ist das klar?«
»Vollkommen.«
»Folgende Möglichkeit scheint viel für sich zu haben: Nehmt einmal an, die Cowboys haben in der berechtigten Annahme, daß die der Gästeranch zunächst liegenden Blockhütten für eine Nachforschung uninteressant seien, diese nicht durchsucht? Vielleicht waren aber aus Gott weiß welchen Gründen gerade dort die ›Fremden‹. Die Blockhütten liegen, wie wir hörten, etwas abseits vom Wege in den Bergen, die Pfade sind aber für die Pferde noch gangbar. Nehmt also an, dort haben die Fremden übernachtet oder auch übertagt. Die Cowboys sind unten auf der Straße vorbeigezogen, während die Fremden noch oben waren. Später sind dann die Pferde der Fremden – seltsamerweise ohne ihre Reiter – von der Blockhütte auf die Straße gekommen und sind nach Hause getrottet. Was haltet Ihr davon?«
»Das klingt sehr logisch. Danach müßten also die Fremden noch in der Hütte sein.«
»Ja. Es sei denn, daß sie mit den Pferden die Hütte verlassen haben und erst auf dem Heimweg abhanden gekommen sind.«
»Spricht nicht der auf den Bauch gerutschte Sattel für einen Unfall?«
»Diesen auf den Bauch gerutschten Sattel will ich fressen mitsamt den Steigbügeln, wenn er auf den Bauch *gerutscht* ist.«
»Sondern?«
»Er war so festgezogen, daß ein Rutschen unmöglich war. Wäre er aber durch einen ganz ungewöhnlich gewaltigen Ruck doch ins Rutschen gekommen, so müßte er, gerade

weil er so festgezogen war, Spuren von Verletzungen im Fell zurückgelassen haben. Es ist aber kein Härchen gekrümmt worden. Es hat also jemand den Gürtel gelöst, den Sattel unter den Bauch gedreht und den Gürtel wieder angezogen. Dieser auf den Bauch gerutschte Sattel ist eine Finte, um ein Unglück vorzutäuschen.«

»Und Ihr habt Ben im Verdacht, daß er Euch diesen Streich gespielt hat? Glaubt Ihr nicht, daß er jetzt Wichtigeres zu tun hat?«

»Natürlich hätte er Wichtigeres zu tun. Aber er tut nie das, was ein normaler Mensch tun würde.«

»Wenn er es war, dann muß er keine allzu hohe Meinung von Eurem Scharfsinn haben.«

»Das ist auch der Grund, warum ich ihn ausknocken werde, sobald ich seinem Kinn begegne.«

»Wäre das nicht auch ein Grund, anzunehmen, daß es vielleicht doch nicht Ben war, der den plumpen Trick mit dem Sattel machte?«

Der Sheriff sah mich an. Nicht bevor sein Maul ganz schief war, fragte er:

»Was meint Ihr?«

»Wäre es nicht möglich, daß Steiniger Ben erschossen hat und dann einen Unglücksfall vorzutäuschen suchte?«

Der Sheriff dachte eine ganze Weile nach.

»Das hat nur das eine völlig Unwahrscheinliche an sich«, sagte er und spuckte aus, »daß Ben sich von Steiniger erschießen lassen sollte.«

»Gegen einen Hinterhalt kann sich niemand wehren.«

»Dazu müßte Steiniger gewußt haben, daß er verfolgt wurde.«

»Wenn er der Mörder von Lu oder von de Lorm oder von beiden ist, kann er sich denken, daß er verfolgt wird. Und wenn er über das Radio hört, daß Ben Blunt aus Los Angeles verschwunden ist, wird ihm die Kombination nicht schwergefallen sein.«

»Hm.«

»Und Ihr wollt sagen, daß Ihr über Bens Schicksal nicht besorgt seid?«

»Wenn ihm etwas zugestoßen wäre, würde ich es fühlen. Ich fühle aber nichts.«
Der Ton, in dem er das sagte, klang mir etwas zu sicher, um echt zu sein. Ich glaube, ich hatte ihn mit meiner Besorgnis angesteckt.
»Wozu sitzen wir eigentlich hier? Worauf warten wir?« fragte ich.
»Wir warten darauf«, sagte der Sheriff, »daß der Mond sich hinter jene Bergkette zurückzieht. Dann wird es dunkel. So dunkel, daß auch das kleinste Licht auffällt, das etwa aus einer Blockhütte blinkt. Man sagte mir, daß die erste Blockhütte zwei Reitstunden von der Ranch entfernt sei. Sie muß hier herum liegen. Ich möchte nicht weiterreiten, ehe . . . Goddam!«
Er zeigte hinten auf den mondbeschienenen Pfad, wo unsere Pferde gemütlich nach Hause trotteten.
Ich wollte ihnen nachsetzen, aber der Sheriff hielt mich am Arm fest. »Wenn ihr jetzt lauft, so setzen sie sich in Trab. Wir müssen sie gemütlich gehend einholen.«
Ich weiß nicht, ob der Leser schon einmal versucht hat, ein Pferd gemütlich gehend einzuholen. Es war das Aufregendste und Schweißtreibendste, was ich je erlebt habe. Dabei lachten wir laut und erzählten uns Witze, um die Tiere zu täuschen. Sooft wir stehenblieben, blieben sie auch stehen und grasten. Wenn wir uns wieder in Bewegung setzten, gingen sie weiter. Der Sheriff behauptete, die Distanz würde kürzer. Ich hatte nicht das Gefühl.
»Wenn Ihr das je einem Menschen erzählt«, ächzte der Sheriff, »gibt es einen Mord mehr in der Statistik Kaliforniens.«
Gerade als der Mond hinter den Bergen verschwinden wollte, stießen wir auf einen Fußpfad, der vom Wege abführte und eine Abkürzung des in Serpentinen abwärts führenden Hauptweges zu sein versprach.
»Bleib stehen!« sagte der Sheriff. Er blieb stehen und lachte herzlich.
Ich blieb ebenfalls stehen und lachte herzlich.
Die Tiere blieben ebenfalls stehen.

»Unterhaltet Euch mit diesem Felsen, bis ich den Bestien den Weg abgeschnitten habe«, sagte der Sheriff und wollte sich ausschütten vor Lachen.
Der Mond verschwand. Und so verschwand der Sheriff, als hätte ihn die Erde verschluckt. Es wurde stockfinster. Ich konnte auch die Pferde nicht mehr sehen.
Ich war allein in einem kalifornischen Wüstengebirge. Es war Nacht und eiskalt. Und ich lachte einen Felsen an.

19

Gezwungen, die Konversation mit dem Felsen der Pferde wegen aufrechtzuerhalten, rezitierte ich den neunten Gesang des Homer, dies gleichzeitig als Sprechübung benutzend, wohl aufpassend, daß jede kleinste Silbe zu ihrem Recht kam, peinlich kontrollierend, ob der Fels jeden Vokal zurückwarf, mir versichernd, daß der Sitz der Sprache technisch richtig war. Wozu eigentlich? Ich fühlte, daß ich grinsen mußte. Denn tief innerlich wußte ich, daß, wenn ich jemals wieder auf einer Bühne stehen würde, sei es in Europa, Amerika oder Afrika, ich in der Premiere, wie noch in jeder Premiere, heiser sein würde wie eine Krähe in einem Bergwerk.
Aber dieses Zurückkehren zur Mutterübung hat stets etwas unerhört Beruhigendes für mich. Der gehetzteste Mann wird ja ruhig, wenn er an der Brust der geliebten Frau liegt. Auch ein Baby hört auf zu schreien, wenn die Mutter es annimmt . . .

„τὸν δ'ἀπαμειβόμενος προσέφη πολύμετις 'Οδυσσεύς . . .“

»ton d'ápameibómenos proséfae polýmetis, Odysseus . . .«
Der Mond war jetzt völlig hinter einer Bergkuppe verschwunden. Er versilberte von hinten die Ränder der gewaltigen Zacke, eine Silhouette formend, dem Profil eines Indianerhäuptlings nicht unähnlich, der über Berge und Riffe hinunterschaut in die unendliche Prärie, die einst ihm gehörte.

Auch heute noch gibt es Indianer in Amerika. Nein, nicht nur in den Filmateliers von Hollywood, auch »in Freiheit«, in sogenannten »Reservations«. Sie sind weit abgelegen, diese Reservations, diese letzte Zuflucht, die man den ehemaligen Eigentümern des Landes gewährt. Du kannst sie besuchen. Gegen Entree, das die jetzigen Eigentümer erheben. Aber du darfst kein »Feuerwasser« mitnehmen. Dasselbe Feuerwasser, mit dem man sie einst kirre machte und das sie jetzt so gut brauchen könnten, ihren Schmerz zu betäuben. Diese Verordnung ist, wie man dir versichert, aus humanen Gründen getroffen worden. Die Kontrolle ist sehr scharf. Die weißen Wachen nehmen dir jeden Tropfen, den du durchzuschmuggeln versuchst, unnachsichtig weg. Und trinken ihn selber.
Die Situation war dazu angetan, wehmütige Erinnerungen an Karl May heraufzubeschwören, den Mann, der uns Jungens zu begeistern wußte, der niemals aus Radebeul herausgekommen sein soll, aber dessen Gestalten du hier auf Schritt und Tritt begegnest, der die Prärien Amerikas mit einer Liebe ohnegleichen geschildert hat, wofür er denn auch in diesem Lande völlig unbekannt ist

„ἦ τοι μὲν τόδε καλόν ἐστίν . . .“

»ae toi men tóde kalón éstín . . .

Ich stockte. Ich hatte einen senkrechten Streifen Licht gesehen. Dort rechts am Berghang hatte ich einen senkrechten Streifen Licht gesehen. Jetzt wieder. Und jetzt verbreiterte er sich. Er entstand dadurch, daß eine Tür geöffnet wurde. Im Lichtstreifen stand jetzt ein Mann. Ein untersetzter Mann, mit den Händen in den Hosentaschen.
Im gleichen Augenblick tauchte der Sheriff neben mir auf mit den Pferden. Ich deutete stumm auf den Mann im Licht. Der Mann lauschte in die Nacht hinaus.
Der Sheriff hatte mir die Hand auf den Mund gelegt. Der Mann stand eine Weile regungslos. Der Statur nach konnte es Ben sein. Er ging unschlüssig in die Hütte zurück, die Tür hinter sich schließend. Es war wieder stockfinster. »Komm«, hauchte der Sheriff.

20

Es war *nicht* Ben.

Der Mann, der dort am Tische saß, als wir die Tür lautlos öffneten, lautlos und plötzlich, hatte einen kurzen dichten Vollbart, eine außerordentliche Seltenheit in diesem Lande. Und dieser Bart war ihm unnatürlich weit in die Backen hinaufgewachsen. Er blinzelte uns mit rotunterlaufenen Äuglein an, als er uns im Türrahmen stehen sah.

»Kommt rein«, flüsterte er, »es wird kalt.«

Im Flüstern sind alle Stimmen gleich.

Der Sheriff stieß mich sanft mit dem Ellbogen in die Seite.

»Stören wir?«

»Durchaus nicht. – Macht es euch bequem. Habt ihr vielleicht etwas Eßbares bei euch? – Sind euch nicht zwei herrenlose Pferde begegnet?«

Der Sheriff grinste mit schiefem Maul und schien höchst belustigt. Er ließ keinen Blick von dem kleinen Mann im Vollbart.

»Ihr fragt viel auf einmal«, sagte er. »Wo ist Euer Gefährte?«

Dabei sah er sich mißtrauisch in der Hütte um.

»Gefährte?« fragte der kleine Mann und blies dem Sheriff, der sich ihm gegenüber am Tische niederließ, den Tabakrauch in die Augen, die den Vollbart scharf fixierten.

»Ja – Euer Gefährte!«

»Ich weiß es nicht.«

»Ihr wißt es nicht?«

»Nein.«

Der Sheriff grinste noch ein bißchen mehr.

Da sagte der kleine Mann: »Glaubt Ihr an tote Katzen?«

»An . . .was?« fragte der Sheriff und bog sich weit vor.

Der kleine Mann lehnte sich ebensoweit zurück und machte mit dem Zeigefinger eine verneinende Bewegung vor seinem Vollbart, den sein Gegenüber so anstarrte.

»Ich nicht«, flüsterte er und hüstelte. »Ich glaube nicht an tote Katzen. Ein toter Hund ist tot. Ein totes Pferd auch. Auch ein toter Mensch ist tot. Aber eine tote Katze ist noch lange nicht tot. Sie hat sieben Leben! Sieben! Eine heilige Zahl. Auch die Katze ist ein hei . . . hup . . . verzeihen Sie, das kommt bei mir aus dem Magen . . . ein heiliges Tier . . . außerdem frißt sie Schlangen.«

»Wer?«

»Eine Katze . . . Und sie bekommen ihr . . . Wißt ihr, was ihren Blick so merkwürdig macht?«

»Wessen Blick?«

»Den Blick einer Katze?«

»Nein.«

Der Sheriff bog sich weit vor, um besser zuhören und den Bart besser sehen zu können.

Der kleine Mann bog sich ebensoweit zurück.

»Sie zwinkert nicht«, sagte er. »Sie hat das nicht nötig. Eine Katze zwinkert nicht. *Das* ist es!«

Er blies eine dicke Rauchwolke von sich.

»Wenn ihr bedenkt, daß ein Mensch in der Minute zehnmal zwinkert, so macht das in einer Stunde 600mal. Jedes Zwinkern zu $^1/_{10}$ Sekunde gerechnet, macht 60 Sekunden. Also hält der Mensch in einer Stunde eine volle Minute seine Augen geschlossen, auch wenn er sie auf hat. Diese Erwägung führt zu dem Schluß . . .«

Der Sheriff ließ ihn nicht ausreden.

»Du Sonofabitch! Wenn dich nichts verraten hat, diese Vorliebe für Statistiken verrät dich!«

Und er griff ihm in den falschen Bart und beutelte ihn. Aber der Bart hielt.

Der falsche Bart war echt.

»Was ist denn hier los?« fragte eine Stimme.

In der Tür, durch die die Nachtluft eindrang, stand »der Gefährte«.

Ein Hüne. Der Gestalt nach hätte es Steiniger sein können.

Aber es war nicht Steiniger.

So wenig, wie der kleine Mann Ben Blunt war.

21

Ich will es mit der Blamage so kurz wie möglich machen. Die beiden Fremden waren zwei Schriftsteller, die sich in den Bergen ein Rendezvous gegeben hatten, um in der Einsamkeit eine Arbeit vollenden zu können, zu deren Bewältigung ihnen die Öde einer Studiozelle nicht groß genug zu sein schien. Während der Rast in der Blockhütte waren ihnen die Pferde weggelaufen, so wie sie uns weggelaufen waren.
So fuhren wir, der Sheriff mit seinen Leuten, ich und Winnetou, am nächsten Morgen in unserem Polizeiauto – ohne brennende Scheinwerfer dieses Mal – in mäßigem Tempo und ziemlich bedeppert nach Hollywood zurück. Der Mord lag nun schon drei Tage zurück. Und noch keine Spur von den Mördern. Und noch keine Spur von Ben Blunt.
Und für morgen war die Einäscherung des Opfers angesetzt.

22

Die Leute standen Schlange in Beverly Hills.
Nicht nur die Allee, wo die Abdankungskapelle stand, auch alle Nebenstraßen, die auf diese Allee führten, waren mit parkenden Autos verstopft.
Es warteten dort Hunderte von Menschen, mehr als die kleine Kapelle zu fassen vermochte.
Der Amerikaner hat ein kindliches Vergnügen an Sensationen und unterscheidet sich also in dieser Hinsicht nicht vom Europäer. Nur geniert er sich nicht, es zu zeigen. Und so hatte sowohl die Polizei von Beverly Hills als auch das Bestattungsinstitut Verständnis für den Wunsch der Schlangestehenden, die schöne Ermordete sehen zu wollen.
Wie konnte nun bei dem geringen Fassungsraum der Kapelle das Problem gelöst werden? Dadurch konnte es gelöst werden, daß man die Leute vorne hineinströmen, am Sarge

vorbeidefilieren und hinten wieder herausströmen ließ. Und so wurde es gelöst. Schubweise, in Haufen von fünfzig Stück, wurde man zugelassen.
Ich weiß nicht, ob dir bekannt ist, daß in Kalifornien die Sargdeckel mit Scharnieren versehen sind, die es gestatten, den oberen Teil aufzuklappen, um den vorbeidefilierenden Trauergästen einen letzten Blick auf den Dahingeschiedenen zu ermöglichen?
Und um diesen letzten Eindruck so angenehm wie möglich zu machen, werden die Leichen geschminkt. Kostet die Hinterbliebenen zwanzig Dollar. *Mit* einem Lächeln fünfundzwanzig.
Man muß zugeben, daß in dieser Sitte viel Vernünftiges liegt. Warum sollen Kinder, Gatten oder Freunde nicht einen ästhetischen Eindruck in Erinnerung behalten, statt eines nie wieder ganz loszuwerdenden Schocks? »Take it easy« und »Keep smiling« sind die Glaubensbekenntnisse des lebenden Amerikaners, und es ist nur folgerichtig, daß auch ein toter Amerikaner diesen Grundsätzen treu zu bleiben versucht, respektive von seinen Erben erwartet, daß sie die paar Dollar nicht scheuen, ihm das Lächeln anzuschminken, falls es ihm vergangen sein sollte . . .
Ich hatte Zeit, alle diese Betrachtungen anzustellen, denn ich war noch ganz hinten in der Schlange. Es ging alle fünf Minuten um zehn Schritte vorwärts. Und ich stellte gerne Betrachtungen an, um mich abzulenken, denn mir klopfte das Herz bis zum Halse bei dem Gedanken, daß ich bald der toten Frau, der heimlich geliebten, gegenüberstehen würde. Und ich wußte, ich werde mich verdammt zusammennehmen müssen, um keine Emotion zu zeigen.
Emotionen zu zeigen, liebt der Amerikaner nicht. Ich habe einmal in einem amerikanischen Kino folgendes erlebt: Als der Held auf der Leinwand erfuhr, daß der Zug mit seiner Frau und seinen drei Kindern verunglückt und die Kiste mit Gold, die man im Packwagen des gleichen Zuges im Sarge des Onkels versteckt hatte, auch verloren sei – was doch gewiß einen Verlust bedeutet –, da stützte er, überwältigt von soviel Unglück, das Haupt in die Hand, worauf ein

junges Mädchen hinter mir verächtlich ihrer Freundin zuflüsterte: »He can't take it!«
Ob diese noble Gewohnheit, seine Gefühle nicht zu zeigen, noch aus den Zeiten des Marterpfahles stammt, wo es zum guten Tone gehörte, zu schmunzeln, wenn man die Gedärme herausgewickelt bekam?
Mein Sinnen wurde unterbrochen, als ich bemerkte, daß mein Schub an der Reihe war.
Totenstille herrschte in der Kapelle. Nur das Pianissimo der Äolsharfe schwebte durch den Raum.
Sachtes Schlürfen der Schritte der nach vorn drängenden Neugierigen.
Es roch nach Blumen und Kränzen. Und ein bißchen nach Parfüm.
Ich war jetzt mit meinem Schub im Mittelgang angelangt, wo ein Angestellter des Beerdigungsinstitutes darauf bedacht war, uns in Einerreihen aufzulösen.
So, nun ging es im Gänsemarsch weiter. Einen Schritt. Pause. Und wieder einen Schritt.
Jetzt konnte man schon die Kerzen um den Sarg sehen. Sie flackerten, als ob sie weinten.
Wieder einen Schritt.
Ich sah jetzt die Hinterköpfe der in der ersten Reihe sitzenden Verwandten.
Ich glaubte den Gatten zu erkennen. Ja, das war er. Zusammengesunken und schrecklich alt.
Neben ihm saß ein Hüne, der seinen Arm wie schützend um ihn gelegt hatte.
Als er jetzt seinen Kopf ins Profil drehte, konnte ich ihn erkennen.
Es war *Steiniger*.
Ich mußte durch einen sanften Puff meines Hintermannes daran erinnert werden, weiterzugehen.
Ein schneidendes Mitleid erfaßte mich. Mit dem Gatten. Mit Steiniger. Mit allen Menschen.
Nun waren nur noch drei vor mir. Ich schloß die Augen und holte tief Atem, um mich zu wappnen.
Da lag sie.

Im Abendkleid. Eine lebende rote Rose in der wächsernen Hand. Sie war überirdisch schön. Keine Spur der Schnabelhiebe war zu sehen. Elfenbeinteint mit einem Hauch Rosa. Die langen Wimpern geschlossen.
Sie war von einer friedlichen Müdigkeit, als wolle sie sich ausruhen von ihres Leibes Sehnsucht.
Oder würde sie jeden Augenblick die Augen öffnen und ihre Arme um dich legen?
Ihre Lippen waren leicht geöffnet. Sie lächelte leise. Aber es war dem Künstler nicht gelungen, jene beiden Falten an der Nasenwurzel wegzuschminken, von denen sie behauptet hatte, auch ihr letzter Liebhaber würde sie bemerken.
Ich neigte mein Haupt.
»Take it easy«, sagte der dort stationierte Beamte und legte mir sanft die Hand auf die Schulter.
Ja, ja, ich ging schon weiter.
Als ich meinen Blick von ihrem Antlitz losriß und aufsah, fühlte ich mein Blut zu Gallert werden.
Dort, zwischen den Blättern des jungen Grüns hinter dem Sarge, hatte ich ein Gesicht gesehen. Ein häßliches Gesicht. Bens Gesicht.
Er legte den Finger auf den Mund. Und die Zweige schlossen sich wieder.
»Bitte weitergehen«, sagte die höfliche Stimme des Beamten.

23

Als ich wieder an die frische Luft kam, mußte ich mehrere Male tief atmen.
»Sah sie nicht aus, als wolle sie zu einer Party gehen, der süße Engel?« sagte eine auffallend schöne Frau, während sie zu ihrer Freundin ins Auto kletterte und ihr endlos langes Bein nachzog, ehe sie die Tür ins Schloß zog.
»Schönes Bein!« sagte jemand.
Es war Ben, der neben mir stand, die Hände in den Taschen, gedankenvoll dem Auto nachschauend.

»Möchtest du heute in eine Show gehen?« fragte er.
»Nein, bei Gott nicht.«
»Ich auch nicht – aber wir müssen.«
Er stocherte gedankenvoll in seinen Zähnen.
»Wann gedenkst du den Mörder zu verhaften?« fragte ich, um ihn zu ärgern.
»Morgen«, sagte er.
Er holte seine Brieftasche hervor und gab mir eines von zwei Tickets.
»Hier. Falls ich etwas später kommen sollte. Es beginnt um neun.
»Was sollen wir da?«
»Es ist ein interessantes Programm.«
»Willst du jetzt mit mir lunchen?«
»Nein.«
»Warum nicht?«
»Weil du deine Neugier bis morgen zügeln sollst.«
»Ich weiß gar nicht, ob ich morgen noch neugierig sein werde.«
Wir waren zu meinem Auto gekommen.
Ich stieg ein.
»Also bis heute abend!« sagte er.
Ich startete.
»Wie war es in den Bergen?« fragte er.
»Fein.«
Im Rückspiegel sah ich, wie er grinste.

24

Ben war im Smoking und sah unbeschreiblich komisch aus.
Ich sagte ihm das.
Er grinste.
»Kaum ein Mensch ist hier im Smoking«, sagte ich. »Wenn ich ein Detektiv wäre und nicht auffallen möchte, würde ich mir keinen Smoking anziehen.«
»Ich möchte aber auffallen.«

Ben hatte uns sehr anständige Plätze auf der Terrasse gekauft und einen für kalifornische Verhältnisse sehr guten Wein anfahren lassen.
»Außerdem bist du selbst im Smoking.«
»Ich bin ja auch kein Detektiv.«
»Und du siehst auch nicht komisch aus. Du siehst sogar sehr gut aus. Ich möchte dich mal auf der Bühne sehen.«
»Dazu mußt du nach Europa kommen.«
»Ich werde dich noch heute auf der Bühne sehen.«
Ich setzte das Glas, das ich gerade zum Munde führen wollte, wieder ab.
»Du mußt mir einen Gefallen tun, Curt. Ich möchte wissen, ob der Hypnotiseur, der nachher auftritt, ein Scharlatan ist oder nicht. Wenn er Leute aus dem Publikum bittet, auf die Bühne zu kommen, mußt du dich zu einem Experiment melden. Wenn er dich ablehnt, werden wir wissen, daß er nur mit bestellten Leuten arbeitet. Wenn er mit dir experimentiert, wirst du mir über deinen Eindruck berichten können.«
»Warum tust du das nicht selbst?«
»Er kennt mich und würde Verdacht schöpfen.«
»Hängt das mit unserem Fall zusammen?«
Ben sah mich ganz verblüfft an.
»Nicht im geringsten.«
Er lügt, dachte ich. Während noch allerhand Erwägungen mein mißtrauisches Hirn durchkreuzten, fing die Show an und nahm mich sofort gefangen.
Die achtundvierzig Staaten von Amerika, durch achtundvierzig Girls repräsentiert, tanzten einen Ringelreihen um Onkel Sam, der für seine Jahre noch erstaunlich gut aussah, schrecklich hoch springen konnte und über eine Elevation verfügte, die ihn sekundenlang in der Luft verharren ließ. Alle patriotischen Herzen freuten sich über die Elastizität von Onkel Sam. Zum Schluß spannten die achtundvierzig Staaten-Nichten eine amerikanische Flagge wie ein Sprungtuch aus und schnellten ihren lieben Onkel aus Begeisterung in die Luft, immer wieder in die Luft, immer höher und höher, bis in die Soffitten, bis . . . er nicht mehr runterkam!

Vergebens reckten sie die Hälse. Sie hatten ihn wohl zu hoch geschleudert.
Dann stellten sich die achtundvierzig Staaten in den Hintergrund und überließen die Bühne einer Modenschau gigantischen Ausmaßes. Insonderheit wurden Pelze von großer Kostbarkeit gezeigt. Die Schönste der Schönen trug einen Fuchs von bernsteinfarbigen Tönen. Er erregte die Aufmerksamkeit eines Herrn im Frack, der auf die Schöne zuging und pantomimisch wegen des Fuchses verhandelte.
Er schrieb einen Scheck.
Sie gab ihm den Pelz.
Er legte ihn für einen Augenblick über eine Stuhllehne, um sein Scheckbuch wieder zu versorgen. Da sprang der Pelz herunter, hob an einer auf die Dekoration gemalten Laterne ein Bein – und war ein Hund.
Auf diese Weise war man zur nächsten Nummer gelangt.
»Come here, Foxy.«
Aber Foxy kam nicht.
Ob der Herr zärtlich lockte oder mit Strenge rief, Foxy war mit seinen eigenen Gedanken beschäftigt. Erst als der Herr es aufgab und wütend sagte: »Dann bleib, wo du bist« – kam Foxy.
Dann sollte er Kunststücke zeigen. Aber der Hund benahm sich, als bestünde er nur aus Fell und hätte keine Knochen. Selbst der bescheidene Versuch, ihn erst einmal in sitzende Stellung zu bringen, scheiterte an dieser Knochenlosigkeit. Sobald sein Herr die unterstützende Hand fortzog, fiel er zusammen wie ein Haufen Lumpen. Das Publikum raste.
Ich lachte Tränen. Ben weinte vor Vergnügen.
Während der Herr im Frack immer noch auf den Hund einredete und schon total heiser und am Rande des Selbstmordes war, erstarrte der Hund. Der Herr versuchte, ihn zu biegen, ihn über das Knie zu brechen. Umsonst. Er konnte ihn an den Hinterbeinen waagerecht in der Luft halten, als sei er ausgestopft. Das ging. Aber biegen oder krümmen konnte er ihn nicht. Er war ein einziger Knochen.
Da kam die Schöne zurück.

Wütend wollte er ihr den Pelz wieder um den Hals legen. Vergeblich. Der Hund war steif wie eine Latte.
Resigniert ließ er ihn fallen.
Da setzte sich der Hund gelangweilt auf, gähnte und blickte ins Publikum. Dann sprang er mit einem eleganten Satz über das Orchester hinweg, einer Dame in der dritten Parkettreihe auf die Schultern, legte sich um ihren Hals, flach wie ein Pelz, und schlief ein.
Während des Applauses fiel Onkel Sam, den man schon vergessen hatte, aus den Soffitten auf die Bühne zurück. Die nächste Viertelstunde bemühten sich zwei Musikclowns, ein »Duetto brillante« zum Vortrag zu bringen, kamen aber über den ersten Takt nicht hinaus, da es ihnen nicht gelingen wollte, zu gleicher Zeit einzusetzen. Ich habe nie in meinem Leben etwas Komischeres gesehen. Es kam zu einem Streit, dann zu einem Boxkampf, der damit endete, daß beide knockout waren und vom Theaterpersonal von der Bühne geschleift werden mußten. Das »Duetto brillante« bekam niemand zu hören.
Ich weiß nicht, ob das alles wirklich so komisch war oder ob meine Nerven nur so bloß und wehrlos waren, daß sie jeder Attacke unterlagen. Immerhin, wenn sich jemand noch mehr amüsierte als ich, so war es Ben.
Zum Glück konnten sich unsere Lachmuskeln jetzt ein wenig ausruhen.
Daß die nächste Nummer als eine besondere Attraktion gewertet wurde, ging schon daraus hervor, daß es ein Beerdigungsinstitut war, das den Platz oberhalb und unterhalb der Ankündigung im Programmheft gemietet hatte. Die obere Schlagzeile lautete:

Warum wollen Sie noch länger leben, wenn Sie schon
für 68 Dollar
ein anständiges Begräbnis haben können?

Die untere:

Lassen Sie sich doch in unserer vorgewärmten
garantiert wurmfreien Erde bestatten.

(Tatsächlich hat man noch nie von Reklamationen gehört seitens der Kunden, die sich im Vertrauen auf diese Garantie da begraben ließen.)
Von diesen Zeilen eingerahmt, verkündete das Programmheft:

Tiddy Sisters & Partner

Ein Raunen ging durch den Zuschauerraum, als er sich vor Beginn dieser Nummer verdunkelte.
Ben informierte mich noch schnell über die Gerüchte, die um die Tiddy Sisters und ihren schönen Partner umgingen: daß ursprünglich die Nummer ein Trapezakt war, der aber, als die Kräfte des schönen Partners durch zu heftige private Inanspruchnahme der süßen Schwestern beängstigend abnahmen, in eine weniger gefährliche Tanznummer umgewandelt wurde, um dann schließlich in dieser Show zu enden, bei der der Partner nur noch schön zu sein brauchte. Auch wurde behauptet, daß der im Tanz künstlerisch ausgedrückte Kampf der beiden »römischen Sklavinnen« um den heimkehrenden »Herrn und Helden« jedesmal echt sei und jeden Abend anders ausfalle. Und daß dieser Ausgang jeweils nicht nur die Rechte der Siegerin auf den Partner für die Show, sondern auch für die folgende Nacht entscheide. Auch wollte man wissen, daß der Partner beiden Schwestern gleichmäßig hörig sei und daß er alle Anstrengungen, sich ihren langsam tötenden Umarmungen zu entwinden, längst aufgegeben habe.
»Gute Propaganda«, sagte ich.
»Hm«, meinte Ben.
Der Tanz begann damit, daß die beiden römischen Sklavinnen ein Bad für den zu erwartenden Herrn bereiteten und darin wetteiferten, duftende Kräuter in das Wasser zu streuen. Auch die Zuschauer durften die billige Tannenessenz mitriechen.
Und dann kam der Held.
In glitzernder Rüstung.
Die beiden süßen Sklavinnen stürzten sich – wo hatte ich ihre Gesichter schon gesehen – auf ihn, um ihm die Rü-

stung abzunehmen. In breit ausgesponnenen Tanzfiguren entkleideten sie ihn langsam. Je weiter die Entkleidung fortschritt, desto schneller wurde der Rhythmus des Tanzes, desto leiser die Musik, desto lauter das Trippeln der Zehen der Tänzerinnen.

Als er fast nichts mehr anhatte, warf sich ihm die eine »Sklavin« an die Brust, wurde aber von der anderen weggerissen, worauf sich beide in die Haare kriegten. Der »Herr« riß sie mit einem einzigen Griff auseinander und hielt sie links und rechts an sich gepreßt, mit seinen braunen Fäusten je ein Brüstchen umspannend, und blickte amüsiert von einem Gesichtchen in das andere. Schließlich schien ihm ein Gedanke zu kommen, der ihn erheiterte: Gut! Sie sollen um ihn kämpfen!

Die Sklavinnen legten ihre Oberkleider ab und standen, nackend bis zum Gürtel, einander gegenüber.

Die Musik verstummte.

Ein schweigender, verbissener regelrechter Ringkampf begann, den der Held belustigt und angeregt genoß.

»Sitzen bleiben!« ertönten Rufe.

Vergeblich. Die Leute standen, die Operngläser auf die kämpfenden Sklavinnen gerichtet, die Brust an Brust miteinander rangen.

Man hörte ihren Atem.

Pfiffe ertönten.

Die eine biß der anderen in die Schulter und bekam einen warnenden Klaps auf den Hintern von ihrem Herrn und Gebieter, der den Schiedsrichter spielte und oft Mühe hatte, die Kämpferinnen bei verbotenen Griffen auseinander zu kriegen, und die immer wieder wie zwei Magneten zusammenprallten.

Das Publikum, das anfänglich zum Lachen aufgelegt war, wurde immer ernster. Wetten wurden flüsternd getätigt, ob die mit der goldenen oder die mit der silbernen Schärpe – anders konnte man sie nicht auseinanderkennen – siegen würde. Das war schwer vorauszusagen, da sie als Zwillingsschwestern gleich groß, gleich schwer und gleich stark waren.

Das Atmen auf der Bühne und im Zuschauerraum war zum Keuchen geworden.
Da machte die Silberne einen letzten verzweifelten Versuch.
Mit einem kleinen Schrei bohrte sie der Schwester die Fäuste in den Rücken, ihr Kinn unter das der Schwester schiebend.
Ein Zittern lief durch die Schenkel der anderen. Die Knie gaben langsam nach.
Die beiden stürzten zu Boden.
Der Herr hob die oben Liegende auf und trug sie zum Bad.
Die Besiegte krallte die Nägel in den Teppich.
Der Vorhang fiel.
Beim Applaus verbeugte sich nur die Siegerin mit dem Herrn.
Die Besiegte blieb auf dem Teppich. Sie hatte sich auf den Bauch gedreht und weinte.
»Was hältst du davon?« fragte Ben.
»Wenn es gestellt ist, ist es verdammt gut gestellt.«
»Aber ist es gestellt?«
»Ich glaube schon.«
»Hm«, sagte Ben.
Wir gingen während der Pause in das Foyer, um eine Zigarette zu rauchen.
Dort passierte wieder etwas Komisches: der Sheriff begegnete uns. Er war ebenfalls im Smoking. Er mußte selber darüber grinsen.
»Wie geht es dir, Curt?« fragte er.
Dann nahm er Ben am Arm, worauf die beiden mit einem »Just a moment« in der Menge verschwanden. Die Pause ging zu Ende, ohne das Ben zurückkehrte.
Die nächste Nummer, der Wahrsager und Hypnotiseur, dessentwegen mich Ben hierhergeschleift hatte, war die einzig schwache. Ich ging auf die Bühne, weil ich es Ben versprochen hatte, aber ohne jedes persönliche Interesse. Infolgedessen konnte der Mann mich auch nicht beeinflussen. Ich tat nichts von dem, was er von mir verlangte. Als ich

wieder an meinen Platz zurückkehrte, saß Ben dort. Er wischte sich die Tränen aus den Augen.
»Das hast du großartig gemacht. Warst du wirklich hypnotisiert oder hast du deinem Kollegen nur einen Gefallen getan? Ich wußte nie, daß du so gut bellen kannst!«
Ich erwiderte nichts, empfahl mich aber bald. Ich hatte einen Eisenring um den Kopf.
Draußen vor der Bühnentür, wo mein Auto parkte, waren kleine Ansammlungen von Menschen, die erregt flüsterten.
Aber ich achtete ihrer nicht, sondern fuhr heim.
Den Hügeln zu.

25

Als ich am nächsten Morgen die Zeitung aufmachte, mußte ich dreimal hinsehen, um zu fassen, was die fette Überschrift verkündete.

Ben Blunt verhaftet Tiddy Sisters!
Die Mörderinnen geständig!

26

»Es war mein leichtester Fall«, erklärte mir Ben eine Stunde später in seinem Büro, »er wurde nur durch das Tagebuch kompliziert, das auf falsche Fährten lockte.«
»Erzähle.«
»Wir hatten, wie du dich erinnerst, den Umkreis festgestellt, in dem das Mordhaus liegen mußte. In diesem Umkreis standen 39 Bungalows. Von diesen hatten 17 eine Verbindung von der Küche zur Garage. Meine Enttäuschung war groß, als ich feststellen mußte, daß in keinem dieser 17 Bungalows ein Baßgeigenspieler wohnte.«

»Kein Baßgeigenspieler?«
»Kein Baßgeigenspieler!«
»Warum sollte ein . . .?«
»Erinnerst du dich an das Kolophonium im Haar der Toten? Seit ich an deinem Cellokasten feststellen mußte, daß ein solcher wegen des zu engen Halses zum Transport einer Leiche ungeeignet sei, hatte ich mich mit dem Gedanken befreundet, daß die Ermordete in einem Baßgeigenkasten fortgeschafft wurde.«
»Aha«, sagte ich.
»Ja«, sagte Ben. »Aber da war weit und breit kein Baßgeigenspieler.«
Man sah ihm noch jetzt die Enttäuschung an.
»Das tut mir leid«, sagte ich.
»Hingegen«, sagte Ben, »entdeckte ich in einem der Bungalows ein Cello.«
»Ein Cello?«
»Ein Cello! Es lehnte frei in der Ausbuchtung eines Steinway-Flügels, was ja auch viel hübscher aussieht, als wenn es in einem Kasten steckt.«
»Natürlich.«
»Natürlich. Und nirgends ein Kasten. Wietransportierte er das Cello, wenn er mal woanders spielen wollte?«
»Es gibt Cellohüllen aus Segeltuch oder Stoff.«
»Eben. Eine solche entdeckten wir dann auch in der Garage. Sie lag fein säuberlich zusammengefaltet unter einer Plache in einem Regal. Wir falteten sie fein säuberlich auseinander und entdeckten, daß sie ein klein wenig schmutzig war und daß sich ein paar sogenannte ›Fuchsschwänze‹, jene lästigen Dinger, die Jagdhunde in die Ohren bekommen, wenn sie durch das Präriegras streifen, festgehakt hatten. Außerdem stellten wir fest, daß sie sich nicht wie dein Cellokasten am Halse verjüngte, sondern ein Riemen sorgte dafür, daß man sie dort enger schnallen konnte, wenn man es wünschte. Wenn man das aber nicht wünschte, wenn man zum Beispiel eine kleine Leiche transportieren wollte, so brauchte man sie nicht enger zu schnallen.«
»Aha.«

»Sehr richtig.«
»Fandest du Kolophonium? Innen, wo der Steg das Tuch berührt?«
»Ja. Es war von derselben Sorte wie das im Haar der Ermordeten.«
»Und wer war der Cellobesitzer?«
»Cesare Giovani.«
»Der Partner der Tiddy Sisters?«
»Richtig.«
»Du ließest ihn verhaften?«
»Nein. Ich hatte festgestellt, daß er am Mordtage zu filmen hatte und als Täter nicht in Frage kommt. – Ist dir übrigens schon aufgefallen, daß mit dem ominösen C. G. in den Memoiren gar nicht du gemeint sein könntest?«
»Sondern?«
»Cesare Giovani.«
»Verdammt«, sagte ich. Und statt einer Erleichterung fühlte ich einen Stich im Herzen.
»Könntest«, tröstete mich Ben. »Ebenso könnte aber auch Cesare Giovani der Mann sein, mit dem sie dich erst noch einmal betrügen wollte, um dich besser verspeisen zu können ›wie ein Kätzchen die Maus‹.«
»So ist es«, erklärte ich bestimmt. »Mit dem C. G. bin ich gemeint . . .«
»Du brauchst nicht eifersüchtig zu werden . . .«
»Ich bin nicht eifersüchtig, aber mit dem C. G. bin ich gemeint. Sie schildert die Szene beim Tee ja ganz ausführlich, an die ich mich ebenso ausführlich erinnere. – Bist du anderer Ansicht?«
»Ich weiß nicht. Und es ist gut, wenn man nicht alles weiß. Hättest du zum Beispiel gewußt, was ich in einem der Abendtäschchen der Ermordeten fand, es hätte dein zartes Gemüt aufs tiefste beunruhigt.«
Er reichte mir einen zerknitterten Zettel, auf dem in Blockschrift stand:

Donnerstag, 10 Uhr – C. G.

»Du wirst zugeben«, fuhr Ben fort, »daß ein Verdacht auf dich nicht ganz ungerechtfertigt gewesen wäre. Blockschriften sind alle ähnlich. Und Donnerstag wurde sie ermordet.«

»Verdammt – weiter.«

»Ist der Zettel von dir geschrieben?«

»Nein.«

»Eben. Er ist also von Cesare geschrieben. Und sie ist – entschuldige – hingegangen zu ihm – am Donnerstag.«

»Woher kannte sie ihn?«

»Von der Bühne. Im selben Abendtäschchen fand ich drei verschiedene Billettabschnitte von drei verschiedenen Abenden der letzten Woche, an denen sie die Show besucht hat und sich in ihn verliebt haben muß. Wie sie es angestellt hat, ihn kennenzulernen, ohne daß die eifersüchtigen Sisters etwas merkten, werde ich noch von Cesare erfahren. Sie ist also am Donnerstag in seine Wohnung gegangen ...«

»Was wollte sie da, wenn er Aufnahme hatte?«

»Das ist es eben. Er sollte eigentlich keine Aufnahme haben, sondern die Sisters. Im letzten Moment wurden diese Dispositionen geändert: Cesare hatte Aufnahme und die Sisters keine.«

»Weiter.«

»Als sie zu Cesare kam – sei mir nicht böse, es kann nicht das erste Mal gewesen sein, denn sie hatte seine Wohnungsschlüssel –, fand sie einen Zettel auf dem Tisch: ›Mußte zur Aufnahme, bin bald zurück, warte auf mich.‹ – Als sie dann später die Augen aufschlug ...«

»Wieso die Augen aufschlug?«

»Sie hatte sich, um ihn zu erwarten, ins Bettchen gelegt und war ein bißchen eingedöst. Als sie die Augen aufschlug und ihre Ärmchen um ihn schlingen wollte, blickte sie in die schrecklich lächelnden Gesichter der Tiddy Sisters, die sich über die Erwachende beugten und flüsterten:

›Reg dich nicht auf, mein Täubchen, du wirst nie wieder einer Frau einen Mann wegnehmen.‹

Sie banden ihr die Hände auf den Rücken und hielten sie

– jede an einem Bein – mit dem Kopf nach unten in die Badewanne und ertränkten sie.
Dann stopften sie die Leiche in Cesares Cellosack und fuhren sie so in die Hügel. Sie kehrten zurück, taten die Hülle an ihren Platz, nahmen Kleider und Wäsche der Ermordeten mit, die sie später bei sich zu Hause verbrannten.«
»Sie wohnten nicht mit Cesare zusammen?«
»Nein. Sonst hätte er wohl nicht gewagt, eine Frau zu empfangen.«
»Und sie haben alles eingestanden?«
»Es blieb ihnen nicht viel anderes übrig. Die Schockwirkung, als sie ihre Näschen in die Rosen steckten, die ihnen gestern abend zwei Verehrer im Smoking brachten – es war, als der Sheriff und ich uns bei dir für einen Augenblick entschuldigten – und als sie in den Rosen versteckt einen halbverkohlten Schuh ihres Opfers erblickten, war derart fürchterlich, daß ich nicht gern daran zurückdenke. Wir hatten das Schuhchen im Kamin der Sisters entdeckt. Die Wirkung war ebenso überzeugend wie die kleine Nuance, die ich, hinter Blättern versteckt, bei der Abdankung der Leiche beobachtet hatte. (Ich hatte damals schon die Beweise, aber ich wollte ganz sichergehen.) Als die Sisters an den Sarg traten, lag eine unbeschreiblich grausame Genugtuung auf ihren hübschen Gesichtern. Sie lächelten. Und ich konnte beobachten, wie der Ellbogen der einen sachte den Ellbogen der anderen berührte. – Du hast sie ja übrigens auch gesehen, als sie nach der Feier in ihren Wagen schlüpften . . .«
»Ich bin froh, daß ich bei der Verhaftung nicht dabei war.«
»Das kannst du auch. Während sie zuerst wie wild um sich schlugen, waren sie später auf dem Büro völlig gefaßt und legten ein Geständnis ab. Sie erklärten, nachdem Cesare sich nach anderen Frauen umzusehen beginne, sei das Leben für sie sowieso zwecklos geworden, und die Rache, die sie an der Räuberin ihres Glückes genommen hätten, wiege alles auf, was ihnen noch bevorstehen könnte.«
»Und Cesare hatte keine Ahnung von dem Verbrechen?«
»Nein. Er weiß überhaupt erst seit einer Stunde, daß die

Frau, die bei ihm war – unter falschem Namen –, mit der Ermordeten identisch ist.«
Ben drückte auf einen Knopf. Die Tiddy Sisters wurden hereingeführt. Wie bleich sie waren!
Sie gingen nebeneinander. Und im Gehen berührten sie sich mit dem Ellbogen, wie damals, als sie meine Farm besuchten.
Ben deutete auf eine Bank, auf der sie sich niederließen. Da saßen sie nun, blaß und stumm.
Ich dachte daran, daß ich sie gestern nackt gesehen hatte, und stellte fest, daß die beiden Menschenkinder in ihrer Gottverlassenheit heute nackter wirkten als gestern.
»Habt ihr eurem Geständnis irgend etwas hinzuzufügen?« fragte Ben.
Sie schüttelten die Köpfe.
»Tut es euch leid?«
Sie überlegten.
»Es tut uns leid, daß es geschehen *mußte*«, sagte die eine. Und zu der Schwester gewendet, fragte sie:
»Nicht wahr?«
»Ja«, sagte die Schwester.
»Würdet ihr euer Opfer wieder lebendig machen, wenn ihr das könntet?«
»Nein«, sagten beide. Und sie waren wieder völlig synchron.
Wieder drückte Ben auf einen Knopf.
Cesare wurde herbeigeführt.
Er war hohläugig wie ein Gespenst. Schien immer noch nicht völlig begriffen zu haben. Sein Mund war halb offen.
Als er die Sisters erblickte, blieb er erschüttert im Türrahmen stehen.
Da hoben sie die Köpfe zu ihm und . . . lächelten.
Da schlug er die Hände vor das Gesicht und brach schluchzend in die Knie.
Die Augen der Schwestern ruhten voll Zärtlichkeit auf ihm.
Da wurde es still im Zimmer.
So still, als ob niemand atmete.

In solcher Stille hört man auch das leiseste Seufzen.
Verwundert blickten die Sisters auf mich. Und dann fragend auf Ben.
»Er hat sie geliebt.« Erklärte Ben.
Ich hatte eine schreckliche Angst, sie würden jetzt sagen: »He can't take it.«
Aber die Mörderinnen taten das nicht.
Sie erhoben sich vielmehr und kamen zu mir.
Jetzt erst bemerkte ich, daß sie mit den Handgelenken aneinander gefesselt waren.
Sie streichelten meinen Kopf.
Die Fesseln klirrten ein wenig, als ihre Hände über mein Haar strichen.
Sie drückten mein Gesicht gegen ihre Brüste, unter denen ihre Herzen pochten.
Man konnte sie deutlich pochen hören.

27

Drei Monate später bestiegen sie den elektrischen Stuhl. Ist zu sagen, die elektrischen Stühle. Es war ihr letzter Wunsch gewesen, gleichzeitig sterben zu dürfen. Und da man dortzulande den Damen gern gefällig ist, hatte man sich aus dem Nachbarstaate einen befreundeten Stuhl gepumpt.
Die Zeitungen berichteten, daß die Hinrichtung um 7.30 Uhr morgens stattgefunden und man die Sisters um 7.37 Uhr für tot erklärt habe. Hoffentlich hatten sie schon früher die Besinnung verloren. Man müßte einen Experten fragen.
Und Cesare? Er hatte alle Filmverträge, Radioangebote, Tourneevorschläge, die ihn zum Millionär gemacht hätten, abgelehnt. (Weswegen er von Hollywood als geistig minderwertig erklärt wurde.)
Er bewohnt, ziemlich verarmt, ein halb verfallenes Häuschen in einem der Canyons um Hollywood.
Er hat sich die Cellohülle von der Polizei zurückerbeten.

Das Instrument lehnt nicht mehr in der Rundung eines Steinway-Flügels, sondern bescheiden in der Ecke seiner schäbigen Bude. In seiner Hülle. Das sieht wiederum nicht so dekorativ aus wie ohne Hülle, aber das Cello kann sich vollsaugen mit dem Dufte der Geliebten, nicht wahr? Und wenn Cesare es abends anstreicht, dann hören die Grillen auf zu zirpen.

Und die Liebespaare in den parkenden Autos rings auf den Hügeln lauschen und hören auf zu lieben.

Selbst die Mockingbirds, jene ausgelassenen Vögel, die so frech sind, daß sie sich Katzen neckend ins Fell setzen, setzen sich nicht Katzen ins Fell, sondern verhalten sich ruhig und hören zu.

Nur die Millionen Lichter von Los Angeles flackern wie immer in der dünnen Luft.

Und es riecht wie immer nach Meer, Zitronen und Petroleum.

Hauptsächlich nach Petroleum.